新潮文庫

出版禁止　死刑囚の歌

長江俊和著

新潮社版

11417

出版禁止　死刑囚の歌　目次

出版禁止死刑囚の歌

はじめに

社会は、そこに生きる無数の人々の行動が幾重にも積み重なり、形作られてゆく。繰り返される労働と生活。そこには出会いと別れがあり、喜びや悲しみ、憎しみなどのあらゆる感情が複雑に絡み合う。一見それは、混沌としたもののように思うのだが、時間という絶対的な流れが、歴史という秩序を作りだしてゆく。我々は決して、その流れに抗うことは出来ない。人間社会とは、まるで大きな川の流れのようだ。

そして、それは犯罪も同じである。人と人が無限につながりあう、社会という川の流れの中で、犯罪も無限に発生し、複雑に連鎖しているのだ。一つの犯行を「事件」として切り取るのは容易いが、それでは決して、その本質までとらえることはできまい。どんな事件でも背後には、人間によって生み出された、どす黒い色をした感情の水流が迸る、犯罪という名の大河が流れているのである。

本書は、実際にあった事件を取材した、数編の記事やルポルタージュを編纂したものだ。それらは時代、書き手、テーマなどが異なっているが、関連していると思しき箇所があるので紹介する。なかには出版後、ある事情で回収されたものもあるが、事件解決のために重要不可欠なものであると考え、収録させてもらった。ほかにも、関連する事件の記事や資料を引用した。

収録順は、編纂者である筆者が、恣意的に並べさせてもらった。最後まで読んで頂くと、その意味がお分かり頂けると思う。

最後に、本書を編纂して感じたことを述べる。

「悪魔」という言葉は人類の最大の発明だ。人の悪行を全て悪魔のせいにできるなら、これほど便利な言葉はない。

編纂者

「鬼畜の森——柏市・姉弟誘拐殺人事件——」

（文・橋本勲　雑誌『流路』二〇〇二年八月号掲載）

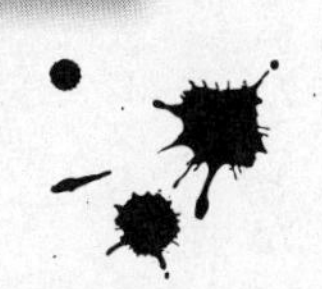

松戸

須藤（仮名）が、松戸駅周辺に住みつくようになって、もう十年以上になる。かつては上野公園（上野恩賜公園）を根城にしていたのだが、そこでの生活は、半年ほどしか続かなかったと彼は言う。

上野公園には二百人以上もの浮浪者がいた。ホームレスをまとめるホームレスもいて、自治会のような組織もあった。厄介だったのは、上野公園のシンボルと言える西郷隆盛像の周りにいた元やくざのホームレスが、やたらと威張りくさっていたことだ。刑務所から出てきたら、不景気で組がなくなっていたという口である。須藤も何度か絡まれたことがあった。だから、西郷さんには、あまり近づかないようにしていたのだ。上野では、浮浪者同士の間にも、厳しい上下関係があり、気を使わなければならないことも多かった。これでは、ホームレスになる前となにも変わりない。人付き合いが面倒になってこういう生活を始めたのに、人間関係に縛られるなんて馬鹿げている。そう思い、上野を飛び出したのだ。

その後、南千住駅やら綾瀬駅やらを渡り歩き、松戸駅にたどり着いた。松戸駅は、JR常磐線と、新京成線が乗り入れているターミナル駅だ。常磐線の駅には、快速線を走る快速や特急と、地下鉄千代田線に接続している各駅停車が停まる。

ホームレスが生活するには、利用者が多く、規模の大きい駅が最適である。各駅停車しか停まらないような小さな駅では、人通りや店舗の数も少なく、食糧を確保するのが一苦労なのだ。松戸のように、複数の鉄道が乗り入れているターミナル駅ならば、常に利用客で混み合い、駅周辺にも商業施設が多いので、食べ物に困ることはまずない。それに駅の構内が広い。雨風をしのげる場所もあり、公園にいたときみたいに、テントを張る必要もない。その分、浮浪者の数は多かったが、上野ほどのしがらみがないのもよかった。そういうわけで、須藤にとって松戸駅周辺は、恰好の住処となった。

午前十時を過ぎた。ラッシュの時間も終わり、通り過ぎる通勤客の数も減ってきている。須藤は、一階のコンコースまで行き、大階段の脇にあるゴミ箱に向かった。目当ては、通勤客が捨てた朝食の残飯である。以前はファストフード店の裏手にあるゴミ箱をよく漁（あさ）った。朝方のゴミ収集車が来る前の時間に行くと、前日の残飯や、店が見切り品として廃棄したハンバーガーが残っていることがあったからだ。でも最近は、見切り品には水をかけて捨てられるようになった。須藤のようなホームレスに、ゴミ漁りをさせないようにするためである。

階段の脇にあるゴミ箱のなかに手を入れて、残飯を探した。中身は新聞や紙くずばかりだ。でも、まれに手が付けられていないコンビニ弁当や、未開封のパンが捨てられていることもあるので、気は抜けない。通行人のなかには、横目でちらちらと、須藤を見る者もいた。だが須藤はかまわず、ゴミ漁りを続ける。ふと昔のことを思い出す。まともに働いていた頃は、通勤の途上などでホームレスを見かけると、蔑（さげす）んだ視線を向けていたものだ。その時はまさか、自分がこうなるとは、夢にも思っていなかった。

須藤は、自分の年齢を正確には覚えていない。多分今は、五十三とか四とか、そのあたりではないかと思う。家族も妻と息子が二人いたが、失踪（しっそう）してからは一度も会っていない。近頃は彼らがどういう顔をしていたかも、思い出せなくなってきた。例えば今、家族が目の前を歩いてきたとしても、きっと気付かないのだろう。彼らは今、どうしているのだろうか。上の子はもう成人しているはずだ。そういえば、何年か前に、家族と住んでいたアパートまで行ったことがある。別に理由があったわけではない。ぶらりと足が向いてしまっただけだ。遠くから建物を眺めて帰ろうと思ったが、気になったので、部屋の前まで行ってみることにした。恐る恐る建物に近づき、玄関の前まで来た。表札を見ると、違う人の名前になっていた。それを見て、なぜかほっと胸をなで下ろした。

かつて須藤は、準大手と呼ばれる商社のサラリーマンだった。それなりの大学を出て、それなりの企業に就職。経理畑の部署を渡り歩き、財務課の課長にまで昇進した。神奈川県の郊外に、戸建ての住宅をローンで買い、家族と人並みの暮らしを送っていた。会社の経営状態が悪化したのは、九〇年代に入ってからである。バブル経済が崩壊し、大手企業が相次いで倒産。須藤の会社でも大規模なリストラが敢行されることになったのだ。社歴を問わず、部下のクビを切ることが自分の役目だった。恨み言や罵声(ばせい)を須藤に浴びせて、辞めてゆく社員もいた。申し訳ないと思ったが、上層部からの指示なので致し方なかった。

でもそのあと、予想していなかったことが起こった。須藤は役職を解かれ、財務課から人材開発室なる部署に異動となったのだ。人材開発室とは、通称「リストラ部屋」と呼ばれる部署である。須藤もリストラの対象者となったわけだ。人材開発室のオフィスは、がらんとしたフロアに、人数分のデスクも電話もなかった。おもな業務は社内の清掃である。朝早く来て、各部署のオフィスにおもむき、掃除機をかけ、ゴミの分別と回収をする。以前は、外注の清掃会社がやっていた仕事である。経費削減の名目で、須藤らにその任が回ってきた。かつては上司だった人間が、若い社員の目に付くところで、毎日清掃作業をやらされるのだ。見せしめに他ならなかった。

結局、わずかばかりの退職金を手に、辞めることにした。すぐに再就職先が見つかるだろうと高をくくっていた。自分は経理のプロである。雇ってくれる会社はいくらでもあるはずだ。そう思っていた。でも現実は甘くなかった。四十を越えた人間を、好条件で迎えてくれる企業は皆無だったのだ。なんとか小さな貿易会社の経理課の働き口を見つけたが、そこでの給与では到底、今までの暮らしを賄えるはずもなかった。生活費に住宅ローンに教育ローンと、毎月の出費がかさんでゆく。やがて家族生活は破綻を来し、ついには自宅を売却、賃貸アパートに移り住むこととなった。

その後、貿易会社もすぐにクビになり、警備会社やクリーニング店、引っ越し会社の作業員などで糊口をしのいだ。金に目がくらんで、詐欺まがいの仕事に荷担したこともある。リフォーム会社の営業と称し、手当たり次第に古い家をまわるのだ。無料診断すると言って、屋根に上って、金槌で瓦をたたき割り、リフォーム代をせしめた。

心が痛んだが、食うためには仕方なかった。だが、そんな仕事が長続きするはずはない。ある日出勤すると、会社自体がなくなっていた。オフィスがあった場所は看板が外され、「空き物件」の札が掲げられていたのである。警察に目を付けられる前に、雲隠れしたのだろう。須藤の給料の支払いも、三ヶ月分ほど滞っていたが、その後会社とは、一切連絡が取れなくなった。きっと罰があたったのだ。そう思って、諦めるしかなかった。

という訳でいろいろあったのだが、それでもここで挫けてはいけないと思っていた。バブルが弾けたあの頃は、みんな苦しかったのだ。自分だけが特別ではない。すぐに景気は回復し、昔のような時代が戻って来るはずだ。そう信じていた。でも結局、そんなことはなかった。景気は戻らず、自分はこのように路上で生活する身となってしまった。

家を出た理由は、些細なことである。リストラされてから、妻も働きに出るようになった。やがて、彼女もそれ相応の収入を得るようになり、家族の生活は妻の給料で支えられるようになる。そして次第に、彼女は須藤を見下すようになっていったのだ。口を開けば、嫌みや皮肉ばかり。口論が絶えることはなかった。子供らからは無視され、家にいても居場所がない。仕事が終わっても、家に帰る気にはならず、一人でよく飲み歩くようになった。ある日のことだ。酔っ払って、終電に乗り遅れ、公園のベンチで夜を過ごしてしまう。朝になり目が覚めると、なんだか帰るのが嫌になった。朝帰りなんかしたら、罵詈雑言を浴びせられるに決まっている。どうしたものかと街をうろついていると、少し気分が楽になり、結局その日も家には帰らなかった。そして翌日も、そのまた翌日も、公園で寝泊まりを繰り返す日々。ずるずるとそんな生活が続いて、気がついたら、ホームレスになっていたというわけだ。

あの男のことは、よく覚えている。彼がここに来たのは、須藤が松戸に住むようになって、一年くらいしてからのことである。確か名前は……そう、望月だった。そうか。あの事件からもう九年も経つのか。望月は、本当に何を考えているのか分からない男だった。頭髪は白髪が多かったが、年齢はまだ四十歳くらいだったんじゃないかと思う。ホームレスとしては若い方だ。背は高く、色白で痩せ細っていた。路上生活者にしては身綺麗にしており、いつも地下通路の片隅に座り込んでいた。性格は大人しく、騒いだり、怒ったりしているようなところは見たことがない。だから、あんな事件を起こしたと聞いたときは、まさかと思い、大層驚いた。

でも後で考えると、思い当たる節がないわけではない。とにかく気味の悪い男だった。望月は、ただひたすらじっとしていた。あまりにも動かないので、死んでいるのかとさえ思ったこともあった。

彼はほかのホームレスと話そうとはしなかったが、須藤は少し会話を交わしたことがある。酒を酌み交わしたこともあった。それでも、自分が一方的に話しただけで、彼はほとんど黙り込んでいた。望月がなぜホームレスになったのかって？　そんなことは知らない。とにかく彼は自分の話をしたがらなかった。

望月がここにいたのは、半年くらいだったと思う。松戸から消えたきっかけは、仲間の一人が、マグロにやられたからだ。マグロとは、ホームレスがホームレスの金品を奪うことである。古参の一人が隠し持っていた多額の現金がなくなり、望月に疑惑の目が向けられたのだ。

「お前が盗んだんだろ。さっさと白状しろよ」

彼は大勢の浮浪者に取り囲まれ、問いつめられた。望月は肯定も否定もしなかった。どんなに追及されても、死んだ魚みたいな目をして、じっと黙っている。血の気の多いホームレスの一人が、望月に殴りかかった。彼の態度を見て、苛立ちを抑えきれなかったからだ。それをきっかけに暴行が始まった。彼を袋叩きにするホームレスたち。須藤もその場にいたが、見て見ぬ振りをする。関わらない方が身のためだ。

望月への暴行は、意識を失うまで続けられた。そのあと、彼の所持品が念入りに調べられたが、結局現金は見つからなかったらしい。翌日、望月は松戸駅周辺から姿を消した。それからどこに行ったのか、須藤は知らない。

そう言えば、不思議なことがある。望月は暴行を受けているとき、一切抵抗しようとしなかった。どんなに蹴られても殴られても、まるでゴム人形のようだった。呻き声一つあげず、人形のようにされるがまま……。危害を加えている方も、ほとんど手応えがないので、途中から気味が悪くなったという。

もしかしたら、彼は暴力を受けることに、何か喜びを感じていたのかもしれない。なぜなら望月の顔には、殴られる度に、薄ら笑いが浮かんでいるような気がしたからである。

現場

須藤というホームレスから、一通り話を聞き終える。謝礼の三千円と、コンビニで買ったビールやパンなどを渡した。彼は大層喜んでいる。こちらも、貴重な証言を聞くことができた。望月のことを覚えている人がいて助かった。もう九年も前の話なので、知っている者などいないと半ばあきらめていた。須藤の話では、ホームレスは居心地がいいと、一ヶ所に長く住みつくものらしい。上野公園には、何十年も住んでいる者が大勢いるのだという。

須藤と別れ、松戸駅の二階にある中央改札に向かう。自動改札を抜けて、常磐線各駅停車のホームに降りる。電車に乗り、十数分でM駅に到着した。

M駅は、千葉県柏市に位置している。各駅停車しか停まらない駅であるが、利用客は多く、駅前は栄えていた。駅周辺は、住環境も整備されており、都心まで一時間足らずと利便性も悪くない。改札を出て、バッグから地図のコピーを取り出す。目的地までは、おおよそ三キロほどだ。駅前の通りは、大型の商業施設やパチンコ店が軒を連ねていた。こうして、柏市に足を踏み入れたのは初めてである。千葉県北西部に位置している柏市。北は利根川を境に、その先は茨城県になる。東は手賀沼(てがぬま)を境に、我孫子(あびこ)市と隣接している。

しばらく歩くと、国道六号線に差し掛かった。道路の両側には、ファミリーレストランや中古車販売店などの店舗が建ち並んでいる。ありふれた関東近郊の地方都市の風景。正午を過ぎたばかりなので、車の往来が激しい。トレーラーや大型トラックなどの車輛(しゃりょう)が、轟音(ごうおん)を上げて、すぐ真横を通り過ぎてゆく。道路は片側二車線あるが、歩道はさほど広くない。ぎりぎり、人一人すれ違うことができるくらいである。落ち着かないので、一本裏の道に入ることにした。

住宅街の道を進む。車の往来はほとんどなく、通行人の姿もまばらだった。周囲を見ると、ほとんどがマンションや一戸建ての住居だが、ところどころ畑も残されていた。工事用のフェンスに取り囲まれた、建設中のマンションを過ぎると、目的地にたどり着いた。

住宅街のなかにある児童公園である。街角の公園にしては敷地が広く、緑にあふれ、遊具などの設備も豊富にそろっている。放課後にはまだ早いからか、公園の中には小学生以上の子供たちの姿は見当たらない。幼児を砂場で遊ばせている主婦や、散歩する老人の姿がちらほら見える程度である。

長閑(のどか)な春の午後だった。公園の木々は鮮やかな緑に彩(いろど)られている。鉄棒の脇にあるベンチに腰を下ろし、周囲を見渡した。穏やかな日常の風景である。九年前、陰惨な事件がここから始まったとは、とても思えない。砂場で遊んでいた幼児が走り出す。足を取られて転んでしまった。子供の泣き声が周囲に響いている。慌(あわ)てて駆け寄る母。あの男もこのベンチに座って、子供らを眺めていたのだろうか。

立ち上がり、公園のなかを散策してみることにする。歩いていると、何やら妙な視線を感じた。ふと目をやると、ベビーカーの主婦たちが、こちらを訝(いぶか)しそうに見ている。中年男が一人、真っ昼間の公園をうろついているのだ。不審者と思われているのかもしれない。確かにそうなのだ。ここはかつて、思い返したくない事件の舞台となった場所なのである。あらぬ疑いを掛けられる前に、退散することにした。

公園を出て、再びバッグから地図のコピーを取り出す。印をつけておいた場所を確認すると、住宅街の道を進んで行った。

少し歩くと、なだらかな下り坂に差し掛かった。そこからはアスファルトは真新しい色となり、坂の両側に街路樹が整然と並んでいる。その先に、高層マンションが建ち並ぶ一画があった。公園から、百メートルにも満たない距離にある高層マンション。そびえ立つ建物の中央には、コンクリートで整地された広場も見える。近年、再開発された地域である。

この場所には、かつて被害者家族の家があった。庭の広い、ブロック塀に囲まれた木造住宅――。事件のあと、家族は家を売り払い、別の土地に引っ越していた。忌まわしい事件の記憶を、消し去りたかったのだろう。その後、地域の再開発に伴い、付近の住宅とともに、被害者家族の家は取り壊された。今はもうここに当時の痕跡は、一切残されていない。

それにしても不可解な事件である。事件自体は、誰でも知っているようなものとは言い難い。発生当初は、それなりに世間を騒がせたが、今でも覚えている人はほとんどいないだろう。犯人はすでに逮捕されているので、未解決事件というわけでもない。亡くなった人や、遺族の方には大変申し訳ないが、マスコミ的にはある意味、「終わった」事件と言っても過言ではない。

では一体なぜ、この事件を取材してみようと思ったのか。一番大きな理由は、犯人の動機である。被害者と犯人との間には、何の接点も見られなかった。事件まではお互い、見ず知らずの他人だったのだ。被害者やその家族には、何一つ恨みなどなかったはずなのに、男は目を背けたくなるような残虐な犯罪を行ったのである。

動機なき殺人事件など、現代では珍しくないかもしれない。だが、もっともらしい動機がないにせよ、何か理由はあるはずだと思う。衝動的に殺人を犯してしまう精神状態に陥った理由である。多額の借金を抱えてとか、家族関係に問題があったとか、社会生活に適応していなかったとか……。もちろん、この事件の犯人の背景には、何も問題がなかったということではない。彼が凶行に走ることになった動機に関しては、裁判によって、それらしい推察が為されている。だが、裁判記録を何度読み返しても、それは私自身が納得できるものではなかった。

この事件の取材を始めた理由——

それは、いかにして男に悪魔が宿ったのか？　その実像に迫ってみたいと思ったからだ。そこで事件の当事者や関係者などをあたり、取材を試みることにした。九年前の事件ということもあり、関係者を見つけ出し、話を聞き出すことは、容易な作業ではなかった。悲惨な出来事なので、思い出したくないと断られることがほとんどだった。それでも、何人かは協力してくれる人もいて、貴重な証言を得ることができた。このルポルタージュは、関係者らの取材をもとに、謎に満ちた事件の全容に迫ったものである。

雑木林

搬送車は、住宅街の裏山にある雑木林の入口に到着する。一九九三年二月九日、午前七時二十五分。道路にはすでに、ランプを光らせた数台のパトカーや警察車輌が来ていた。市島徹は、一台のパトカーの後ろに、バンタイプの四輪駆動車である搬送車を停車させる。

搬送車を降りて、一人で雑木林の中に入っていった。まずは現場の状況を、この目で確かめようと思ったからだ。昨日は、季節外れの大雨が降った。幸い夜のうちに雨は止んでくれたが、予想通り、地面の土はたっぷりと雨水を吸い、ぬかるんでいる。水たまりを避けながら、林道を歩いてゆくと、捜査員が集まっていた。

当時、市島の階級は巡査部長であり、警察官になって二十年以上経っていた。そのため、捜査員のなかには顔見知りが多く、本件の捜査主任とも何度か同じ事件に携わったことがあった。市島の姿を見つけると、捜査主任が駆け寄ってきた。

「市島さん、お待ちしていました。相方はどうしました」

「まだ車にいますよ。先に、現場を見せてもらおうと思ってね」

「分かりました。案内させますよ」

彼は国立大学出のインテリである。自分より歳は若かったが、切れ者で階級も上だった。捜査主任の指示で、部下の刑事に現場まで案内してもらうことになった。ジャンパー姿の捜査員の背中を追い、険しい林の中に入ってゆく。ぬかるんだ土に足をとられ、思うように進まない。先を歩く刑事が言う。

「昨日の雨で、地崩れしている場所もあるんで、気をつけて下さい」

生い茂る木々をかき分け、歩き続けた。すると、かすかに川の流れる音が耳に届いた。さらに奥に進むと、川の音は次第に大きくなってくる。傾斜を下りて行くと、小さな川が見えてきた。

幅一メートルにも満たない川である。普段はちょろちょろとしか水が流れていない小川だというが、昨日の大雨のせいで、土砂の混じった茶色い濁流が勢いよく流れていた。その手前に、ぽっかりと樹木が生えていない空間があった。八畳間ぐらいの広さの、笹（ささ）や雑草が生い茂った荒地である。地滑りが起こったのか、ところどころ地肌がむき出しになっている場所もあった。白手袋をした鑑識が中に入り、作業を始めている。捜査員に取り囲まれた、被疑者らしき男の姿も見える。背が高く痩せぎすの男だ。うす汚れたコートに無精髭（ぶしょうひげ）の顔。頭髪は白髪交じりだが、年齢は市島と同じ四十代らしい。

場所を確認すると、一旦（いったん）車輌に戻ることにした。雑木林を出て、路上に停めた搬送車の後に回り込んだ。後部ドアを開けると、今か今かと出動を待ち構えていた漆黒の肢体が、勢いよく飛び出してくる。ルドルフ号を引き連れて、再び雑木林のなかに入った。ぬかるみの中、はあはあと白い息を吐いているルドルフ号を、現場まで連れて行く。捜査員から、被疑者が所持していたという、児童の衣服を受けとり、黒く濡（ぬ）れた鼻先に近づけた。

「ルドルフ、よーく嗅（か）いで探せ」

号令と同時に、ルドルフ号が走り出した。泥だらけの地面の上を、黒くしなやかな脚が駆ける。笹やぶの荒地に飛び込み、遺体の捜索が始まった。ルドルフ号は、四歳のジャーマンシェパードのオス犬だった。市島が手塩にかけて訓練し育て上げた、自慢の相棒である。

市島は、この道十五年のベテラン訓練士だ。警察に入ったときは、地域部の自動車警ら隊に所属していたが、志願して警察犬の訓練担当者になった。一体なぜ、警察犬の訓練士になろうと思ったのか。特にこれといって大きな理由はない。強いて言えば、子供のころから動物が好きだったからだと思う。

ルドルフ号と初めて対面したときのことは、よく覚えている。市島を見るや否(いな)や、激しく牙(きば)を剝(む)き、唸(うな)り声を上げていた。気性が荒く、他の訓練士はすぐにさじを投げた犬である。でも市島は、なぜかルドルフ号が気になり、担当になることを申し出たのだ。

警察犬の訓練は、まずは誰が主人なのか分からせるため、厳しくしつけることから始まる。命令に絶対的に服従させるための訓練である。だが、叱(しか)りつけるだけでは、優秀な警察犬は生まれない。一緒に遊んだり、食事の世話や手入れも怠ってはならない。言葉が通じない犬との信頼関係を生み出すためには、彼らにとって一番怖いのは主人であり、一番優しいのも主人であることを教え込むことが重要なのだ。警察犬を育てるのは、まさに根気が勝負である。市島は休みを返上して訓練に取り組んだ。訓練士が誠心誠意向き合わなければ、すぐれた警察犬は生まれない。その甲斐あって、一年後にはルドルフ号は立派な警察犬に成長した。

警察犬は、物言わぬ捜査官である。人間の数千倍から一億倍ともいわれる鋭い嗅覚で、捜査の決め手となる証拠を暴き出す。実際、彼らの活躍によって事件が解決に導かれた例は、枚挙に遑がない。警察犬の仕事は、行方不明者の捜索や、薬物や爆弾の捜索。犯人や被害者の残した遺留品をもとに、足跡を追及する活動。そして遺体の捜索である。

その日、ルドルフ号に与えられた任務は、土のなかの遺体を見つけ出すことだった。正直なところ、市島は遺体が出てきてほしくないと思っていた。被疑者がこの雑木林に埋めたというのが、幼い子供の遺体だったからだ。それも二人だという。市島にも子供がいる。できることなら、可愛らしい子供の無惨な姿を目にしたくない。もちろん、そんなことは決して口には出さないが……。

だがルドルフ号は違った。泥だらけになりながら、黒く濡れた鼻先を地面に押しつけ、懸命に土の匂いを嗅ぎ回っている。きっと彼は今、こう思っている。遺体を見つけることが、主人の最大の喜びなのだ。自分の仕事は、主人の希望を叶えることであると。警察犬は決して手を抜かない。主人が命令すると、目的を達成するまで、いつまでも探し続ける。

そんな首輪をつけた捜査官の姿を目の当(ま)たりにすると、市島も身が引き締まる思いがした。幼い子供が冷たい土の中に埋められているのなら、一刻も早くそこから出してあげなければならない。子供たちのご両親のためにも。遺体を土中から上げて、犯行の全貌(ぜんぼう)を明らかにする足がかりを作ることが、我々の仕事である。ひたむきに捜索を続けるルドルフ号の姿に、そのことを痛感する。

捜索を始めて、十分ほどが経過した。ルドルフ号の様子が、いつもと違っている。一向に反応を示さないのだ。普段は遺体の臭(にお)いをかぎ取ると、小躍りして吠(ほ)え立てるのだが、ずっと地面に鼻をつけたままである。地面がぬかるんでいて、調子が出ないのだろうか。時折、市島の方を物憂(ものう)げな顔で見て、また土の匂いを嗅ぐ。ずっとそれを繰り返している。

もしかしたら、あの男の狂言かもしれない。ふと市島はそう思った。男は昨夜、子供を殺したと派出所に現れた。殺害した子供は二人で、幼い姉弟だという。公園で遊んでいた姉弟を連れ出して、雑木林に誘い込み、殺害して土の中に埋めたのだと……。確かに数日前に、幼い姉弟の行方が分からなくなっていた。被疑者の男に、行方不明の姉弟の写真を見せると、殺したのはこの二人だと供述した。所持していた衣服を両親に確認したが、失踪した二人の子供が着ていたものに間違いないとのことだ。姉弟を殺害したという男の証言には、信憑性がある。だが、ルドルフ号が反応を示さないのは、一体なぜなのか。男が本当に姉弟を殺めたのなら、この場所から遺体が出てくるはずだ。

被疑者の男はホームレスだという。もしかしたら男は、嘘の事件をでっち上げ、わざと逮捕されたのではないか。昨日は一日中、冷たい雨が降り続けていた。外にいるよりは、留置場で過ごす方がましである。それに、温かい飯も出る。でも、もしそうだとしたら、失踪した姉弟の衣服を持っていたのは、一体どういうことなのだろう。

「ルドルフが反応を示しません。ここじゃないかもしれませんよ」

市島は、捜査主任に告げた。

「そんなはずないですよ。被疑者は、間違いなくこの場所に埋めたと証言していますから」

たしなめるような口調で、捜査主任が言う。ちらりと被疑者の方に目をやった。二人の捜査員に挟まれ、男は立っている。特にうなだれてはいない。背筋を伸ばして、堂々としている。大変な事件を起こしてしまったと、改悛している様子ではない。一体この男は、何を考えているのだろうか。遠くから、彼の顔を凝視する。だが、男の細い目からは、感情はほとんど読み取れなかった。

その時である。突然、ルドルフ号が動き出した。被疑者の男が指し示した場所から離れ、川に近い斜面の方を降りてゆく。そのあたりは、昨日の地滑りで、地肌がむき出しになっている場所だった。泥だらけになりながら、ルドルフ号が斜面の周辺を捜索している。彼の動きがぴたりと止まった。鼻先を地面に押しつけ、うなり声を上げている。何かを見つけたのだ。前足と後足を使って、懸命に土を掘り始めた。しばらくその作業を続けると、ルドルフ号は市島に向かって高らかに吠えだした。それは、この下に遺体が埋まっているという雄叫(おたけ)びだった。

すぐに、ルドルフ号が示した場所を捜索にかかった。鑑識や捜査員らが、スコップを手に土を掘り始める。しばらくすると、捜査員の表情が一変した。土の中から、青白い人肌が見えてきたのである。周囲の土を慎重に取り除くと、それは子供の右脚であることが分かった。捜査員の間で、静かなどよめきが起こる。さらに掘り進めて行くと、拳(こぶし)を握りしめた、幼い子供の全身が現れた。

遺体は四、五歳の男児だった。着衣はなく、泥にまみれた全身は、青白く変色している。その目は固く閉じられていて、顔中に紫色の痣(あざ)があった。捜査員らが遺体に向かい手を合わせている。市島も目を閉じて合掌する。ルドルフ号のお手柄である。最初に彼が反応を示さなかったのは、昨日の大雨で地滑りを起こし、遺体の位置が変わっていたことが原因だったようだ。

「遺体の周りも調べて下さい」

落ち着いた声で、捜査主任が言った。捜査員たちが、男児の周囲の土を慎重に掘り進めてゆく。すると、その近くにもう一体の遺体を発見した。髪の長い女児の遺体である。男児より一回り大きく、同じように服を脱がされていた。

被疑者の供述通りだった。雑木林の土中から、二人の幼い子供の遺体が発見されたのである。彼の話は、狂言などではなかったのだ。ふと被疑者の方に視線を送る。ついさっきまでは、まるで感情が失われていたような被疑者の顔。だがそのときは、うっすらと微笑(ほほえ)みが浮かんでいた。

遺体を発見したルドルフ号は、それから三年後に警察犬を退役。二〇〇〇年に死亡する。その後、多くの警察犬が眠る、動物霊園に埋葬された。市島は昨年、警察官を退職し、現在は民間の警察犬訓練所で訓練士の育成にあたっている。

姉弟

かつては、公園のすぐ脇に自分の畑があった。

その頃の永井タエの日課は、畑での農作業である。朝早く起きては、畑で一日を過ごした。畑から公園が見えた。畑仕事をしながら、公園で子供を遊ばせたこともあった。さほど遠い昔のような気はしないが、タエの二人の子供は、もう成人している。歳月が過ぎるのは早いものだ。ついこの前まで、子育てに追われていたような気がする。

嫁いできたときは、このあたりは一面の畑だった。あの公園もまだなかった。隣近所はみんな農家をやって生計を立てていた。今はもうほとんど畑は残っていない。マンションだらけだ。タエの畑も二年前に夫を亡くしたときに、売り払ってしまった。畑があった場所もマンションになるようだ。今はフェンスに囲まれ、連日工事が続いている。

九年前か。確かその頃、長男はもう高校生になっていた。下の娘ももう中学生で、公園で遊ぶような歳ではなかった。それでもタエは、毎日畑に出ていたので、公園の様子は嫌でも目に入ってきた。男が公園に住みつくようになったのは、夏ごろからだったと思う。浮浪者があまり寄りつくような公園ではないので、よく覚えている。

男はホームレスにしては、小綺麗な身なりをしていた。服はよく着替えていて、頭髪も短くしていた。そんな様子だから、公園にいてもあまり違和感はなかった。

彼は一日のほとんどを、ベンチに座って過ごしていたように思う。遊んでいる子供たちの姿を、ただひたすら眺めていた。

最初は見ていただけだったが、やがて男は、子供たちと遊ぶようになった。ボール投げをしたり、鬼ごっこや隠れん坊をしたり。どこから調達してきたのか、コマや面子などを持ってきて、子供たちに懐かしい遊びを教えたりもしていた。彼の周りには連日のように子供たちが集まり、一躍人気者となる。

もちろん、近所の親たちは、男の存在を警戒した。見ず知らずの男と、自分の子供が遊んでいるのを、快く思う親はいない。公園に行くことを、禁じられた子供もいたそうだ。タエにしても、もし自分の子が幼いころに不審な男と遊んでいるのを目にしたら、すぐに公園遊びをやめさせただろう。

亡くなった二人の子は、とくに男と仲が良かった。公園から、少し歩いて行ったところにある家の子だ。あの家があった場所は、再開発されて、全く変わってしまったが……。被害者の子供の家とは、とくに付き合いはなかった。古くからある家らしいが、タエはよく知らなかった。殺された二人の姉弟は、公園でよく遊んでいるのを見かけた。姉は六歳で、その年、小学校に上がる予定だったと聞いた。弟は四歳で幼稚園に入ったばかりだったらしい。母親の姿も見かけることはあったが、ほとんど二人で遊んでいた。時折もう一人、どこかの女の子も加わり、三人で遊んでいる時もあった。家の近くの公園なので、母親も気軽に遊びに行かせたのだろう。でも結局、それがあだになってしまった。

あの姉弟は、本当に男によく懐(なつ)いていた。

毎日のように公園に来ては、日が暮れるまでずっと男と遊んでいた。姉だけが公園に来ることもあった。男が姉を連れて、公園を出て行くのも何度か見たことがある。あとで聞いた話だが、男は彼女に対し、いかがわしいこともしていたらしい。六歳の女の子を相手にである。公園から連れ出した後、そのような行為に及んでいたかと思うと、怒りしか込み上げてこない。

それからしばらくして、あの二人の子供が殺害されたことを知った。事件が発覚したときは、公園にパトカーやらテレビ局の車やらが頻繁に来ており、大騒ぎだった。タエも何度か警察に話を聞かれた。週刊誌やテレビの取材に応じたこともあった。あのときは、本当に胸が痛んだ。申し訳ないと思った。タエは毎日のように畑から、子供らの様子を見ていたのだ。もしかしたら、犯行を防げたかもしれないという、無念の思いがあった。二人の幼い子供たちの冥福(めいふく)を祈る。被害者のご両親は、本当に気の毒でならない。

そうか、あれからもう九年も経つのか。決して出来がよいとは言えないが、自分の子供たちはなんとか成人してくれた。あの事件のことを思い出すと、当たり前のことが、何ものにも替えがたいことであると思い知らされる。

今はもう畑はないので、公園のあたりに行くことはほとんどない。でもたまに通りかかると、殺害された姉弟のことを思い出し、思わず手を合わせてしまう。

失踪

鈴木香(かおり)(仮名)が、このマンションで暮らし始めたのは、事件が起こる三年ほど前のことである。それまでは、夫と娘の三人で、都内の賃貸マンションに住んでいた。だが次女が生まれ、家族四人では少々手狭になったので、思い切って購入することにした。香の夫は、都内に本社がある自動車メーカーの関連会社に勤務している。マンションがある柏から、都心までは電車で一時間ほどだ。通勤は少し不便になるが、築一年と新しい物件の割には格安だった。それに目の前に、広い公園があるのも、子育てする主婦にとっては有り難かった。

香は専業主婦である。以前は、アパレルメーカーに勤めていたのだが、長女が生まれたのを機に休職した。二人の子育てが一段落したら仕事に復帰したいと思っていた。でも、結局それは叶わなかった。柏に引っ越してから、さらにもう一人男児が生まれたからである。三人の子育てに追われる毎日で、とても仕事復帰どころではなかった。

今でも小椋さんのことを思い出すと、涙が込み上げてくる。何であんなことになったのか、理解できない。小椋鞠子さんと知り合ったのは、うちの長女と彼女の娘が、同じ幼稚園に通っていたからだ。入園したころは、クラスも違っていて、挨拶を交わす程度だった。でも年中（幼稚園や保育園で四歳児から五歳児の学年）に上がったときに同じクラスになり、よく話すようになった。鞠子さんも専業主婦で、二人の子供を育てていた。幼稚園の帰りに、香のマンションの前の公園で子供を遊ばせながら、子育ての悩みを語り合った。家族構成も似ていたので、二人は話がよく合った。鞠子さんはとても話しやすい、明るい性格の女性だった。年齢は香の少し下で、事件のときは三十歳くらいである。長女の名前は須美奈ちゃん。弟の名前は亘くん。須美奈ちゃんは、お母さんに似て朗らかで、可愛らしい女の子だった。亘くんは腕白な男の子で、うちの子たちといつも元気に走り回っていた。お父さんの名前は覚えていないが、銀行勤めをしていると聞いた。恰幅のいい男性で、快活な奥さんとは対照的に、穏やかで大人しそうな旦那さんだった。あまり話したことはなかったが、家族思いで、幼稚園のイベントにも顔を出すし、休みの日は、子供を連れてよく公園にも来ていた。

小椋さんの家には、何度かお邪魔したことがある。公園から歩いてすぐの、下り坂の途中にある、古い一軒家だった。ブロック塀に囲まれた庭の広い家で、青々と茂った木が塀から飛び出していた。動物が好きで、犬を飼っていたと思う。でも、香のマンションの方が公園に近かったので、ほとんどはうちに来て遊んでいた。

鞠子さんは結婚するまでに、いろいろと苦労したらしい。男運が悪く、ろくな恋愛をしてこなかったという。子供を遊ばせているとき、公園でよくそんな話をした。でも、家持ちの銀行員を射止め、やっと幸せをつかんだ。そして、須美奈ちゃんと亘くんという子宝に恵まれたのだ。

あの日のことはよく覚えている。確か日曜日だった。夕食の支度を始めていたので、午後六時くらいだったと記憶している。チャイムが鳴ったので、ドアを開けてみると、鞠子さんだった。

「ごめんなさい。もしかして須美奈と亘、お邪魔してないかしら」

「ううん。来てないけど」

そう言うと、鞠子さんの目がわずかに澱(よど)んだ。いつもの明朗快活な彼女とは、様子が違っている。当時、須美奈ちゃんはうちの子と同じで六歳、亘くんは四歳だった。公園で遊んだ帰り、よく二人が遊びに来ることがあった。でもその日は、うちの子は誰も公園に行っておらず、家でずっとテレビのアニメを見ていた。

「まだ、帰ってないの？」

「うん。公園で遊んでたはずなんだけど、見当たらなくて」

「え、見当たらないって？　どうしたんだろ。公園にいないの」

「うん。でも大丈夫。よく探してみる。ありがとう」

肩を落として、鞠子さんは帰っていった。彼女の唇は、わずかに震えていたように思う。六歳と四歳の子供がどこかに行ってしまったのだ。心中(しんちゅう)穏やかなはずはない。香の脳裏にも悪い予感がよぎった。そのときはまさかと思っていたが、悪い予感は現実のものとなってしまった。

そのあと、鞠子さんは旦那さんと手分けして別の公園や駅の周りなど探したらしい。幼稚園のほかの友達とか、知り合いに電話して、心当たりのあるところは隈無(くまな)くあたったが、須美奈ちゃんと亘くんの行方は杳として知れなかった。

警察に通報したのは、夜八時すぎ。あの夜、小椋さんの自宅には、周囲に気づかれないように、警察が来ていたという。何人か刑事が訪れ、電話に録音機などの装置を仕掛けて、待ち受けていたのだ。身代金目的の誘拐であれば、犯人から連絡が来るはずである。逆探知すれば、犯人の居場所を特定する手掛かりをつかむこともできる。映画やドラマでよく見る捜査方法だ。確かその何年か前に、宮﨑勤という男が、幼い女児を連続して誘拐し、殺害する事件が起こっていた。挑発的な声明文を送りつけ、警察を翻弄したのである（「東京・埼玉連続幼女誘拐殺人事件」一九八八～一九八九年）。そのことがあったので、警察の対応も迅速だったのかもしれない。刑事たちが交替で、小椋さんの家に詰めて犯人からの入電を待ち構えていたが、その晩も、翌日も、結局不審な電話はかかってこなかったという。

香が二人の死を知ったのは、行方が分からなくなってから二日後のことである。買い物に行こうと外に出ると、公園の前に、数台のパトカーが来ていた。何があったのか、近所の知り合いに聞くと、須美奈ちゃんと亘くんの遺体が見つかったというのだ。その話を聞いたときは、一瞬で血の気が引いた。怖れていたことが現実になってしまった。須美奈ちゃんは事件の十日ほど前に六歳の誕生日を迎えたばかりだったことを記憶している。亘くんも四歳だった。あまりにも早すぎる死である。その事実を冷静に受け止められなかった。何日か前までは、二人は元気よくうちの子と遊んでいたのに。

犯人は、公園の近辺をうろついていた、ホームレスの男だという。香も、その男のことは知っていた。何度か公園で見かけたことがある。男はよく、学校帰りの小学生らと一緒に遊んでいた。香の子供らも、声をかけられたことがあると聞き、しばらく公園で遊ぶのをやめるように言ったこともあった。あのとき、もっと真剣になって、警察や行政に連絡して、対応してもらっておけばよかったと思う。そうしたら、こんなむごたらしい事件は起こっていなかった。悔やんでも悔やみきれない。

一体なぜあの男は、幼い二人の姉弟を連れだし、殺害したのだろうか。犯人は誘拐してから一度も、小椋さんに連絡してこなかったという。身代金が目的というわけではないようだった。何か、小椋さん一家に深い恨みがあったということだろうか。でも警察の調べによると、あのホームレスの男は、小椋さんとは縁もゆかりもなかったそうである。ただ無差別に、男は子供を殺したかったのだろうか。須美奈ちゃんと亘くんは本当に気の毒である。もしかしたら、自分の子供らが犯人の毒牙（どくが）にかかっていた可能性もあるのだ。そう考えると、心底ぞっとする。

事件以来、小椋さん夫妻の姿を見かけることはなかった。もし、道でばったり会ったら、なんて声をかけようかと思っていたが、家を売り払い、どこか別の土地に引っ越したという。結局、須美奈ちゃんと亘くんがいなくなったあの日、玄関口で話したのが、鞠子さんとの最後の会話になってしまった。今はどうしているのだろうか。元気にしているといいのだが。

香にとっても、あの事件は大きなトラウマとなった。自分が住むマンションの前の公園で、こんなにも惨い事件が起こったのだ。あれから、公園で子供を遊ばすのが、本当に怖くなってしまった。引っ越ししようと、夫に相談したこともある。でも、まだ何十年もローンが残っていると一笑に付された。そう簡単に引っ越しできるわけがないことは分かっていたが、あの頃は、また恐ろしいことが起こるんじゃないかと思い、気が気ではなかったのだ。

幸いあれからこのあたりでは、大きな事件は起こっていない。小椋さんの事件が、話題に上ることもほとんどない。新しい入居者の多くは、目の前の公園が恐ろしい出来事の舞台だったことを知らないのだろう。香の子供たちも、事件が起こったときは、突然友達を失ったことにショックを受けていたが、今はみな大きくなり、あのことは多分誰も覚えていないと思う。

小椋さんの家があった一帯は、再開発地区となり、今は立派なマンションが建ち並んでいる。香は子育てが一段落したので、現在は在宅で、服飾関係のショップのホームページ作成を手伝っている。

派出所

華々しい活躍もなく、地味で平凡な警察官人生だったが、竹村宗平（仮名）はあの日のことだけは、決して忘れられないという。

現在、竹村は四十五歳。七年前に警察を退職して、千葉県の食品会社に勤務している。退官後、職場で知り合った事務の女性と結婚して、子宝にも恵まれた。竹村は、ふくよかな肉厚の体型をしている。肌も色白で、物腰も穏やかであり、人懐っこい笑顔が印象的だ。かつて警察官だったことを告白すると、大抵驚かれるという。

一九九三年二月八日。当時、彼は三十六歳。派出所勤務の巡査長だった。その日は、二月には珍しく、午前中からずっと土砂降りの雨が降っていたので、よく覚えている。午後八時を回った頃、夜の巡回を終えた竹村は、派出所に戻ってきた。ちなみに、当時は「交番」のことは、「派出所」と称されていた。交番が正式名称となったのは、翌年に警察法が改正されてからのことだ。

巡回を終え、派出所の表に自転車を停める。びしょびしょのレインコートを脱いで、執務室に駆け込んだ。冷たい雨だった。凍えるように寒い。タオルで頭を拭(ふ)き、湯気が立っている薬缶(やかん)が置かれた、石油ストーブの前で暖を取る。薬缶の湯でインスタントコーヒーを作り、身体(からだ)を温めた。震えが治まってきたので、デスクにつき事務作業を始めることにした。

竹村と交替で、部下の警官がレインコートを羽織り、巡回に出て行った。その時、派出所長は奥で仮眠をとっていたので、執務室にいたのは竹村一人である。ここから夜は長い。当直の日は、朝八時過ぎからほぼ二十四時間の勤務となる。欠伸(あくび)をかみ殺して作業を続ける。

彼が勤務していた派出所は、郊外の住宅街のなかにある。配属されて三年以上が経つが、とりたてて大きな事件に遭遇したことはない。舞い込んでくるのは、道案内や迷子、遺失物の処理など、平凡な事案ばかりだ。繁華街も近くにないので、このあたりは夜になると静まりかえる。派出所を訪れる人も滅多にいない。だからその夜も、どうせ誰も来ないだろうと思っていた。それにこの大雨である。早く当直を終え、寮の部屋に戻り布団(ふとん)のなかに潜り込みたい。そんなことを考えていた時だった。

外で人の気配がした。入り口の方に目をやる。ガラス戸が開き、雨粒が吹き込んできた。一人の男が入ってくる。うす汚れた身なりの男である。男は何も言わず、ガラス戸を閉めた。傘も差さず、身体中がびしょ濡れだった。よれよれのカーキ色のコートを身にまとい、黒いリュックを肩にかけている。無精髭を生やし、コートや靴も泥だらけだ。年齢は四十代くらいだろうか。ひょろりと背が高く、痩せ細っていた。肌つやは悪く、頭髪は白髪交じりで、ところどころ赤茶けた頭皮が透(す)けて見えている。男は無言のまま、じっと竹村の方に視線を向けている。

「どうしました」

黙っていたので、竹村が先に声をかけた。浮浪者が物乞(ものご)いに来たのだろうと思った。もしくは、この大雨と寒さでたまらず、駆け込んできたのかもしれない。だとしたら、なかなかいい度胸をしている。ホームレスにとって、警察官は天敵である。いくら雨が降っているとはいえ、派出所に入るのは勇気がいるだろう。

助けてやりたいという気持ちがないわけではなかったが、浮浪者の援助は禁じられていた。警察の仕事は福祉ではない。それに一度情けをかけると、こういう手合いはつけあがり、繰り返しやってくる可能性がある。可哀想(かわいそう)だが、追い出すしかない。

「どうかしましたか。用件はなんです」

声を張り、咎めるような口調で言った。しかし、男はじっと黙ったままだ。男の髪から、雨の滴がぽたぽたと床に落ちている。業を煮やした竹村は立ち上がり、男の前に歩み出た。追い返そうと、言葉をかけようとしたとき、やっと男の口が動いた。

「お巡りになって何年目だ」

少しかすれた声で、でもはっきりと男は言った。その言葉を聞いて、拍子抜けする。これで彼の目的ははっきりした。この男は、警察官をからかいに来た。相手をするほど暇ではない。

「用がないんなら、さっさと出て行きなさい」

諭すような口調で竹村は言った。だが、男は出て行こうとはしない。

「手柄を立てたくはないか」

「ふざけてないで、さあ、帰った帰った」

「手柄を立てさせてやるというのは本当だよ。私をここで追い返したら、大きく悔やむことになる」

「もう分かったから、早く帰って」

そう言って追い出そうとした。男は構わず、竹村に言う。

「私は子供を殺した」

その言葉を聞いて、ため息をついた。悪ふざけも、度が過ぎている。

「いい加減なことを言うな」

「本当だ。私は幼い子供を殺した。だから、自首したいと思って、ここに来たのだ」

男は、竹村の顔をじっと見据えてきた。思わず言葉を呑んだ。それは彼の表情が、とても人間のものとは思えなかったからだ。一切の感情が失われた死んだ魚のような目……。さらに男は言葉を続ける。

「殺した子供は、二人だ」

「二人？」

「そうだ。幼い子供だ。二人は姉と弟だ」

男の言うことが、あながち冗談のようにも思えなくなってきた。いやむしろ冗談であって欲しいと思った。ホームレスが暇つぶしに、警察官をからかいにやってきたのだ……と。

「自分が何を言ってるのか、分かっているのか」

「もちろん分かっている」

「本当なのか。子供を殺したというのは」

男は黙っている。相手は何を考えているのか。表情を読み取ろうとするが、男は灰色の目を向けたままだ。竹村は苛立ち、声を荒らげる。

「質問に応えなさい。さっき言ったことは、本当かと聞いているんだ。いい加減なことばかり言って、警察官を愚弄すると」

すると男が動き出した。竹村は身構える。男は肩にかけていたリュックを下ろすと、デスクの上に置いた。量販店で売っていそうな、黒いナイロン製のリュックである。男はチャックを開くと、中身を取り出し、竹村に差し出した。

「これを見てほしい」

男が手にしていたのは、うす汚れた子供用の黄色いワンピースだった。可愛らしい花柄模様があしらわれている。リュックの中から出てきたのは、それだけではなかった。ワンピースよりも小ぶりの水色のトレーナーと、子供用のデニム地のズボン。そして下着類と男児用と女児用の運動靴が一足ずつだった。衣服や靴は泥で汚れており、トレーナーには、黒ずんだ血痕のようなものが、点々と付着している。

それを見て、一瞬で血の気がひいた。これで、男の言動は信憑性を帯びてきた。本当に彼が幼い姉弟を殺害したかどうかは分からなかったが、何らかの事件に関係している可能性は極めて高いと思った。

すぐに署に連絡を入れた。捜査員の到着を待つ。奥の部屋で休んでいる派出所長に報告しに行こうと思ったが、やめておくことにした。もし、この男の言っていることが真実で、彼が子供殺しの犯人だったら、ここで逃げられでもしたら、とんでもない大失態となる。

まずは男に、乾いたハンドタオルを渡した。身体を拭かせると、デスクの前に座らせる。所定の用紙を取り出し、記入するよう促した。彼は素直に指示に従い、空欄にペンを走らせてゆく。名前は望月辰郎。年齢は四十三歳。住所不定、無職の路上生活者だという。

男は妙に落ち着いていた。緊張していたのは、どちらかといえば竹村の方だった。目の前の男は、自らを殺人犯だと言う。油断していると、何をするかわからない。デスクに向かい、ペンを走らせている望月の一挙一動を注視する。

しかし、なぜこのように平然としていられるのだろうか。人を殺害してきたというのに。それも子供を二人も……。もし本当に、ここに来る前に、幼い姉弟を殺害してきたというのならば（その事実は後に立証されるのだが）、もしかしたら彼は、人間ではないのかもしれない。

「なぜ、子供を殺した」

思わず、口から言葉が出た。本格的な取調べは、通常は捜査員が到着してから、警察署に場を移して行われるはずである。自分がやるべきことは、それまで彼が逃亡しないように、見張っていることだった。でも、つい訊いてしまった。

質問を聞くと、男はペンを静かに置いた。無表情なままの顔をこちらに向ける。無精髭に覆われた、痩せ細った青白い顔。よく見ると、彫りの深い、上品な顔立ちをしている。かすれた声で男が言う。

「それが、私が導き出した答えだからだ」

「答え……子供を殺すことが……か?」

「そうだ」

言葉につまった。どう返事していいのか、分からなかった。男はじっと黙っている。頭のなかで次の言葉を探していると、外からパトカーのサイレンが聞こえてきた。

捜査員が到着する。望月は任意同行を求められ、数人の捜査員とともに派出所を出て行った。こうして竹村が、稀代の凶悪犯、望月辰郎と邂逅した夜は終わりを告げたのだ。

記事

「柏市の雑木林から二児の遺体見つかる」

九日午前八時ごろ、千葉県柏市の雑木林で、女児と男児の遺体が発見された。見つかったのは、行方が分からなくなっていた、柏市に住む小椋克司(かつじ)さんの長女・須美奈ちゃん（六歳）と長男の亘くん（四歳）。二人の遺体は服を着ておらず、土中に埋められていた。遺体は死後二、三日が経過していたが、両親によって身許(みもと)が確認されている。遺体が発見された経緯は、八日夜、住所不定、無職の男が、「幼い姉弟を殺害した」と現場近くの派出所に出頭。男が被害者の着衣を所持していたことから、事件が発覚した。捜査本部が置かれた千葉県警柏署では、二人が殺害された経緯について、男から詳しい事情を聞いている。

（一九九三年二月九日付夕刊　××新聞）


「柏市・姉弟誘拐殺人事件　住所不定の男を逮捕」

千葉県柏市の雑木林から、柏市の会社員、小椋克司さんの長女・須美奈ちゃん

（六歳）と長男の亘くん（四歳）の遺体が見つかった事件で、柏警察署は九日、住所不定、無職の望月辰郎容疑者（四十三歳）を、未成年者誘拐と殺人、死体遺棄の容疑で逮捕した。望月容疑者は容疑を認めている。望月容疑者は、柏市の公園で遊んでいた須美奈ちゃんと亘くんに目を付け、近くの雑木林に誘い込み、二人を殺害。遺体を土中に埋めたと供述。その後、遺体遺棄現場近くの派出所に出頭している。検死の結果、姉の須美奈ちゃんは、首を絞められた痕があり、死因は窒息死であることが分かった。弟の亘くんは、顔に殴打された痕跡が複数みられ、死因は打撲による外傷性のショック死である可能性が高い。現在柏警察署では、望月容疑者の取調べを行い、詳しい犯行動機や二人が殺された経緯などを追及している。

（一九九三年二月十日付　××新聞）

公判

（以下は公判のやりとりを記録した、傍聴人のメモから抜粋したものである）

・平成五年二月、千葉県柏市に住む小椋克司さんの長女、須美奈ちゃん（六歳）と長男、亘くん（四歳）が殺害された事件で、殺人などの罪に問われた望月辰郎被告（四十三歳）の第二回公判が同年十月、千葉地方裁判所（木津茂雄裁判長）で行われた。

・被告は頭髪を剃り上げ、白のカッターシャツに黒いスラックス姿で出廷。男性検察官が、証言台に座る被告の前に立ち、質問が始まった。

検察官「被告人は定職に就いておらず、事件が起こる一年ほど前から、駅の構内や公園で寝泊まりするような生活をしていた。それは間違いないか」

被告「その通りだ」

検察官「被害者の家の近くにある、児童公園に住みついた理由は」

被告「特に理由はない。周辺をうろついていて、たまたま見つけただけだ」

検察官「須美奈ちゃんと亘くん。二人のことを知ったのは、いつ頃なのか」

被告「事件の一ヶ月ほど前だ」

検察官「それより前は、小椋さんの一家を知らなかった？」

被告「知らなかった」

検察官「事件より前にも、被害者の姉弟を、何度か雑木林に連れ込んでいたのは、事実に相違ないな」

被告「相違ない」

検察官「合計、何回連れ出した」
被告「覚えていない。四、五回くらいだったと思う」
検察官「どうやって、連れ出した？」
被告「お菓子をあげるといったら、ついてきた」
検察官「連れ出した目的は」
被告「特になかった。可愛らしい子供たちだと思ったからだ」
検察官「連れ出して、どこに行った」
被告「雑木林の物置小屋だ」
検察官「そこで何をした」
被告「お菓子を食べたり、遊んだりした」
検察官「ほかに目的があったのではないか」
被告「それだけだ」
検察官「被告人は、幼い子供が好きだという性癖があったのではないか」
被告「性癖なのかどうかは知らないが、子供は嫌いではない」
検察官「子供が好きならば、なぜ幼い姉弟を殺害した」
被告「物置のなかで遊んでいたら、弟の方が突然、帰りたいと泣き出した。しばらくなだめたりしたが、治まらなかった。子供は一向に泣き止まず、それで『殴れ』と言われた」
検察官「殴れと言われた？　誰に言われた」
被告「分からない。とにかく、誰かに殴れと言われた」
検察官「その場所には、被告人と須美奈ちゃん、亘くん以外、他に誰かいたのか」
被告「その三人だけだ」
検察官「では、その声は須美奈ちゃんなのか」
被告「子供の声ではない。目に見えない者の声だ。鬼とか悪魔とか、そのような類の者だと思う」
検察官「なるほど。では鬼とか悪魔とか、目に見えない存在の指示で、亘くんを殴った。そういうことだな」
被告「そうだ」
検察官「亘くんを殺害したのも、悪魔の指示なのか」
被告「その通りだ。悪魔に操られて子供を殺した」
検察官「どのようにして、亘くんを殺害した」
被告「子供の顔に平手打ちを浴びせた。何度も掌で子供の頬を打った。それでも静かにならなかったので、今度は拳で殴りつけた」
検察官「どこを殴った」
被告「顔を中心に、腕や腹など身体中だ」
検察官「泣き止むまで、殴り続けた？」
被告「そうだ。気がついたら息をしていなかった」
検察官「殴り殺したということだな」
被告「そういうことだ」
検察官「相手は四歳の子供だ。どうしてそんなことをした」
被告「私の意志ではない。悪魔の意志だ」
検察官「悪魔のせいにして、自分は知らないと言い逃れするつもりか」
被告「別に、言い逃れしているわけではない。事実を話しているのだ。悪魔の意志とはいえ、実際に手を下したのは私自身である。そのことは重々承知している。別に悪魔を法廷に呼んで、裁いてもらおうと言っているわけではない」
検察官「そこに、須美奈ちゃんもいたのか」
被告「いた」
検察官「彼女の様子は」

被告「ずっと泣き続けていた」
検察官「そのあと、彼女を殺したのか」
被告「そうだ」
検察官「その物置小屋のなかで殺害したのか」
被告「違う。その少しあとだ。弟が死んですぐ、彼女にはこのことは内緒にしてほしいと言った。これは悪魔のせいだ。おじさんは、本当は悪い人じゃないんだ。そう言うと、彼女は分かってくれた」
検察官「なるほど。その後の行動を教えて欲しい」
被告「すぐにその場から逃げ出そうとした。でも、このまま死体を物置に放置しておくわけにはいかない。それで、どこかに埋めようと考えた。物置にあったスコップを持ち、もう片方の手で弟の死体を抱えて、須美奈と物置を出た。外に出ると、もう日が傾き始めていた。暗くなる前に埋めてしまおう。そう思い、雑木林のなかを歩き回った。ちょうど木が生えていない一角を見つけたので、そこに埋めることにした。穴を掘っているとき、いろいろと考えた。このまま須美奈を帰してはまずい。彼女も殺してしまえばいいのだが、そんなことは到底できない。彼女を連れて一緒に逃げよう。須美奈は私に懐いている。自分の娘にしてしまえばいい。須美奈は、私の娘の幼い頃によく似ていた。彼女を連れてゆけば、もしかしたら、私の人生は取り返すことができるかもしれない。そう思った」

検察官「でも結局は、須美奈ちゃんも殺害したんだな」

被告「そうだ。土を掘るのに夢中になって、ふと見ると娘がいなくなっていた。迂闊（うかつ）だった。周囲を見渡しても、どこにも見当たらない。〈まずい、早く探せ〉。私ではない誰かが言った。言われた通り、その場から駆け出した。林道のほうまで行くと、走って逃げようとしている彼女の背中が見えた。なんとか必死で追いついて、後ろからつかまえた。〈殺せ〉という声が聞こえてきた。私は言われた通り、力を込めて、両手で首を絞めた。しばらくすると動かなくなったので、死んだのだろうと思った。でも手を離すと、まだ生きていた。私から逃れようとして、土の上を芋虫のように這（は）い始めた。その姿を見ると、私ではない誰かが、〈哀れだな〉と呟（つぶや）いた。再び、つかまえてまた首を絞めた。早く楽にしてやろうと思い、満身の力を両腕に込めた。彼女の舌は鳥のように硬直していた。気がつくと、私の腕のなかでうなだれていた。もう息をしていなかった」

検察官「自分のその手で、須美奈ちゃんを絞め殺したということだな」

被告「そうだ。両手には、子供のか細い首を絞めた、生暖かい感触が残っていた」

検察官「彼女を殺害したのは、自分の意志なのか」
被告「違う。私の意志ではない。〈殺せ〉という声が聞こえたからだ」
検察官「また悪魔の仕業か」
被告「その通りだ」
検察官「その後の行動は」
被告「娘の死に顔を見ていると、無性に海に行きたいと思った」
検察官「海に？」
被告「そうだ。二人の遺体を、穴の中に埋めるのではなく、海に投棄するべきではないかという考えが、頭に浮かんだんだ。どこかの港まで行って、フェリーのような遠洋を走る客船に乗って……。補陀落渡海という行を知っているか」
検察官「補陀落渡海？」
被告「修行僧が船に乗り、補陀落、すなわち極楽浄土を目指す。船の屋形の扉は外から釘が打たれており、表に出ることはできない。僧は船が沈むまで経を読み続ける。自らの命を削って修行する、いわゆる捨身行の一つだ」
検察官「では、二人の遺体を補陀落渡海に見立てて、海に流そうと考えた。そういうことか」

被告「極楽浄土に渡ってほしい。そう願ったからだ」
検察官「ではどうして、海には行かなかった」
被告「いくら子供とはいえ、二人分の遺体を、森から運び出すのは困難だった。だから仕方なく、土のなかに埋めることにしたんだ。須美奈の遺体を担いで、穴のところまで戻り、二人を埋めた。でも、一度埋めてからまた掘り返した。急いで衣服を全部脱がした」
検察官「被害者の服を脱がせた理由は」
被告「発見されても、すぐには身許が分からないようにと思ったからだ」
検察官「なるほど。それで」
被告「二人の遺体を埋め終わったころには、もう日が暮れていた。スコップを物置に戻し、二人の衣服をリュックにしまい、雑木林を飛び出した。駅まで行き、電車に飛び乗った。とにかく遠くに逃げようと思い、電車を乗り継いだ。気が向いた駅で降りて、各駅を転々としながら移動した」
検察官「電車に乗る金は持っていたのか」
被告「そのくらいは持っていた。ホームレスはみな、それなりの現金を所持しているものだ。私が知っているホームレスのなかには、数百万円を隠し持っている奴もいる」
検察官「逃亡したということは、罪の発覚を怖れたということだな」
被告「そうだ。あわよくば、このまま遺体が見つからなければいいと思っていた。万が一、遺体が発見されたとしても、自分は根無し草だ。捕まることはないと思っていた」
検察官「ではなぜ、出頭した？」
被告「逃亡しているとき、自分の犯した罪について深く考えた。もし本当に、このまま死体が見つからなくて、事件が明らかにならないとしたら、私が犯した行為は一体何だったのだろうか。私は目に見えない、神や悪魔のような存在の指示で、二人の子供を殺した。もしかしたら、そこには何か大きな意味があったのかもしれない。そう思い始めた。そうだとしたら、罪を隠していても、全く意味がないのではないか。社会に対して、この事実を知らしめる必要がある。私の行った所業を世に喧伝（けんでん）し、恐怖を与えることが最大の復讐（ふくしゅう）なのだ。そう考え、出頭することにした」
検察官「復讐？　それは、誰に対する復讐だ」
被告「特に誰ということではない。強いていうならば、この人間社会に対してだ」
検察官「二人の幼い子供の命を奪うのが、復讐なのか」

被告「そうだ」
検察官「幼い子供を殺して、良心の呵責(かしゃく)はなかったのか」
被告「君たちは、私が罪を悔い改め、懺悔(ざんげ)することを望んでいるのかもしれないが、残念ながらそんなことはしない。あの姉弟は選ばれし子供だった。二人の死には、社会に恐怖を与えるという、大いなる意義があったのだ。だから、良心の呵責など微塵(みじん)もなく、懺悔することなどあるはずもない」
検察官「では、被害者の両親に対しては、どう思っているのか」
被告「何も思っていない」
検察官「謝罪の気持ちはないのか」
被告「もちろんだ」
検察官「復讐は、果たされたと思っているのか」
被告「果たされたと思っている。まだ充分とは言えないが」
検察官「被害者に、何か言いたいことはないか」
被告「もうこれで自由だ。つらい運命から解き放たれた」
・検察は、卑劣な犯行に情状酌量の余地はないものとして、望月辰郎被告に対し、極刑を求刑した。

・一審では「残忍な犯行であることは揺るぎない事実であるが、被告人は職を失い、路上生活者という社会的弱者であったことに鑑みると、無期懲役が妥当である」という判決が下された。

・判決が出てまもなく、検察側は量刑不当として控訴した。

空き地

最寄り駅から二十分ほどバスに揺られ、停留所に到着する。ステップから地面に足を下ろすと、ブザーとともにドアが閉まった。バスが走り去ってゆく。緑の木々が並ぶ住宅地の道路。あたりには、去って行くバス以外の車は見当たらない。バッグから地図を取り出し、目的地を確認する。

栃木県某市の山間に位置する住宅街――勾配の急な坂道に、似たようなデザインの家が建ち並んでいる。この一帯は、昭和五十年代に開発された新興住宅地である。開発当初は、ニュータウンとして栄えていたと聞くが、今はそのような雰囲気ではないようだ。それぞれの家の白壁はうす汚れ、人の気配はあまり感じられない。駐車スペースに車がある家は、ほとんど見当たらず、玄関の植木が枯れ果てている住宅も多い。

しばらく坂を上ってゆくと、空き地になっている土地が見えてきた。家と家の間に挟まれた、三十坪ほどの区画である。敷地のなかは、地面が見えないぐらい、一面に背の高い雑草が茂っていた。もう一度地図に目をやり、そこが目的地であることを確認する。

この場所に、かつて望月辰郎が暮らしていた家があった。ホームレスになる前に、家族と暮らしていた家である。彼の家庭が崩壊してから、程なくして家は取り壊された。もう何年も、このような状態だという。

一体なぜ望月は、幼い二人の子供を誘拐し、無惨にも殺害したのだろうか。公判では犯行の動機について、「悪魔に指示された」などと理解不能な証言ばかり繰り返しており、到底、納得できるものではなかった。誘拐殺人の動機として、まず最初に考えられるのは、身代金目的であろう。だが望月は二人を誘拐したあと、被害者の両親と、一切接触を図っていない。怨恨の線も考えられたが、警察の調べでは、被害者の家族と望月は、見ず知らずの他人であり、事件が起こるまでは何の接点もなかった。

だが、彼は残酷な犯罪を実行した。検死の結果、遺体に残された傷跡の形状と、望月の犯行時の証言が一致している。被害者の子供二人の衣服を所持しており、遺体を埋めた場所も知っていた。そして何より、自分が殺したと自供しているので、彼が犯人であることは揺るぎない事実なのだ。

でも、やはりどこか腑に落ちない。彼が、恐ろしい所業を犯した殺人鬼であることは明らかなのだが、その動機が一向に見えて来ない。一審の判決文には、「自分を路上生活者という存在に貶めた、社会への復讐心が犯行の引き金になった」と記されていた。確かに彼は、この人間社会に「裏切られた」と述べている。それ以外にも彼の証言からは、社会に対する怒りや復讐心を感じとることができる。

望月の社会に対する怒りの根源は、一体何なのだろうか。それが解き明かされれば、彼に悪魔が宿った理由が理解できるのかもしれない。そう思い、この場所にやって来た。

視線の先にある空き地を、じっと眺める。左右の隣家に挟まれた荒れ放題の土地。敷地の中には、空き缶やコンビニ袋に包まれたゴミ類が散乱している。長らく買い手がつかないのだろうか。立ち入りを制限するロープの類もなく、「売地」とか「立入禁止」の看板も掲げられていない。

望月には、妻と娘が一人いた。ここで望月は家族と、一体どんな生活を送っていたのだろうか。そしてなぜ、彼の一家は崩壊したのか。空き地をじっと見て、思い巡らせてみた。だが、まだ材料が足りないためなのか、上手く想像できなかった。

空き地の両隣の家は、人が住んでいるようである。望月のことを知っているのではないか。聞いてみることにした。右隣の家は、チャイムを押しても反応がなかった。左隣の家は在宅だったが、応対してくれた主婦は隣家に望月という家族が住んでいたことを知らなかった。彼女の家族がこの住宅地に越してきたのは七年前で、もうその時はすでに望月の家は、取り壊されていたという。

少し周辺を歩いてみることにした。もう夕方近い時間なのだが、住宅街は閑散としている。住人の姿を見かけると、声をかけて、望月のことを聞いてみた。結局、知っている人は誰もいなかった。恐ろしい事件に関わり合いになりたくないから、頑なに口を閉ざしているのではないかとも思ったが、どうやらそうでもないようだ。このあたりは住人の入れ替わりが多く、古くから住んでいる人はあまりいないらしい。

住宅街の坂道を上って行くと、見晴らしのいい場所にたどり着いた。東屋のある展望台のような一角である。遊具が設置された、広い緑地スペースもあった。住民の憩いの広場なのだろう。坂道を上り続けてきたので、歩き疲れていた。東屋のベンチに腰を下ろし、一休みすることにした。

もうすぐ日が暮れようとしている。晴れていれば、夕陽がでているような時間なのだが、生憎天気が悪く、空は一面、灰色の厚い雲に覆われている。

眼下に広がる、地方都市の風景——

望月辰郎も、この景色を目にしたのだろうか。バッグからデジタルカメラを取りだし、眼前の風景にレンズを向ける。うす暗い雲の陰影が、不気味な効果を醸し出していた。シャッターを切りながら、いろいろと考える。

望月の家庭が崩壊した理由はなんだったのだろう。彼の家族は今、どうしているのだろうか。事件を起こすまで、望月辰郎の人生は、一体どんなものだったのか。それらが分かれば、望月辰郎に悪魔が宿るに至った、怒りの原点が見えてくるのかもしれない。

そんなことを思いながら、灰色の景色に向けて、デジタルカメラのシャッターを切る。

硝子玉

山名徳一（仮名）は、栃木県との県境にある、福島県の某村で暮らしている。

年齢は七十八歳である。林業を営んでおり、以前は毎日のように、軽トラを転がして山に入っていた。だが近頃は、寄る年波には勝てず、仕事のほとんどを長男に引き継いでいる。徳一には、喜恵子という二つ違いの妹がいた。十九のときに農家に嫁に行って、子供を産んだ後に病死した。喜恵子が遺した子供の名前は辰郎。嫁いだ農家の姓は望月という。そう、つまり徳一は、望月辰郎の伯父にあたる。

辰郎の事件が起こったときは、よく新聞社やテレビ局から電話がかかってきた。彼の身内で生きているのは、徳一だけだったからであろう。でも、徳一が辰郎と会ったのは子供の時だけで、そのときの記憶しかない。成人してからは、ある事情から交流が途絶え、どこで暮らしているのかも知らなかった。

幼いころの辰郎は、あまり感情を表に出さない子供だったと記憶している。転んで擦り剝いたりしても、決して泣いたりすることはなかった。それは気が強いとか、我慢強いとかいうことじゃない。辰郎からは、ほとんど子供らしさを感じることがなかったのだ。いつも無表情で、何を考えているのか分からない。笑った顔も見たことがない。母親を亡くした当初は、寂しかろうと思い、よく家に呼んで、うちの子と遊ばせたりしたが、あまり楽しそうではなかった。遊んでいても長続きせず、気がつくといつも、つまらなそうに部屋の片隅で膝を抱えていた。

喜恵子が嫁いだ望月の家は、戦前は多くの田畑を所有していた旧家だった。だが戦争が終わり少し経つと、喜恵子の夫で、辰郎の父親の嘉寿男が事業に失敗し、所有地のほとんどを失ってしまった。辰郎が生まれて、しばらくしたころのことだ。それを境に、あの家は凋落した。徳一の妹も、決して裕福とは言えない暮らしを強いられることになった。まあ、このあたりの家はみんなそうだ。豊かな生活をしている家などなかった。特に戦争が終わったあのころは、みんな食うや食わずで生きていたんだ。

喜恵子が死んだのも、望月の家が落ちぶれてしまったことが原因だった。肺の病だったんだが、満足に食事も与えられず、病院にも通わせてもらえなかったからだ。病気が移るからと、物置小屋同然の部屋に、死ぬまで閉じ込められていた。望月の家に嫁入りが決まったときは、いい家に嫁いでくれたと安心したが、まさか死んでしまうなんて、夢にも思わなかった。あの家には騙された。妹が不憫でならない。

喜恵子が死んでから、嘉寿男は屋敷を売り払ってしまった。彼の両親は、戦争の前後に相次いで亡くなっていたので、文句を言う者は誰もいなかったそうだ。川沿いのバラック小屋みたいなあばら家に引っ越して、辰郎と二人で暮らし始めた。嘉寿男は定職に就かず、放蕩三昧の荒れ果てた生活だった。辰郎一人を家に残し、何日も帰らない日があったようだ。そのころ辰郎は、まだわずか四、五歳である。何も口にしない日が何日も続き、餓死寸前の状態だったときもあったと聞く。

徳一も一度、望月のあばら家を訪れたことがある。辰郎のことが心配だったからだ。愛想は悪いが、辰郎は喜恵子の遺児である。もしものことがあったら、天国の妹に申し訳が立たない。そう思って、嘉寿男の家に足を運んだのだ。なかに入ると、昼間から嘉寿男はコップ酒片手に酔っ払っていた。赤ら顔の嘉寿男に、徳一は言った。

「そろそろ、まともな職に就いたらどうだ。ずっと飲んだくれてねえで。辰郎も可哀想だ」

嘉寿男は黙ったまま、徳一の方を見る。その目はまるで、硝子玉のようだと思った。彼の顔からは表情が失われ、感情を読み取ることが出来ない。それから、嘉寿男は思いがけない行動に出た。

「出てけ」

という怒号とともに、徳一の額に激痛が走る。思わず額を押さえた。両手は、生暖かい液体で真っ赤に染まっている。額がぱっくりと割れていた。嘉寿男が持っていたコップを投げつけたのである。このまま、ここにいては殺されるかもしれない。反射的にそう思うと、徳一はその場から逃げ出した。妹と結婚したときは、穏やかで腰の低い青年だったが、随分と性格が変わっていた。嘉寿男と会ったのは、結局それが最後になった。

これは後から聞いたことだが、嘉寿男は息子の辰郎にも、暴力をふるっていたようだ。昔の話だから、親が子を殴るのは、珍しいことではなかったが、それでも度が過ぎていた。虫の居所が悪いと、何の悪さもしていない辰郎に、殴る蹴るの暴行を加えていたというのだ。煙草の火を、身体に押しつけたり、髪の毛や肌をマッチの火で焼いたりもしたらしい。また酷いときには、糞尿を食べるように無理強いしたという噂も耳にしたことがある。貧乏になって、嘉寿男の人格は完全に破綻していたのだ。今にして思うと、辰郎の顔から表情が失われていたのは、父親の虐待が原因だったのではないだろうか。日夜の暴行が、彼の人間性を奪っていたに違いない。

嘉寿男が人を殺したという噂がたったのは、辰郎が七歳のときである。

家の近くの芋畑から、郵便局員の遺体が発見されたのだ。腹部を刃物のようなもので刺され、鞄から何通か現金書留が奪われていた。手掛かりが少なく、捜査は難航した。だが、村の住人たちは口々に、犯人は嘉寿男であると噂した。生活に窮して、強盗目的で、郵便局員を襲ったというのだ。それからしばらくして、地元の派出所に嘉寿男の家から異臭がするという通報が入った。警官が駆けつけてみると、嘉寿男は首を吊って自害していた。天井の梁からぶら下がっていた嘉寿男の遺体は、死後数日が経過。腐乱していて蛆が湧き、腐った皮膚や身体の脂が、畳の上にぼたぼたと滴り落ちていたという。警官が遺体を発見したとき、部屋の片隅には、膝を抱えた子供がいた。辰郎である。嘉寿男が死んでから数日間、辰郎は自分の父親の首吊り死体と暮らしていたのだ。もしかしたら、父親が首を吊るところも、見ていたのかもしれない。

警察はあばら家のなかを捜索。遺書のようなものはなかったが、奪われた現金書留の封筒が発見された。警察は、嘉寿男を犯人と断定する。郵便局員を殺害後、嘉寿男は良心の呵責に耐えかねて、自害したと判断した。事件は被疑者死亡のまま、書類送検された。

その後辰郎の身柄は、望月の親戚に預けられたが、すぐに別の親戚の家にやられた。殺人犯の子供として、周りから大層気味悪がられたからだ。結局親戚中をたらい回しにされて、県内の養護施設に預けられることになった。うちで引き取ろうかという話も出たが、嫁が猛反対した。確かに、うちは子沢山の貧乏所帯。子供をもう一人養うなんて余裕はない。死んだ妹には申し訳ないが、致し方なかった。まあ正直な話、彼のような得体の知れない子供を育てる自信もなかった。

それから四十年近く経って、辰郎が幼い子供二人を誘拐して殺したと聞いたときは、大層驚いたのだが、「やっぱりな」という気持ちもあった。いつか何か恐ろしいことを起こすかもしれない。そんな予感があったからだ。やはりあいつにも、父親の恐ろしい血が流れていたんだ。人を平気で殺してしまう、鬼畜の血だ。そう言えば、辰郎も感情をなくした硝子玉のような目をしていた。あの親子はそっくりだ。

嘉寿男にコップを投げつけられて怪我した額の傷は、今も寒くなると、ずきずきと痛むことがある。そのときは、あの父子のことを思い出す。あの硝子玉のような目を……。

施設

冷たい雨が降っていた。寺の庫裏――

そぼ降る雨が、庭の石灯籠に当たって弾けている。制服姿の女子中学生が、湯気のたった日本茶を出してくれた。あどけない顔に、左頬の泣きぼくろが可愛らしい。礼儀正しく頭を下げて、円盆を抱えて去ってゆく。早速湯飲みを手にとって、口をつけた。抹茶のいい香りが、口内に広がった。雨の中を歩いてきたので、身体が温まる。

この寺院の場所は、山名徳一から教えてもらった。親と死に別れた後、望月辰郎が引きとられた養護施設を経営する寺院である。養護施設はこの寺院の敷地内にあった。

九年前に望月の事件が起こったときは、一切取材を受けなかったらしい。だが今回取材を申し入れると、寺院や施設の名称、所在地などを伏せるという条件で許可を頂いた。福島県内で、寺院が経営している児童養護施設はさほど多くはなく、すぐに特定できると思うのだが、とにかく話が聞きたいので、その条件に従うことにした。よって、施設の場所や名称は伏せることとする。ご了承頂きたい。

しばらく待っていると、剃髪の跡が青々とした、作務衣姿の男性がやってきた。この寺の住職である。年齢は四十代前半といったところだろうか。冊子と茶封筒を手にしている。

「お忙しいところ、お手間を取らせてすみません」

「いえいえ。こちらこそ、わざわざお越し頂いて、どうもご苦労様です」

穏やかな物腰で住職は言う。住職は痩せていて、縁なし眼鏡をかけている。

「お寺の住職と児童養護施設の園長を掛け持ちされて、大変ですね」

「大変だと思ったことは一度もございません。身寄りのない子供の面倒を見るというのは、先祖代々やらせて頂いておりますもので。それがうちの寺が仏さまから授かった、大切な仕事だと思ってやっております」

日本の孤児院は、聖徳太子が築いた悲田院が始まりだという。

悲田院とは、仏教の慈悲の思想をもとに、身寄りのない子や貧しい人々を救うために作られた施設である。以降、日本各地の寺院に孤児院が多数設けられた。一九四八年には、児童福祉法の制定により、孤児院という名称は養護施設となり、一九九八年には、児童福祉法の改正により、児童養護施設と改称された。

こちらの寺院も建立（こんりゅう）されたのは室町時代と歴史は古く、代々孤児を引き受けてきた。現在も、十七名の子供らが施設で暮らしている。正確に言うと、そのなかで厳密な意味の「孤児」はほとんどいない。戦後すぐの頃は、親に捨てられた孤児、いわゆる「みなし子」を多数引きとったという。しかし現在は、施設にいる子供の大多数は、親はいるが、養育不能になったために預けられた子や、虐待のため、親から隔離せざるを得なくなった児童である。ただし少数ではあるが、親に捨てられて身元不明だった「みなし子」もいて、新たに戸籍を与えられ、施設で暮らしている。

住職によると、子供たちは本堂の近くにある別棟で生活しているのだという。ここに来るときに見えた、レンガ色の二階建ての建物だ。敷地内には、遊具のあるグラウンドもあった。雨が降っていたので、外で遊んでいる子供はいなかったが、傘を差した小学生が何人か、建物に入って行くのが見えた。先程、お茶を出してくれた泣きぼくろの女子中学生も、施設で暮らす一人だという。彼女らにとっては、あの別棟が住みなれた我が家ということになるのだろう。

「それで、電話でお話しした、望月辰郎という人物についてなんですが……」

望月の名前を聞くと、一瞬、住職の顔が曇ったように見えた。気分を害さないように、慎重に言葉を選びながら話す。

「何か記録のようなものは、残っていましたでしょうか」

「ええ、ありました」

住職は、持参していた冊子を取り上げる。付箋（ふせん）がつけられた頁（ページ）を開き、こちらに向けた。冊子はかなり古いもののようだ。全（すべ）ての頁が変色しており、ところどころ破れている。

「こちらの名簿に載っています」

住職が指し示した場所を見た。名簿の欄に「望月辰郎」の名前がある。

「確かに、望月辰郎という人物はここで暮らしておりました。しかし、彼が入所したのは四十年以上も前のことです。そのときは私もまだ生まれておりませんし、その当時のことを知っている者はもう、誰もおりません」

名簿には、『昭和三十二年入所』とあった。辰郎の父、嘉寿男が自殺した年である。

当時、望月辰郎は七歳。そして十二年後の昭和四十四年、十九歳のときに施設を卒業している。名簿を見ながら、住職に質問を投げかけた。

「彼が起こした事件については、ご存じでしたよね」

「もちろん。存じております」

「九年前の事件のとき、こちらにも取材したいという依頼があったそうですね」

「はい。ですが全てお断りさせて頂きました。そのころは、まだ先代の住職が存命しておりまして……私の父親ですが、先代の意向で、そうしていました」

住職の父親は、五年前に亡くなっている。父の死を機に、住職は寺を継いだという。

「父はマスコミの報道に憤りを感じていました。この施設の出身者が恐ろしい事件を起こしたということで、施設を揶揄するような報道が横行していたからです。施設の子供たちも、報道により深く傷つけられました。私どもは、彼らのこれからの人生を守らなければなりませんので」

「ではなぜ、今回取材を受けて頂いたのでしょうか」

「私の代になってもう、事件のことを言われることはなくなりました。それに、もうあれからかなり年月も経っております。ですから、少しでも亡くなられた方のご供養になればと思いまして、取材をお受けすることにしました」

「先代は、お幾つでお亡くなりになられたのでしょうか」

「七十九です」

「先代のご住職は、望月辰郎のことを覚えていらっしゃいましたか」

「ええ、もちろんです」

「望月はどんな子供だったんでしょうか。先代から何か聞いておられませんか」

「事件が報じられたとき、父は言っていました。望月は、あまり手のかからない子供だったそうです。大人しくて、勉強が好きで、面倒見もよくてね、よく小さい子の世話をしていたらしいですよ。喧嘩なんかもしたことはなくて、学校の成績も優秀でね。あ、そうそう。これを見て下さい」

そう言うと住職は、持って来ていた茶封筒から、一枚の写真を取り出した。色あせた、古いモノクロ写真である。

「その当時の写真がありましたので、持って来ました。ほら、ここにいるのが望月辰郎です」

住職から写真を受けとった。寺の庫裏に集まっている十人ほどの子供たち。真夏だろうか。みな一様に、うまそうに西瓜を頬張っている。その中に一人、西瓜を手にした仏頂面の少年がいた。それが少年時代の望月辰郎だという。

「この写真はいつ頃撮影されたものでしょうか」

「裏に、撮影された日付が記されています」

写真を裏返すと、達筆なボールペンの文字で『昭和三十五年七月』と書いてあった。

ということは、この写真が撮影されたのは、望月辰郎が十歳のときになる。再び表を向け、少年時代の望月辰郎の顔を見る。周りの少年は楽しそうなので、一人だけ笑っていない望月少年の顔はやけに目立っている。

「彼がこの施設にいたのは、十二年ということですね。施設を出たあと、望月はどうしたんでしょうか」

「大学に進学したと聞いています。定時制高校に通いながら、こつこつとお金をためて、自分で学費を作って」

「なるほど。施設を出たあとの望月と交流はあったんでしょうか。手紙のやりとりをしていたとか。卒業生として、施設を訪れたことがあるとか」

「さあ、そこまでは存じておりません」

「先代のご住職は、事件について何かおっしゃっていましたか」

「あの事件の時以外、望月の話を聞いた記憶はありません。先代は、望月のことについては、あまり話したがりませんでした。ここで育った子供が、人を殺めたのです。無念だったのではないでしょうか」

「そうですか」

　住職から得られた、望月辰郎に関する情報はそれまでだった。しかし、少年時代の望月の写真を見ることができた。貴重な収穫である。

「望月辰郎が、この施設の卒業生であることは、まぎれもない事実でございます。そして彼は、罪のない二人のお子さんの命を奪った。本当に痛ましいことです」

　そう言うと、住職は静かに目を閉じた。両手を合わせ、「南無阿弥陀仏……」と口が動き出した。何度か念仏を唱えると、再び目が開いた。

「どうか彼には、充分罪を償ってもらいたい。そして、亡くなった二人のお子さんを、成仏させてあげたい。それが私の切なる願いです」

　取材を終え、住職に礼を言って寺院を出た。外に出ると、いつの間にか雨は上がり、陽が差していた。にぎやかな歓声が聞こえてくる。児童養護施設がある別棟に目をやると、雨上がりのグラウンドで、楽しそうに駆け回る子供たちの姿があった。

転落

望月辰郎という人物について、いくつか事実が判明したので、ここで整理することにした。まずは、これまでの彼の半生をまとめてみた。


一九五〇年（昭和二十五年）　　望月嘉寿男の嫡子（ちゃくし）として出生。

一九五四年（昭和二十九年）　四歳　母・喜恵子病死。

一九五七年（昭和三十二年）　七歳　父・嘉寿男、殺人事件の容疑者となり自害。

親戚の家をたらい回しにされ、福島県内の養護施設に入所する。

一九六九年（昭和四十四年）　十九歳　苦学して国立大学に合格。施設を出て大学の寮に入る。

一九七三年（昭和四十八年）　二十三歳　大学を卒業。栃木県内の私立高校で国語の教鞭（きょうべん）を執る。

一九七四年（昭和四十九年）　二十四歳　職場の同僚と結婚。長女・今日香（きょうか）が生まれる。

一九七八年（昭和五十三年）　二十八歳　栃木県内の新興住宅地に、一戸建て住宅を購入。

一九九一年（平成三年）　四十一歳　自宅を売却。職も辞して、路上生活者となり放浪。

一九九三年（平成五年）　四十三歳　小椋克司さんの長女・須美奈ちゃん（当時六歳）と長男・亘くん（当時四歳）を誘拐して殺害。

一九九六年（平成八年）　四十六歳　千葉地方裁判所にて、無期懲役の判決が下る。

望月辰郎の伯父、山名徳一の話によると、彼の幼少期は波乱に満ちていたようである。母の死。生家の没落と極貧生活。父嘉寿男からの激しい虐待。そして嘉寿男は、殺人容疑をかけられ首吊り自殺を遂げている。父の死後、辰郎は親戚をたらい回しにされ、殺人犯の息子として疎（うと）まれた。彼の生い立ちから幼少期だけを見ると、恐ろしい殺人者の経歴に相応（ふさわ）しいと思われる要素が多々見受けられる。

七歳から十九歳までは、福島県内の養護施設で暮らした。その後、彼は苦学して地方の国立大学の文学部に進学している。学生時代に教職課程を履修し、栃木県内の私立高校の国語教師の職を得た。そこで知り合った同僚の女性と結婚し、一女をもうけている。勤務先の当時の同僚に話を聞いたところ、勤務態度に問題はなく、仕事上の大きなトラブルもなかったようだ。

　養護施設に入所してからは、彼の人生は好転したように思える。国立大学に入り、教師の職を得た。家族にも恵まれ、二十八歳の若さで戸建て住宅を購入している。周囲の話では、仲が良すぎるくらいの家族だったという。このころは、幼少期とは違い、満ち足りた生活を送っていたようだ。殺人鬼となるような萌芽は一切見当たらない。

だが彼はこの後、幼い子供を二人も殺害するという、残虐な犯罪を行った。

　辰郎は四十一歳の時に妻と別離し、自宅を売却している。その後仕事も辞めて、各地を転々とし、路上で生活するようになった。一九九一年。彼の人生の転落は、この年が契機になっていることは間違いないようだ。誘拐殺人事件の二年前である。この時、順風満帆だった彼の人生を、大きく揺るがすような出来事があったに違いない。

　一九九一年、望月辰郎の家族に一体何が起こったのか。

幼友達

　幼馴染みという言葉は、ちょっと古めかしくて好きではない。それに今日香との関係が、幼馴染みと言えるのかどうかはよく分からない。なぜなら亜子は、望月今日香のことが大嫌いだったからだ。

佐々木亜子（二十八歳・仮名）は現在、静岡県の病院に看護師として勤めている。彼女の実家は、栃木県の住宅街にあり、三軒先が望月辰郎の家だった。亜子と今日香は同い歳で、同じ幼稚園に通っていた。家が近いこともあって、毎日のように今日香と、住宅街の坂の上の広場に行って遊んだ。でも本音を言うと、彼女は今日香といるのは苦痛だった。

それは別に、今日香に嫌がらせをされていたというわけではなかった。暴力を受けていたというわけでもない。逆に今日香は、正義感にあふれた女の子だった。亜子をいじめていた男子をやり込めてくれたこともあった。それに容姿も整っていて、勉強もよくできた。つまり彼女は、非の打ちどころのない、完璧（かんぺき）な女の子だったのである。だから、二人は周りからよく比べられた。亜子の親も、今日香のことを褒め称（たた）えた。そしてその度に、彼女を見習うようにと言われ、肩身が狭い思いをしたことを覚えている。本当は「もう今日香ちゃんと遊びたくない」と叫びたかったのだが、それはそれで、自分の非才さを認めるような気がして、口に出せなかった。

今日香の家は、絵に描いたように仲のいい家族だった。よく家族三人で、あの坂の上の広場に来ていた。亜子は、父に遊んでもらった記憶はあまりない。母も働きに出ていたので、幼いころは、家に一人でいることが多かった。そんな家庭環境だったので、今日香の家族が羨ましかったのだ。彼女のお母さんは、すらっとした綺麗な人だった。料理も上手で、今日香の家に招かれたときは、手造りのプリンやケーキをご馳走してくれた。今日香のお父さんも背が高く、優しそうな人だった。広場で会うと、亜子もよく遊んでもらった。だから、誘拐殺人事件の話を聞いたときは、とても信じられなかった。あの優しかった今日香のお父さんが、幼い子供を誘拐し、殺害するような人だとは思えなかったのだ。

とにかく亜子は、今日香が嫌いだった。彼女に見られると、どこか後ろめたいような気分になった。それで自分は価値のない人間ではないかと思い、落ち込んでしまうのだ。あれは確か、小学二年生か三年生くらいのときのことだ。亜子は仮病を使って、学校を休んだことがあった。お腹が痛いと親に嘘をついて、家で寝ていたのだ。別に学校が嫌いなわけじゃなかったが、なぜかその日は行きたくなかった。子供の頃なら、そういう日は誰でもあると思う。

両親が仕事に出かけたので、一人家でテレビを見ていた。すると、午後になって、今日香がやってきたのだ。当時は彼女とクラスも同じだった。給食のパンとプリントを持って来てくれたのだが、それからが最悪だった。

「亜子ちゃん。なんでお菓子なんか食べてるの」

彼女は、亜子がテレビを見ながら食べていた、スナック菓子の袋を見て言う。

「お腹痛かったんじゃないの」

「うん。でも、もう治ったの」

なんとか誤魔化そうとした。でも、今日香には隠し切れなかった。彼女は独特の、人を見透かすような目で亜子を見る。

「亜子ちゃん、嘘ついているでしょ」

「嘘なんかじゃないよ。本当にお腹痛かったんだから」

「嘘だよ。私には分かるの。亜子ちゃんが嘘ついたらすぐ。目を見たら分かるの」

それ以上、言葉が出なかった。今日香の言う通りである。確かに嘘をついていた。仮病を使って、学校を休んだのである。やはり彼女には、隠し切れなかった。

「心配したんだよ。亜子ちゃんのこと。嘘つくなんて最低だよ」

詰問するような口調で、今日香が言う。思わず両目から、涙がこぼれ落ちた。

「泣いたって駄目だよ。心配したんだよ。先生もクラスのみんなも、亜子ちゃん大丈夫って。なのに亜子ちゃんは嘘ついて、学校を休んだ」

涙が止まらなかった。でも、彼女は容赦しない。

「お父さんお母さんにも嘘ついて、ずる休みしたんだよね。だめだよ。そんなことしちゃ。ごめんなさいって、みんなにあやまりなさい。クラスのみんなにも、先生にも、お父さんお母さんにも、私にも……」

今日香は、泣いている亜子を執拗に責め続ける。

「ごめんなさい。ごめんなさい」

追及に耐えきれず、亜子は謝罪を繰り返した。それは本当に悪いと思って謝ったのではなく、罪を認めないと、彼女の問責は止まらないと思ったからだ。もちろん、正しいのは今日香の方である。それは、誰がどう見ても間違いないのだろう。でも、今にして思うと、あそこまでしつこく糾弾されるほどのことなのだろうか。異常な正義感だと思った。あのときは子供心にも、彼女に対して、ある種の狂気を感じてしまったのだ。

それから今日香との関係は、疎遠になっていった。亜子に妹が出来たのが大きな理由なのだが、本能的に彼女のことを避けていたことは否めない。クラス替えが行われ、彼女と違うクラスになると小躍りしたものである。今日香は成績がよかったので、中学を卒業すると、レベルの高い私立高校に進学した。それからは、ほとんど話すこともなくなり、家の前で会ったら、会釈する程度の関係になった。お互いが成長するに従い、彼女との付き合いは減っていったのだ。それは、亜子が望んでいたことでもあった。

だがその反面、いつも心のどこかで、彼女の存在を意識していたことも事実だった。ほとんど会話することがなくても、亜子にとって今日香は、気になる存在であることに変わりなかったのだ。

今日香が死んだのは、高校二年生の時である。

学校から帰宅して、彼女の死を母から聞かされたとき、頭のなかが真っ白になった。

「何があったんだろうねえ。お姉ちゃん、仲良かったでしょう」

「うん。でも遊んでたの、子供の頃だけだから」

ただ無関心を装(よそお)うしかなかった。しかし、そのあとの母の言葉を耳にしたとき、思わず絶句する。

「だけど驚いたわ。学校の屋上から飛び降りるなんて」

気がつくと、自分の部屋に駆け込んでいた。今日香は自殺したのだ。一体なぜ、屋上から飛び降りたのか。彼女に何があった。多くの疑問符が脳内に氾濫(はんらん)する。

数日後、今日香の告別式が近くの葬儀会館で執り行われた。行くべきかどうか悩んだが、母に促され、結局参列することになった。会場には、今日香の高校の同級生も多く来ていた。みな賢(かしこ)そうで、品のよさそうな生徒ばかりだ。

今日香はなぜ、自ら命を絶ったのか。詳しい理由を亜子は知らない。彼女は頭もよくて、顔もきれいだった。それに何より、間違ったことが嫌いで、正義感に満ち溢(あふ)れた完璧な女の子だったのだ。彼女に何があったのだろう。

祭壇の中央にある、花に飾られた今日香の遺影。こうして、成長した彼女の顔をじっと見るのは初めてのような気がするが、子供のときの面影は残っている。人を見透かすようなあの目……。

幼い頃のことが、脳裏に甦(よみがえ)ってくる。いつも彼女に引け目を感じていたこと。今日香といると、自分の人間としての弱さや醜さがあぶり出された。だから、傍(そば)にいたくなかった。今日香から逃げ出したかった。だから、意識的に彼女の存在を遠ざけてしまった……。

そうか、そうなのだ。自分が嫌いなのは、今日香ではなかったのだ。嫌いなのは……自分自身だった。そのことに気がついた途端、激しい感情が胸のうちから込み上げてきた。両目から慟哭(どうこく)の涙が、堰(せき)を切ったようにあふれ出す。自分は取り返しのつかないことをしてしまったのかもしれない。今日香を失ってしまった喪失感に苛(さいな)まれ、いつまでも涙が止まらなかった。

ハンカチで涙を押さえながら、焼香台に立つ。今日香の両親が黙礼する。久しぶりに、二人を見たような気がする。母親は目を赤く腫らし、じっと俯いている。今日香の父は、まるで時間が止まったかのように、虚空をじっと見つめ続けていた。

それからしばらくして、今日香の両親は家を売り払った。二人はこの地を去り、離婚したという。その後、彼女の母親がどうしたのか、亜子は知らない。父親はホームレスになり、誘拐殺人事件の容疑者として逮捕された。事件の報道を目にしたときは、犯人と今日香の父親が同一人物であるとは到底思えなかった。亜子の記憶のなかにある望月辰郎は、家族を愛する優しい父親だったからだ。坂の上の見晴らしのいい広場で遊ぶ、仲のいい三人の親子。でも、憧れだった家族は、意外な形で崩壊する。一体なぜ、今日香は自ら死を選んだのだろうか。そして彼女の父親はどうして、幼い子供二人の命を絶ったのか。空き地になった今日香の家があった場所を通りかかる度に、ふとそんなことを思うことがある。

亜子は先月、長年交際していた男性と入籍した。子供を授かっており、来年には母親になる予定である。

宇都宮

時刻は午後七時を回っていた。

ＪＲ宇都宮駅の改札を出ると、家路を急ぐ通行人が行き交っている。駅の構内を通り抜け、バスロータリーの脇を歩いていると、携帯電話にショートメールが入った。取材相手からである。時間に遅れるかもしれないという連絡だった。

栃木県宇都宮市。北関東最大の都市である。通行人の波に紛れ、ネオン煌びやかな駅前の通りを進んでゆく。しばらく歩くと、国道に差し掛かり、人の姿は疎らになってきた。国道沿いに、ファミリーレストランの看板が見える。全国にチェーン店があるファミレスの店舗である。一階は駐車場になっていて、飲食フロアは二階にある。

階段を上って、店のなかに入る。食事時なので、混んでいるかと思ったが、店内は予想に反して空いていた。

約束の時間から三十分ほど遅れて、彼は姿を現した。メールでやりとりしていただけなので初対面だったが、その雰囲気から、すぐに取材相手であることが分かった。スーツ姿の、爽やかな長身の青年である。一見スポーツマンタイプであるが、身のこなしや物腰から、上品な知性がにじみ出ている。

「本当に申し訳ございません。取引先との打合せが長引いてしまって」

席に着くや否や、何度も頭を下げて謝罪する。こちらとしては取材を受けてくれただけでもありがたいし、「時間に遅れる」という連絡ももらっていたので、全く問題ないと告げる。若いのに律儀な青年だ。

飲み物を注文してから、改めて名刺交換をした。彼は栃木県内にある、某企業に勤務している。年齢は二十七歳。名前は出さないでほしいということなので、田所亮平（仮名）とする。

「取材なんかされたことないんで、緊張します」

「大丈夫です。話しづらいことをお聞きすると思いますが、よろしくお願いします」

「高校時代の話ですよね」

「はい。メールにも記しましたように、望月今日香さんについて、いくつかお聞きしたいことがあります」

望月今日香の名前を口に出すと、田所は途端に神妙な面持ちになった。

「望月さんのことは、覚えていらっしゃいますか」

「もちろんです。よく覚えています」

田所亮平は、望月辰郎の一人娘、今日香の高校時代のクラスメイトである。今日香が通っていた高校は、栃木県内の進学校で、そのなかでも田所は、常に成績が上位にある優秀な生徒だった。高校を卒業すると、都内の有名私立大学に進学。卒業後に栃木に戻り就職した。会社勤めではあるが、田所の勤務する会社は、彼の親族が代々経営者を務める同族企業である。現在の社長は、田所の父親であるらしい。

今日香が自殺した経緯を調べていたのだが、なかなか当時のことを知る人が見つからず、取材は難航していた。連絡先が分かっても、話したくないと取材を拒否されるのがほとんどだったのだ。だが田所だけはこうして、快く応じてくれた。

「望月さんが亡くなられたときは、どう思いました」

「ちょっと信じられなかったです。まさか、死んでしまうなんて。まだ高校生だったでしょ。いろいろあったけど、人生まだこれからじゃないですか。なのに、自分で命を絶ってしまうなんて……」

一九九一年十一月二十日、望月今日香は校舎の屋上から飛び降りて死亡した。そのときの記事が見つかったので引用する。

「女子生徒が飛び降り死　高校の屋上から」

二十日午後四時十五分ごろ、栃木県の××高校の屋上から、生徒が柵を乗り越え、十四メートルほど下の地面に転落。搬送先の病院で死亡が確認された。亡くなったのは、同校二年の女子生徒（十七歳）と判明。遺書はなかったが、女子生徒は精神的に不安定な状態であったといい、××署は自殺と見て調べている。

（一九九一年十一月二十一日付　××新聞）

遺書の類は残されていなかったが、警察は自殺と断定した。彼女が自殺を決行したのは放課後であり、多数の生徒が、屋上の柵を乗り越えて、そこから飛び降りる一部始終を目撃していたからだ。

田所が注文したホットコーヒーが運ばれてくる。ウエイトレスが去ってから、質問を投げかける。

「彼女は、どういった雰囲気の生徒だったんでしょうか」

「物静かな感じでしたよ。黒髪ですらっとしていて、成績も抜群によくて」

「どうして、自殺したんでしょうか」

「ええ、それは……」

田所は答えず、険しい顔をする。湯気の立ったコーヒーカップを手に取り、一口すすった。

「なにか、ご存じでしょうか。先ほど、『いろいろあった』とおっしゃいましたが」

「僕の口からは、正直ちょっと話しづらいんですが……」

言葉を濁した。一呼吸置くと、今度は田所が質問してくる。

「あの、一つ確認しておきたいのですが、今回僕に取材を依頼されたのは、望月今日香の父親が起こした、誘拐殺人事件の記事を書くため、ということでしたよね」

「そうです」

「僕の話が、何か役に立つんでしょうか」

「はい。今日香さんの父である望月辰郎がなぜ、二人の幼い姉弟を殺害するに至ったのか。その動機が、裁判でも今一つ明らかになっていないんです。取材していても、彼が残虐な事件を起こすに至る理由が見えてこない。このような事件を二度と起こさないためにも、犯人の動機を明らかにするべきだと私は思っています。亡くなった幼い二人の子供のためにも」

「望月今日香の自殺が、事件と何か関係あるということですか」

「わかりません。だから、こうして調べているんです」

田所は答えず、再びカップを手に取った。しかし、コーヒーに口を付けようとはせず、何やら考えている。しばらくすると、おもむろに言った。

「僕の話が、被害者のためになるのなら、お話ししましょう」

「ありがとうございます」

田所は、コーヒーを一口すると、受け皿の上に戻す。

「ご質問は、望月が自殺した原因についてですよね」

「はい」

「彼女が自殺したのは、いわゆる……いじめが原因だったと思います」

「いじめ？　今日香さんはいじめられていたんですか」

「いえ、違います。その逆ですよ」

「逆と言いますと」

「死者に鞭打つようで、ちょっと言いづらいのですが、望月はある一人の女子生徒を目の敵にして、執拗にいじめていたんです」

「いじめていた？　いじめられていたのではなく」

「そうです。ほかにも、その生徒をいじめていた女子がいましたが、望月がその中心人物だったと言っても、間違いではないでしょう」

意外な事実だった。田所の話によると、望月今日香はいじめグループのリーダー的な存在だったという。でも一体なぜ、いじめる側だった彼女が、自殺するに至ったのだろうか。

「望月とそのいじめられていた子は、最初はとても仲が良かったんです。二人は、いつも行動をともにしていました。でも、夏休みを過ぎた頃からちょっと様子がおかしくなってきて、望月が彼女を毛嫌いするようになっていって、それがどんどんエスカレートしていったらしいんです」

「原因は一体、何だったんでしょうか」

「さあ、詳しくはわかりません」

「いじめというのは、具体的にはどんなことを？」

「さあ、それもよく知りません。みんなに見えないところでやっていましたからね。聞いたところによると、最初は無視したりとか、持ち物を隠したりとか、よくある嫌がらせみたいな感じだったらしいです。でも次第にそれが激化していって、暴力を振るったり、挙げ句の果てには、学校のレベルが落ちるからと、彼女に何度も退学を迫ったりしていたらしいんです」

「退学ですか」

「ええ。表面的には仲良さそうでしたから、教師たちも誰も知らなかった。だから僕らも、その話を聞いたときは、信じられなかったんです。望月は優等生だったし、大人しい子だったんでまさかと思いました。でも、僕らはすっかり騙されていた。だから、望月のいじめは、より一層陰湿だと思ったんです」

　幼馴染みの佐々木亜子から聞いた望月今日香の印象とは、随分と違っている。子供のころの今日香は、間違ったことが嫌いで、度を越すほどの正義感にあふれた少女だった。率先していじめを行ったり、退学を迫ったりするような性格ではなかったはずである。だが高校時代のクラスメイト、田所によると、彼女はいじめグループのリーダーだったというのだ。確かに佐々木亜子の話のなかにも、学校を休んだときに執拗に今日香に責められたという出来事があった。成長するに従い、今日香の「度を越した」正義感はどんどんと歪んでゆき、ついには、いじめを行うようにまでなったということなのだろうか。

「でも一体どうして、今日香さんは自殺したんでしょうか」

「いじめられていた子が耐えきれなくなって、親に言ったんです。望月今日香とそのグループから、悪質ないじめを受けていることを。被害を受けた生徒は、執拗に望月から退学を迫られたことにより、精神的にも限界に追いつめられていたようです。それで話を聞いた両親が学校に乗り込んで行って、その事実が明らかとなったんです。学校側は、望月今日香や友人らを呼び出して問い質しました。望月はその事実を否定したそうですが、友人たちはすぐに認めたそうです。いじめの首謀者は望月で、彼女に脅迫されて、仕方なくいじめ行為に荷担していたと。事態を重く見た学校側は、望月に事実を認め、反省するよう促したんですが、彼女は一向に改悛することもなく、ある日突然……」

そこで、田所は言葉を呑んだ。

「屋上から飛び降りたんですか」

「そういうことです」

ぼそりと呟くように言うと、田所は沈痛な表情を浮かべる。カップを手に取り、もうほとんど湯気が立っていないコーヒーを口に含んだ。

「どうして望月今日香は、その女生徒を、執拗にいじめたんでしょうか」

「さあ、僕にもよく分かりません。でも、本当に亡くなった人にこんなこと言うのは気が引けるんですけど……やはり望月は、僕らとちょっと違っていたというか……」

「違っていた？」

「はい……人間らしい感情とか感覚みたいなものが、欠如していたのではないかと思うこともあって……。彼女の父親が、子供を殺害して逮捕されたって聞いた時に、びっくりしたんですけど、それと同時に、やっぱりそうかって、腑に落ちることもあって……」

「腑に落ちること？」

「彼女のなかにも父親と同じ、恐ろしい血が流れていたんだって。望月は、見た目はすごくきれいな女の子だったけど、何を考えているのか、よく分からないところもあって。だから、事件の話を聞いた時、思ったんです……やっぱり、それは血なのかなって。望月の父親は残虐な殺人事件を起こし、彼女も同級生にひどいことをして、自分で命を絶った。だから、橋本さんには申し訳ないんですけど、理由なんかないと思いますよ。望月が友達をいじめたのも、彼女の父親が、子供を誘拐して殺したことも……」

田所の言葉が熱を帯びてくる。押し殺すようにして、言葉を続ける。

「僕は望月が許せないんです。友達をひどい目に遭わせて、勝手に死んでいった彼女のことが。望月が死んだ後も、彼女にいじめを受けていた女性は、そのトラウマを克服できずに苦しんでいたと聞きます。彼女が可哀想で……」

そう言うと、田所は目を伏せた。閑散としているファミリーレストランの店内。二人の間に、重苦しい沈黙が生じている。

「申し訳ない。あまり、思い出したくないことを聞いたりして」

「いいえ、大丈夫です。こちらこそ、偉そうなこと言ってすみませんでした」

田所が丁寧に、頭を下げた。

「とんでもない。いろいろと教えていただき助かりました。あ、それと、最後にもう一つ聞いていいですか」

「はい。どうぞ」

「差し支えなければ、そのいじめられていたという生徒の名前を教えて頂きたいんですが」

「ええ、構いませんけど」

「もしや、そのいじめられていた女子生徒は、『小椋』という名字だったんじゃないでしょうか。小さいに木へんに京と書いて『小椋』という」

「小椋ですか……。違いますけど」

「そうですか……では、そのいじめグループのなかに、『小椋』という名前の生徒はいませんでしたか」

「いや……いなかったと思います。クラスのなかにも、そのような名字の生徒はいませんでしたし」

「では、担任の教師の名前が、『小椋』という名前だったのでは」

「いえ、違います」

鬼畜の森

子供たちの賑(にぎ)やかな歓声が聞こえてくる。

公園を覗(のぞ)き込むと、学校帰りの小学生が駆け回っていた。午後三時を過ぎている。以前ここを訪れたときは、まだ授業をやっている時間だったので、子供たちの姿はほとんどなかった。再び、事件の発端となった柏市の公園を訪れた。敷地のなかに入り、この前と同じように、鉄棒の脇のベンチに腰掛ける。

六月になった。この取材を始めて二ヶ月以上が経過している。

望月辰郎がなぜ、事件を起こしたのか。その犯行の動機を探ってきた。取材を重ね、いくつかの事実は明らかとなった。しかし、肝心な部分はまだ解明できていないのが現状である。そこで、もう一度事件の舞台におもむき、犯行の足跡をたどろうと思った。もしかしたら、何か見えてくるのではないかと考え、この公園にやってきたのだ。

視界に広がる公園の風景――

子供らがサッカーボールを蹴り合っている。砂場で遊ぶ女児。我が子を乗せたブランコを押す母親。ジャングルジムの頂上を目指す、わんぱくな男の子。九年前、子供たちの笑顔が眩しいこの場所に、望月辰郎はたどり着いた。家庭を失い、放浪生活の果てにこの公園にやって来た望月。彼は、そのとき一体何を考えていたのだろうか。

彼の家庭が崩壊する契機となったのは、一人娘の自殺である可能性が高い。望月今日香の同級生、田所亮平を取材したあと、彼の紹介で、ほかの元生徒からも話を聞くことができた。田所の話と、大きく食い違うようなところはなかった。今日香がいじめグループのリーダーだったという話は、間違いないようである。

いじめを受けていたという女生徒からも話を聞こうと思ったが、連絡を取ることが出来なかった。今日香の死後、彼女は高校をやめてしまい、現在の消息は誰も知らないという。

今回取材した元生徒らの話によると、今日香にいじめられていた女生徒の親が、加害者の親を訴えるという話もあったようだ。だが学校側が慰謝料を支払い、訴訟を思い止まるように説得したという。進学校なので世間体を気にしたのだろう。今日香の親も、多額の慰謝料を払ったという話もある。

望月辰郎の一家は、今日香がいじめを行っていたことが発覚したことを機に、崩壊の一途をたどった。望月は娘の行為の責任を取り、教諭の職を辞している。今日香の死後、彼は妻と離婚し、ホームレスとなった。彼の人生の転落は、一人娘のいじめ行為の発覚と自殺が契機となったことは間違いない。

それからおよそ二年後、望月は小椋克司さんの子供二人を誘拐し殺害した。その悪魔のごとき犯行の深層にも、一人娘の死が横たわっているのだろうか。そういえば、望月は法廷でも、こんな証言をしている。

——須美奈は、私の娘の幼い頃によく似ていた。彼女を連れてゆけば、もしかしたら、私の人生は取り返すことができるかもしれない。そう思った——

（第二回公判・被告人質問）

望月は誘拐した少女に、自殺した自分の娘を投影していた。娘を取り戻せば、再び人生をやり直せると思っていたのか。いずれにせよ、彼にとって一人娘の死は、人生を狂わせる一大事だったに違いない。

十七歳という若さで、命を絶った今日香。早すぎる彼女の死を嘆き、望月は愛する娘を死に追いやったこの社会に、復讐（ふくしゅう）しようと考えたという推測は容易に成り立つ。

だがもしそうだとしたら、それは身勝手だと言わざるを得ない。今日香はいじめられて自殺したのではない。悪質ないじめを行い、その行為を断罪されて、屋上から身を投げたのだ。一人娘がいじめを受けて死亡したのならば、父親として社会に対し復讐心を抱くという心情は理解できないこともない（だからといって、犯罪を行ってもいというわけではないが）。だが今日香は加害者だったのである。娘の死が、復讐の根源だというのなら、それは逆恨み以外のなにものでもない。

では、そのほかに望月を凶行に走らせるような理由はあるのだろうか。怨恨の線も捨てきれなかった。もしかしたら、彼と被害者の小椋さんの家族とは、過去に何か因縁のようなものがあったのかもしれない。そう思い、両者の家族関係を詳しく調べたが、結論としては、それらしい接点を見つけ出すことはできなかった。やはり事件まで は両者は、全く関係のない、見ず知らずの他人だったようなのだ。

今回の取材で判明したことを整理してみた――

・望月辰郎の生家は裕福な家庭だったが、父親が事業に失敗し没落した。
・実母は、彼が四歳の時に病死している。
・少年時代、父親から壮絶な虐待を受けていた。

・七歳の時、父は強盗殺人の罪に問われ、首を吊（つ）り自死している。
・親戚（しんせき）の家を転々として、「鬼畜の子」と揶揄（やゆ）された。
・その後、寺院が経営する養護施設に入所する。
・一人娘の今日香は、いじめ行為を告発されて、投身自殺した。
・教員の職を辞した理由は、娘のいじめ行為である。
・被害者の小椋克司さんの家族とは、事件までは何の接点もない。

　波乱の人生と言っても過言ではないだろう。

　望月は、父と娘を自殺で亡（な）くしている。だがそれらが、事件とどう結びつくのか、よく分からない。ばらばらになった点と線。つながりそうで一向につながっていかない。もしかしたら、望月の犯行動機を究明することは、実は意味のないことなのかもしれない。取材を重ねてゆくなかで、何度かそう思うことがあった。今日香のクラスメイトだった田所は、彼女のいじめ行為も望月の犯行動機に関しても、「理由なんかない」と言った。確かにそうなのだろう。犯罪心理学者に聞くと、快楽殺人に理由などないと言うに違いない。快楽殺人者の動機を追及すること自体、雲をつかむようなことなのだろう。だが、望月の犯行が快楽殺人というのなら、彼は幼い子供を殺害したことで、どんな快楽を得たというのか……。やはり、何か釈然としない。

公園を出て、住宅街のなかをしばらく歩いた。もうすぐ五時になろうとしている。六月にしては、暑い日だった。歩く度に、汗が噴き出してくる。ハンカチで汗を拭いながら、住宅やマンションに囲まれた道路を進んで行く。日もまだ高く、当分暮れそうにはなかった。二十分ほど歩くと、木々が生い茂る小高い山が見えてきた。裏道に入り、雑木林の入口にたどり着く。望月が、二人の遺体を埋めたあの雑木林である。

森のなかに足を踏み入れた。ひんやりとした空気が心地よく感じる。バッグから、手描きの地図と方位磁石を取り出した。地図は警察犬の訓練士だった市島に取材したときに、描いてもらったものである。人気のない林道を進んで行く。夏を目前にして、生い茂る植物の匂いが鮮烈だ。

奥まで来ると、一旦立ち止まり、再び地図を確認した。地図上には、亘くんの殺害場所である物置小屋と、望月が遺体を埋めた場所が印されている。市島の話だと、物置小屋は事件の直後に取り壊されたという。遺体が埋められた場所を目指して歩き出す。

地図の示す距離と方角を目安に進んで行く。森のなかなので、目印になるようなものは何もない。手掛かりは、付近に小川が流れているということくらいである。それに遺体が埋められたのは、もう九年前のことだ。森の形状が、大きく変わっている可能性もあった。果たして、その場所に行き着くことはできるのか。

遺体が発見されたのは、地崩れを起こすほどの大雨が降ったあとだったという。そのときとは違い、地面は乾いているので、歩きづらいというわけではなかった。だが生い茂る樹木に遮られ、なかなか思うように進めない。本当にこのルートで合っているのだろうか。不安のなか、森の奥へと向かって行く。すると……。

かすかに川のせせらぎの音が聞こえてくる。導かれるように、川音がする方向に歩いて行った。木々をかき分け、険しい森の中を行くと、突如視界が開けてきたのである。なだらかな斜面の下に、ちょろちょろと小川が流れていて、その手前に樹木が生えていない空間があった。間違いない。望月が遺体を埋めた場所である。何とか目的地にたどり着いたのだ。一旦呼吸を整え、手の甲で汗を拭う。そして、空き地の方に足を踏み入れた。

森のなかにぽっかりと空いた、笹や雑草が生い茂った荒れ地である。その場に佇み、かつて遺体が埋まっていた空間を眺める。

夕暮れが迫っていた。二人の幼い命が眠っていた場所は、うす暗い陽光が差し込み、殺伐とした景色である。九年前、彼はこの場所で何を考えていたのだろうか。

結局、望月辰郎がなぜ、幼い姉弟を殺害したのか。その真相を導き出すことはできなかった。獄中の望月に何度か手紙を出したり、面会も申し出た。でも彼は、弁護士以外の面会を頑(かたく)なに拒否しているということだった。被害者のご両親である小椋克司さんと鞠子さんも、マスコミの取材を一切受けていない。今回も弁護士を通じて取材を打診しているが、芳(かんば)しい返事をもらうことは出来ていない状況である。

柏市・姉弟誘拐殺人事件の取材は、ここで一旦終了することにした。だが、望月辰郎被告の裁判は未(ま)だ進行中だ。きっと司法の場において、望月被告の心の闇(やみ)は解き明かされるはずである。無惨(むざん)にも、か弱い二人の子供の命を奪った悪魔の実相が……。

そのことを信じ、この稿を閉じることにする。

＊原則として、本文中の敬称は省略させて頂きました。

（二〇〇二年六月　取材・文、橋本勲）

「罪を詠む」

（文・草野陽子『季刊和歌』二〇一二年春号掲載）

重い罪を犯し、死刑を宣告された犯罪者が、短歌と出会い、歌人となった例は少なくありません。獄中の歌人としてよく知られているのは、島秋人（本名、中村覚、享年三十三）でしょう。一九五九年、島は新潟県で強盗殺人を犯し、死刑判決が下されました。以来、刑が執行されるまでの七年間、彼は短歌を詠み続けたのです。島の短歌は高く評価され、一九六三年には毎日歌壇賞を受賞しています。

彼が歌を詠むようになったのは、拘置所の中で恩師に手紙を書いたことがきっかけでした。島は子供のころ、授業中に描いた絵を誉められたことがありました。そのことを、ふと思い出したのです。彼は家も貧しく、身体も病弱でした。周囲から馬鹿にされて過ごした少年時代。誰にも誉められることなどありません。でも中学の図工の授業で、島の絵を見た教師は、彼にこう言いました。

「絵は下手だが、構図がよい」
それが唯一の、人に誉められた記憶でした。また絵を描いてみたい。そう思い、恩師に感謝の気持ちを手紙に書いて送ったのです。返事が返ってきたのですが、その中に、児童が描いた絵と、三首の短歌が添えられていました。感銘を受けた島は、短歌の世界に惹かれてゆき、自らも歌を詠むようになっていきます。

土ちかき部屋に移され処刑待つひととき温きいのち愛しむ

死刑執行の前夜に、島が詠んだ短歌です。死後、彼の歌集は『遺愛集』と名付けられ、刊行されています。

一九六〇年、宮城拘置所で処刑された平尾静夫（享年二十八）も、獄中歌人として知られる死刑囚の一人です。幼くして生母と別れた平尾は、養母を殺害した罪で死刑を宣告されました。拘置所で偶然、短歌雑誌を目にした彼は、自らも歌を詠み、雑誌に投稿するようになります。平尾は迫り来る死刑の恐怖と戦いながら、歌を詠み続けました。

刑場に果てる命を嘆きつつ蟲（むし）になりても生きたしと思う

刑が執行された後に刊行された歌集『蟲になりても』には、彼が獄中で詠んだ二百三十二首が収録されています。

このように、死刑囚が歌人となった例は多いのです。そして、高い評価を受けています。一体なぜ、彼らは短歌に魅せられ、歌人となるのでしょうか。その理由について、考えてみました。

人間には、生まれた瞬間から死という結末が決められています。私たちはみな、死を宣告された囚人と言えるのでしょう。もちろんそれは、人間以外の生物も同じです。犬や猫も、豚や牛も、蛇や蛙（かえる）も、草や木も、この地球上に生きとし生けるものは決して、死という運命から逃れることはできません。

でもただ一つだけ、人間がほかの生物たちと違っていることがあります。それは、いつか自分に死が訪れるという事実を知っていること。だから人は「死」の恐怖に打ち勝つべく、神に祈り、仏を拝み、芸術や文学に救いを求めるのです。

獄中歌人が生まれるのも、そのような理由からではないでしょうか。死刑を宣告されたものは、誰よりも「死」という存在を自覚し、生きたいと願うのです。だから命果てるまで、生と死の意味を、極限まで問い続けるのでしょう。
先月、編集部に一通の手紙が届きました。まずはその手紙を紹介します。

前略
はじめまして。突然のお便りで失礼します。いつも貴誌を楽しく拝読しています。
私は、一九九三年に千葉県柏市で起きた、幼児二人が誘拐され殺害された事件について調べている者です。事件に興味を抱き、望月辰郎被告に接触を図ろうと、何度か手紙を出していました。しばらく返信はなかったのですが、根気よく手紙を出し続けました。すると、一度だけ本人から返事が届いたのです。
封を開けてみると、便箋が一枚入っていて、そこに短歌が記されていました。その便箋以外は、中には何も入っていませんでした。便箋のコピーを添えてありますので、ぜひ目を通してみて下さい。そして、もしよければ、望月辰郎の短歌を、貴誌にて掲載してもらえませんでしょうか（その場合、僕の名前は匿名にしておいて下さい）。死刑囚の詠んだ短歌というのは、珍しくはないかもしれませんが、一見の価値はあるはずです。雑誌の編集、大変かと思いますが、これからも頑張って下さい。

草々

編集部では早速、望月辰郎という死刑囚について調べてみました。

望月は、一九九三年に千葉県柏市に住む小椋克司さん方の長女須美奈さんと、長男亘くんを誘拐して殺害し、遺体を遺棄した容疑で逮捕されています。自宅近くの公園で遊んでいた二人の姉弟を連れ出し、近くの雑木林で命を奪いました。

一審は、無期懲役の判決が下り、量刑不当として検察側が控訴。二審では一審の判決をくつがえし、望月に極刑が言い渡されました。判決文には、こう記されています。

——か弱い二人の子供を、残虐(ざんぎゃく)な方法で命を絶ち、土中に遺棄するという所業は、悪魔のごとき所業と言わざるを得ない。被害者は見ず知らずの家庭の子供であり、殺害にいたる理由についても酌量の余地は皆無で、被告人には反省の様子もなく、人間性の片鱗(へんりん)すら感じることができない。遺族の思いに鑑(かんが)みて、極刑が妥当——

二〇〇四年に死刑が確定。その七年後の去年八月に刑が執行されています。結局最期まで、被害者にも遺族にも、謝罪の言葉はありませんでした。

その望月辰郎が詠んだ短歌が、編集部に届いたのです。望月が書いたという便箋のコピーには、整った手書きの文字で、短歌が記されていました。差出人によるとそれらの短歌は、獄中で望月が詠んだものだといいます。確かに、「獣の鉈」という筆名の後に、望月辰郎の署名がありました。その筆跡が本人のものであるかどうか、編集部では確かめようがありませんが、便箋には拘置所の青い検閲印が押されていたので、望月の直筆と考えて間違いないようです。

編集部では、慎重に協議を重ねた結果、死刑囚望月辰郎の短歌を掲載することにしました。実際に死刑に処された人間が残したということなので、そこには何か、短歌としての価値があるのではないかと考えたのです。

まずは望月辰郎が詠んだ短歌を紹介しましょう。

血反吐吹く　雌雄果てたり　森の奥　白に滲むな　死色の赤よ

鬼と化す　経ては暗闇　今もなお　割った鏡に　地獄うつりて

川面浮く　衣はなき花冠　生の地を　発つ子咎なき　流れては消え

耳すまし　三途渡しの　音が愛し　真綿死の色　在世死の毒

姉が伏す　身鳴き身は息　蠟少女　命に怒れ　手よ烏や雲に

暮れゆくも　薄く立つ霧　闇深き　妖花に和える　呪い草かな

獣の鉈（望月辰郎）

このように、望月が詠んだ歌は、明らかにほかの死刑囚の短歌とは趣が異なっています。

これまでの獄中歌人らは、自らが犯してしまった罪を嘆き、命の尊さと生への執着を歌に込めたものでした。しかし、望月の短歌からは、罪を悔い改めるような感情は、ほとんど読み取れません。罪を悔やむどころか、呪いの言葉を吐き続け、残虐な犯行の様子を嬉々として描写しています。

これらの歌から思うに、獄中にいても、罪に対しての反省の念など微塵もなく、未だに何かを恨み呪い続けているようなのです。一体彼は、何を呪っているのでしょうか。

一首ごとに見ていきましょう。

血反吐吹く　雌雄果てたり　森の奥　白に滲むな　死色の赤よ

望月は雑木林のなかで、幼い姉弟の命を奪いました。これはその時の、凄惨な様子が描かれたものだと推測することができます。「雌雄」とは殺害された姉と弟のこと。「白に滲むな」の「白」は、衣服の色なのでしょう。殺害時に、被害者の口から飛んだ血が、白い衣服に付着したさまを表しているのです。血がついたのは望月の服でしょうか。それとも被害者の服なのでしょうか。

鬼と化す　経ては暗闇　今もなお　割った鏡に　地獄うつりて

この歌は、独房で刑が執行されるのを待っていた時の、その心情が表現されたものだと思われます。「鬼」とは、残虐な犯行を犯した自分自身のことなのでしょう。どんなに闇から逃れようとしても闇は続き、今もまだその中にいる。そしてこの先も、ずっと……。

鏡の破片に映っているのは、やがて彼が訪れる地獄なのです。これは望月の心の中に潜む、恐るべき悪意との、無間地獄のような葛藤を描いた歌だと解釈することができます。

川面浮く　衣はなき花冠　生の地を　発つ子咎なき　流れては消え

遺体を埋めた場所のすぐ傍には、川が流れていたそうです。「衣はなき花冠」とは、彼が殺害した子供たちのことを表していると思います。望月は幼い姉弟を殺害後、衣服を剝ぎ取り、遺体を土中に埋めました。裸になった子供らの遺体を、花びらがもぎ取られた花に喩えているのです。この歌を解釈すると、以下のようになります。

川面に、花びらがない花が浮いている。それはまるで、現世を旅立ってゆくこの子たちのようだ。花は流れて消えていった。彼らには何の罪もないのだけれど。

耳すまし　三途渡しの　音が愛し　真綿死の色　在世死の毒

この歌も、第二首と同じく、獄中での彼の心象を表したものなのでしょう。牢獄で一人、やがて訪れる死の瞬間を待ち受けている望月。ふと耳をすますと、三途の川のせせらぎの音が聞こえてきました。そして彼は、それを愛おしいと感じたのです。なぜなら、あの世はきっと、真綿のように純白の世界に違いない。そう思ったからです。死の色に毒された現実とは大きく異なっているのです。

姉が伏す　身鳴き身は息　蠟少女　命に怒れ　手よ烏や雲に

望月は、四歳の弟を殺害した後、六歳の姉を扼殺しています。これは、そのときの様子を詠んだ歌なのでしょう。望月に首を絞められ、地面に伏した六歳の姉。うめき声を上げて、息も絶え絶えの姿で、望月から逃れようとしています。少女の肌は血の気が失せ、蠟人形のようです。でも、まだ彼女の命は尽きていません。また怒りがこみ上げてきました。再び彼女の首を絞めるために、両手を空に掲げます。雲の前を、一羽の烏が通り過ぎてゆきました。

幼い子供が死にゆく過程は、痛ましいとしか表現できません。このような残虐な犯罪を行った、望月に対する憤りが込み上げてきます。

暮れゆくも　薄く立つ霧　闇深き　妖花に和える　呪い草かな

二人の幼き子供の遺体を、土の中に埋めた望月。この歌は、その直後の様子を詠んだものと推察されます。「呪い草」の草とは、「言い草」や「語り草」などと同じ意で、「呪いの言葉」を表したものなのでしょう（「言い種」とも書く。「種」は種類のことを表すので、「いいぐさ」は本来、「言い方」や「言い様」と同じ意味）。この歌は、以下のように解釈することができます。

穴を埋め終わると、いつの間にか日が暮れていた。あたりには、うっすらと霧が立ちこめている。深い闇の中で咲くような妖しい花があれば、それを摘み取り、呪い草（呪いの言葉）と和えて（混ぜて）みたい。激しい怒りや憎しみが込められた、呪いの草を……。

このように、死刑囚望月辰郎が残した和歌は、克明に彼の犯行の様子が描写されたものでした。そこには懺悔の思いは一切ありません。多くの獄中歌人のように、刻一刻と迫ってくる死刑執行の日を怖れ、「生きたい」と願う生への欲求も感じとることはできませんでした。幼い頃にたった一度だけ誉められたことを思い出し、自らの罪を深く悔い改めた島秋人や、虫に姿を変えてでも生き延びたいと、生に対する執着を歌に込めた平尾静夫とは大きく違っています。

最初に、便箋に直筆で書かれた望月の和歌を目にしたときは、心底ぞっとしました。現実にあった事件の犯人が書いた、幼い子供が殺される過程が詠まれた和歌なのです。これらの歌を読み終えたときは、嫌悪感しか残りませんでした。

残虐な犯行の過程と、怒りと憎しみに満ち溢れた望月の和歌。これらはいわば、「呪い歌」と言っても過言ではないでしょう。一連の犯行を悪魔のせいと開き直り、幼い姉弟が殺害される様子までも克明に描写しているのです。時折、自分が殺した犠牲者に対する弔いの感情や、命に対する無常観は垣間見えますが、自分の罪に対する懺悔の念は、ついぞ感じられませんでした。

一体彼は何を憎み、何を呪っているのでしょうか。望月の怒りの対象は何なのでしょう。それは人間なのか。それとも彼に極刑を下した、この社会なのでしょうか。望月の死刑が執行された今、その真意を測る術はありません。

当初、編集部では望月辰郎の短歌を、世に出すべきではないと考えていました。しかし、すでに裁判は終了し、死刑が執行されたこと、さらにはまた、このような事件が起こったとき、犯人の心理状態を知る上で貴重な手掛かりになると考え、掲載することにしました。

亡くなった被害者の方々には、深い哀悼の意を捧げ、ご冥福をお祈りします。

二〇一二年二月二十五日

「隣室の殺戮者（さつりくしゃ）――向島・一家三人殺傷事件――」

（月刊誌『インシデント』二〇一五年六、七、八月号掲載）

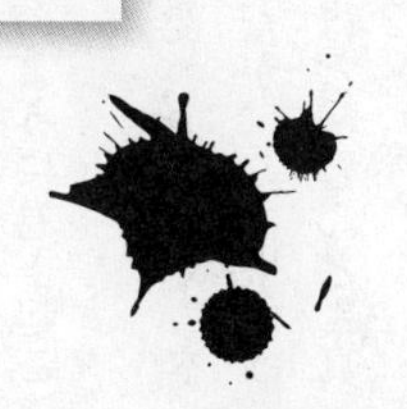

【第一回】

ありふれた事件だと思った。

新聞記事でその事件の第一報を目にしたときは、そう感じた。そんな言い方をしては、被害者や関係者の方には大変申し訳ないのだが、日本中で毎日のように巻き起こる事件事故のニュースに埋没していたのだ。

だが事実が明らかになるにつれ、この事件に対する印象は大きく変わってゆく。本来ならば、取材が進んでゆくに従い、真相が明らかになってゆくのだが、この事件は違っていた。取材を重ねれば重ねるほど、警察の捜査が進めば進むほど、どんどん真実が遠ざかってゆく。そんな事件である。

向島・一家三人殺傷事件――

まさしく奇異なる事件だ。一体、家族に何が起こったのか。警察の捜査資料やマスコミ報道、そして、独自取材した内容をあわせて、事件の顚末(てんまつ)を探った。
まずは、第一発見者の証言をもとに、事件が発覚した当日の様子をまとめてみた。

＊

見上げると、空が白み始めている。鳥のさえずりも聞こえてきた。四月も半ばを過ぎて、夜明けの時刻が早くなってきている。二〇一五年四月十七日、午前四時すぎ、杉野忠(すぎのただし)（五十六歳・仮名）は、空を見上げてそう感じた。東京都墨田区の七階建ての中古マンション。バイク置き場に通勤用の原付バイクを停めると、鉄柵(てっさく)の扉を開けて、マンションの裏口からエレベーターホールに入った。

杉野は、都内のタクシー会社に勤務している。タクシーの乗務員は隔日勤務（一度に二日分勤務して、次の日は休みになる勤務形態）が多く、帰宅するのは大体深夜である。杉野はタクシー歴二十年以上のベテランだが、五十も後半になると、この勤務形態が厳しくなってきた。朝早くから深夜まで、十八時間ほどハンドルを握っている。勤務もちろん間に何回か休憩を取る決まりにはなっているが、これがなかなかきつい。勤務が終わり自宅に着いたころには、どっと疲労が襲ってくる。

エレベーターを五階で降りて、マンションの外廊下を進む。廊下の中ほどにある自室の前まで来ると、妻と子供らを起こさぬように、静かに鍵を開けた。部屋に入り、洗面所で手を洗い、寝室に向かう。ドアをそーっと開けると、布団で、妻と小学三年生の次女が気持ちよさそうに眠っている。杉野の妻は保険会社の外交員。子供部屋には小学六年生の長男もいて、四人家族である。軽くシャワーを浴びて、寝巻きに着替えた。リビングに入り、キッチンに向かう。冷蔵庫を開けて缶ビールを取り出した。ダイニングテーブルの上には、妻が作り置きしてくれた焼き魚やほうれん草などのつまみが並んでいる。焼き魚を電子レンジに入れ、グラスに注いだ泡の立ったビールを、一気に飲み干した。疲れ果てていた全身に、アルコールが染み渡ってゆく。至福の一時だ。

その時である。叫び声が耳を劈いたのは――

悲鳴は男の声だった。最初は、酔っ払いの通行人だと思った。時折、明け方近くまで酒を飲み、外で大騒ぎしている若者や酔客の声が聞こえることがあった。気にせず、レンジから魚を出そうとしたとき、再び声がした。

「やめろ、やめろ、うっ……」

さっきの男性の声だ。まるで、誰かと格闘しているようである。思わず、窓を開けて外を覗いた。外はもうすっかり陽が昇っている。早朝の道路には人の姿はなかった。一体あの声は何だったのか。するとまた、絶叫が響き渡った。同時に、何やらばたばたと激しい音もする。家具が倒れたり、食器が割れるような音だ。悲鳴は断続的に続くと、やがて途絶えた。寝室の扉が開いて、寝ぼけ眼の妻も起きてきた。

「なんか、すごい音がしたね」

「何があったんだろ。ちょっと見てくるわ」

寝巻き姿のまま、サンダルをつっかけて廊下に顔を出す。朝の陽光が眩しかった。顔をしかめながら、周囲を見渡した。廊下には、誰もいない。ふと隣室に目をやった。玄関のドアが、細く開いたままである。さっきの声や物音は、この部屋から聞こえてきたのだろうか。部屋を出て、隣室のドアの前まで歩いてゆく。

正直言うと杉野は、隣室に誰が住んでいるのか、あまりよく知らなかった。このマンションに暮らして十年ほどになるが、仕事柄、家を出るのが早朝で、帰宅も明け方に近い時間である。近隣の住民と顔を合わせる機会は、ほとんどなかったのだ。さっきの声や物音からすると、尋常ではない様子だった。まるで暴漢や強盗に襲われたようでもあった。まさかとは思うが、もし強盗か何かだとしたら、自分たちにも危害が及ぶ可能性がないわけではない。

ドアチャイムを押そうとして、一旦その手を止めた。もしかしたら、事件などではなく、夫婦喧嘩のような家族のトラブルかもしれなかった。そうだとしたら、他人の出る幕ではないと思い、一瞬戸惑ったのだ。だが、それならそれで、傍迷惑な話ではある。みんなが眠っている時間だ。非常識なこと、この上ない。理由が夫婦喧嘩だったとしても、隣人として一言釘を刺しておく必要がある。そう思い、杉野はドアチャイムのボタンを押した。

ドアの向こう側で、チャイムの機械音が鳴り響いている。しばらく様子をうかがうが、反応はなかった。再びチャイムを押す。二度、三度。だが、隣人が顔を出す気配はない。

「隣の杉野ですが。大丈夫ですか」

ドア越しに声をかけてみた。隣人の名前を呼ぼうとしたが、表札は出ていなかった。

「声が聞こえたので……。どうかされましたか」

やはり返事はない。仕方なくドアの隙間から、部屋のなかを覗き込んだ。隙間からでは、玄関周りしか見えなかったが、室内が激しく荒らされた状態であることは分かった。傘立てが倒され、靴やブーツがあちこちに、誰かに蹴飛ばされたように散乱している。ドアが開いていたのも、長靴が挟まっていたからだった。

なかに入って確かめてみようと思ったが、他人の家に踏み込むのは抵抗があった。警察に通報するべきなのだろうか。だが、今の段階では事件かどうかは分からない。非常時は、マンションの管理会社に連絡するのが筋なのかもしれないが、こんな時間に電話はつながらないだろう。かと言って、放っておくわけにもいかなかった。もし本当に強盗か何かに襲われたのならば、自分たちが巻き込まれてしまうかもしれないからだ。襲撃者は、まだ部屋にいるということも考えられる。もしかしたら一刻を争う事態である可能性もあった。杉野は決意する。部屋のなかに入ってみよう。警察に連絡するかどうかは、事情が分かってから判断すればいい。

一旦、自分の部屋に戻った。押し入れに仕舞ってあった、防犯用の木刀を取り出す。心配そうな妻に、鍵をかけて部屋から出ないように念を押して、再び隣室に向かった。木刀を取りに戻ったのは、暴漢と鉢合わせしたときのことを想定したからである。杉野は剣道の有段者だった。木刀があれば、万が一暴漢と格闘することになっても、打ち勝つ自信はあった。

廊下に出て、隣室の前で一旦立ち止まった。ドアはさっきと同じ、半開きのままである。ドアの隙間に顔を入れて、声をかける。

「隣の杉野です。どうされましたか」

やはり返事はない。木刀片手に、ゆっくりとドアノブに手をかけた。散乱している靴や傘を蹴飛ばさぬよう、玄関に足を踏み入れる。

「すみません。入りますよ」

靴を脱いで、上がり框に足をかける。暗がりのなか、目を凝らした。杉野の部屋と同じ間取りであれば、廊下の奥にリビングと部屋が二つあるはずだ。床には、額縁が落ちていて、割れたガラスが散乱していた。破片を踏まないように、慎重に廊下を歩いてゆく。いつ暴漢が飛び出してくるかもしれない。木刀を握る手に汗が滲む。

奥に進むにつれて、異様な臭気が鼻孔を襲う。鉄分を含んだ、すえたあの臭いである。嫌な予感がする。リビングの入口にたどり着いた。戸は開いているが、簾がかけられているため、中はよく見えない。簾に手をかけて、室内を覗き見る。

ここもひどく荒らされていた。カーテンが締め切られたうす暗い部屋。ダイニングテーブルの椅子は乱雑になぎ倒され、床には食器や花瓶が落ちている。それにしても、部屋の乱れ方が尋常ではない。まるで誰かが乱闘したみたいだ。一体何があったのだろうか。奥の窓側に目をやる。ソファは斜めに歪み、クッションや雑誌が散乱している。歪んだソファの陰に、ジーンズの足が見えた。誰かが倒れているようだ。周囲を警戒しながら、部屋の中に入ってゆく。ソファの向こう側に回り込み、恐る恐る近寄っていった。長い髪と、灰色のトレーナーを着た背中が見えてきた。倒れているのは女性のようである。

「大丈夫ですか」

背後から声をかけた。返事はない。倒れている女性の前に跪いた。顔を覗き込んで、再び声をかけようとしたが、言葉を飲み込んでしまった。あまりにも彼女の形相が異様だったからだ。

充血した目をかっと見開いていた。中年の女性である。顔面は蒼白で、髪の毛の間から、どくどくと血が流れ出ている。異様なのはそれだけではなかった。女性の口いっぱいに、何か白いものが詰め込まれている。よく見ると、それはくしゃくしゃに潰された紙だった。

よろよろと、杉野は立ち上がった。携帯電話を持ってこなかったことを後悔する。早く警察に連絡しなければならない。いや、救急車の方が先だろうか。女性が生きているのか死んでいるのかよく分からなかったが、息があるのならば、早く手当てしてもらった方がいい。そう思い、あわてて部屋を出ようとした、その時だった。

ふと、隣室の入口が目に入った。ドアが開いている。もしやと思った。倒れているのは女性である。さっきの絶叫の主は男性だった。奥の部屋にまだ、誰かいるのかもしれない。杉野は再び木刀を持つ手に、力を込める。

隣室を覗き込んだ途端、生暖かい血の臭気が襲いかかってきた。思わず顔を背ける。一呼吸して再び室内に目を向けると、杉野は息を呑んだ。彼が見た光景。それはまさに惨劇だった。

窓際に、小さなデスクが置かれた部屋——

床には、本や衣服が散乱している。デスクの上に、女子学生の制服が掛けられたハンガーラックが倒れかかっていた。部屋の片隅には、ノートパソコンが転がっている。

壁際のシングルベッドに、男性が女性に覆い被さるようにして倒れていた。男性の年齢は、四、五十代といったところだろうか。胸元から流れ出ている血が、下にいる女性のパジャマやベッドのシーツを真っ赤に染めている。女性の方は男性よりも相当若く、髪を二つに結んだ、十代前半くらいの少女である。

だが、恐ろしいのはそれだけではなかった。折り重なるように倒れていた男女の顔を見て、杉野の全身は総毛立つ。リビングの女性と同様に、二人の口にも、紙が押し込まれていたのである。くしゃくしゃに潰れた白い紙だ。よく見ると、紙には何やら、細かい文字が印刷されている。

慌てて自分の部屋に戻ると、杉野は警察に通報した。それから五分ほどで、管轄の向島警察署の捜査員が駆けつけてくる。時刻は午前五時二十一分だった。

すぐに三人は救急車で病院に搬送された。リビングに倒れていた女性は、すでに呼吸が停止した状態だったが、隣室に倒れていた二人はまだ息があった。

被害者は部屋の住人で、死亡した女性が、この家の主婦の小椋鞠子さん。隣室に倒れていた男性が、鞠子さんの夫の克司さん。そして、克司さんと折り重なるように倒れていたパジャマ姿の少女が、一人娘のA子さんだった。

家族三人で暮らしていたという小椋さん一家。A子さんは、都内の公立中学に通う中学三年生で、彼女と父の克司さんが倒れていた場所は、A子さんの部屋だった。病院に運ばれたとき、克司さんはまだ息があったが、翌日に死亡。意識をなくす直前、克司さんは「暴漢に襲われた」と捜査員に証言している。家族を襲ったのは、背の高い男性だったという。警察は、付近一帯に緊急配備を敷いて、小椋さん一家を襲撃した犯人の行方を追った。

「マンションで一家三人が死傷　向島」

十七日午前五時すぎ、墨田区向島の賃貸マンションの一室で、同室に住む小椋鞠子さん（五十四歳）の遺体が発見された。鞠子さんは、頭部を鈍器のようなもので殴られており、夫の克司さん（五十四歳）と一人娘のA子さん（十五歳）も、何者かに襲われ、別室で意識を失った状態で発見された。克司さんは搬送先の病院で死亡。A子さんは意識不明の重体である。異変に気がついたのは、隣室に住むタクシー会社勤務の男性。男性は悲鳴や格闘するような物音を聞いて隣室に駆けつけ三人を発見、警察に通報した。発見時、三人の口内からは丸められた紙片数枚が見つかっている。克司さんは死亡する直前に、暴漢に襲われたと証言している。向島警察署に設けられた捜査本部は、殺人事件として犯人の行方を追っている。

（二〇一五年四月十七日付　××新聞）

事件発生当日の、夕刊紙に掲載された記事である。

検死の結果、鞠子さんは後頭部を鈍器で殴られ、頭蓋骨の一部が陥没していたという。夫の克司さんは、鋭利な刃物で胸を刺され、出血多量で死亡。意識不明のA子さんの頸部には、圧迫痕が残されており、何者かに両手で首を絞められていたことが分かった。またA子さんの頬には、数回にわたって殴打された痕跡もあった。鞠子さん殺害に使用された凶器は硝子製の花瓶で、犯行があったリビングから見つかっている。

克司さんを刺した凶器は、料理用の包丁で、A子さんの部屋に投げ捨てられていた。

犯人は、小椋さん宅に侵入し家族三人を襲撃した後、部屋を出て逃走したものと考えられた。時刻は早朝だったため、不審な人物の姿を目撃した住人もいなかったようだ。マンションのエレベーターやエントランスなどの共用部分には、防犯カメラが設置されていたが、犯人らしき者の姿は映っていない。よって、犯人は防犯カメラに映らないようなルートで侵入し、逃走したものと推定される。事件があったマンションの裏口から外階段にかけては、防犯カメラは設置されていなかった。そのルートを使えば、カメラに映らずマンション内に侵入し、逃走することが可能なのだ。警察は犯人の情報を求めて、近隣住民に聞き込みしたが、今のところ有力な目撃証言は得られていない。

一体なぜ、犯人は小椋さん一家を襲ったのか。まず考えられるのは、金品を目的とした強盗殺人である。だが、警察が現場を調べたところ、金銭やキャッシュカードが強奪されたような形跡はなかったという。それに、もし強盗目的だったとしたら、犯人はなぜ、被害者三人の口に紙を詰め込んだのか。その点が疑問視された。

第一発見者の杉野によると、被害者らが咥(くわ)えさせられていた紙は白く、細かい活字が印刷されていたという。その紙は一体何だったのか。そしてその行為には、どんな意味があるのだろうか。

さらに不可解なのは、被害者三人の襲撃方法がみな違っていることだった。鞠子さんは鈍器で殴られ、克司さんは刺殺、A子さんは何度も殴打され、首を絞められていた。

*

以上が、発生当初のこの事件の情報をまとめたものである。

冒頭にも記したように、事件が起こったとき、この「向島・一家三人殺傷事件」に対して、特に深い興味を抱くことはなかった。もちろん、新聞各紙やテレビの報道などで、事件の存在自体は知っていたが、よくある殺人事件のように思い、取材意欲がかき立てられることはなかったのだ。

その考えが覆（くつがえ）されたのは、次の報道を目にしてからだった。以下は、事件発生から四日目の記事である。

「向島一家殺傷事件　死亡夫婦は別の誘拐殺人の被害者家族と判明」

十九日夜、向島警察署で記者会見が開かれ、今月十七日に向島の賃貸マンションにおいて一家三人が襲われた事件で死亡した夫婦は、二十二年前に千葉県柏市で起こった、姉弟誘拐殺人事件の被害者の両親だったことが公表された。今回の事件で死亡した小椋克司さん（五十四歳）と妻の鞠子さん（五十四歳）は、一九九三年に、長女の須美奈ちゃん（当時六歳）と長男の亘くん（当時四歳）を、自宅周辺に住みついていたホームレスの男に連れ去られ、殺害されていた。犯人の望月辰郎元死刑囚は、姉弟の遺体を遺棄した後、派出所に出頭し逮捕。二〇一一年には、死刑が執行されている。捜査本部によると、二十二年前の誘拐殺人事件と今回の事件に関連があるか、現在捜査中とのことである。

（二〇一五年四月二十日付　××新聞）

――死亡した夫婦は、二十二年前に起こった誘拐殺人事件の被害者の両親だった――

この記事を目にして、事件に俄然興味を持ったのだ。一九九三年に柏市で起こった姉弟誘拐殺人事件は、おぼろげながら記憶があった。改めて当時の新聞記事を検索してみると、確かに殺害された幼い姉弟の父親は「小椋克司」と記されている。二十二年前の事件について、簡単にまとめてみた。

柏市・姉弟誘拐殺人事件

一九九三年二月七日、千葉県柏市に住む小椋克司さん（当時三十二歳）の長女、須美奈ちゃんと長男の亘くんの行方が分からなくなった。妻の鞠子さん（当時三十二歳）によると、自宅近くの公園で遊ばせていたのに、姿が見えなくなったという。二人が失踪（しっそう）した翌日、望月辰郎（当時四十三歳）という男が派出所に出頭してきた。望月は公園をうろついていたホームレスだった。供述によると望月は、公園で遊んでいた須美奈ちゃんと亘くんを連れ出し、寝所にしていた付近の雑木林にある物置小屋で亘くんを殺害、その後須美奈ちゃんも殺し、二人の遺体を雑木林の土中に埋めたという。

一九九六年、千葉地方裁判所で望月辰郎に無期懲役の判決が下るが、検察側が量刑不当とし控訴。二審において、「被告人には反省の様子もなく、人間性の片鱗（へんりん）すら感じることができない」として死刑判決が確定し、二〇一一年に刑が執行された。

一九九三年の誘拐殺人事件と今回の一家三人殺傷事件。

小椋さん一家は、二度も新聞を賑わす、悲惨な事件に巻き込まれていた。偶然とはいえ、気の毒な話だ。小椋さん夫婦は、二十二年前に子供を二人も奪われている。その上今度は何者かに襲われ、命までも奪われたのだ。誘拐事件の後に生まれ、中学生まで育て上げた娘も、今は昏睡状態にある。「運が悪かった」といえばそれまでなのだが、あまりにも残酷な話である。

小椋さん一家が襲撃された理由――

一体なぜ、一つの家族が二度も、このような出来事に見舞われたのだろうか。犯人の目的は一体何だったのか。二つの事件は、偶然のいたずらによって起きた全く無関係の事件なのか。それとも、今回の一家殺傷事件と、過去の誘拐殺人事件は、何か関係しているのだろうか。そして、なぜ三人は、異なる手口で襲撃されたのか。無性に真相が知りたくなった。

というわけで、当誌は今号から、この奇異なる事件の取材を開始することにしたのである。残念ながら、ここで紙数が尽きた。次号もまた、この謎に満ちた向島・一家三人殺傷事件について、レポートする。

【第二回】

東京都墨田区向島――

町工場や商店が密集し、下町の風情が残るこの町に、犯行現場となったマンションが存在する。

事件発生から五日が経過したその日、惨劇の舞台であるマンションを訪れてみることにした。東武伊勢崎線を曳舟駅で下車、そびえ立つスカイツリーを仰ぎ見ながら、事件現場へと向かう。大通りから、入り組んだ路地に入る。せまい道に、古びた町工場や、昔ながらの住宅が建ち並んでいる。路地を通り抜けて、道路沿いを少し歩くと、レンガ色の建物が見えてきた。事件が起こったマンションである。表の道路にはパトカーや新聞社の黒塗りの車、テレビ局のロゴが入ったワゴン車も停まっている。

インターネットの物件情報には、マンションが竣工したのは一九九〇年と記載されていた。築二十五年ということになるのだが、実際に見てみると、外壁のタイルは煤け、それよりもっと古い建物のように思える。家賃は２ＬＤＫの部屋で十万ちょっとだということだ。都内では格安の部類に入るのだろう。マンションは七階建てで、部屋数は全部で三十戸くらいだという。五階の廊下に目を向けると、ブルーシートで覆われている一角が見えた。外廊下の丁度真ん中あたりに位置している部屋である。あそこが、事件があった小椋さんの部屋なのだろう。規制ロープが張られ、数名の警察官の姿が見える。

目立たぬように道路の対岸に立って、マンションの様子を眺めた。出入りする住人の姿はあまり見られない。管理人室にも人がいないようで、不在票が掲げられている。マンションのエントランスにはオートロック機能は備わっていない。誰でも自由に入ることができるようだ。

マンションの裏側に回ってみることにした。道路を渡り、隣の建物との間の路地に入る。路地を出ると、隅田川の堤防沿いの道路に差し掛かった。マンションの裏側部分は、この道路に面していた。建物を見上げると、所々に洗濯物が干されたベランダが並んでいる。一階は自転車やバイクの駐輪場になっていて、その脇（わき）に鉄柵に取り付けられた扉があった。ここから、マンションの敷地内に入ることが出来るようだ。鉄柵の扉の先には、一階のエレベーターホールに入る非常口と、建物の外側に非常階段が設置されていた。犯人はこの扉からマンションに入り、非常階段を上って、小椋さんの部屋に侵入したのではないかということである。

だが、一つ疑問が残る。ここから五階の廊下に侵入することは出来たとしても、その後、一体どうやって小椋さんの部屋に入ったのだろうか。事件があったのは、明け方の午前五時頃である。部屋を施錠（せじょう）していなかったとは考えにくい。

被害者と犯人は、顔見知りだったのかもしれない。知人ならば、夜遅く、あるいは早朝に訪問してきても、招き入れることもあり得る。犯人は、被害者の口内に白い紙を詰め込むという異常な行為を施していた。激しい恨みを抱いている可能性は高い。犯行の動機が怨恨（えんこん）であるのなら、犯人は被害者家族と関係のある人物という推測は成り立つ。

小椋さん一家を、殺したいほどに恨んでいる人物は一体誰なのだろうか。犯人は何が目的で、小椋さん一家を襲撃したのか。そしてその人物は、二十二年前の誘拐殺人事件と、何か関係しているのだろうか。

その日から、被害者一家の周辺を、詳しく取材することにした。家族の知人や職場の関係者などをあたり、聞き込みを繰り返した。そして、いくつかの事実が明らかとなる。

死亡した小椋克司さんは、中古車の販売店に勤めていた。勤務先に取材してみると、実直な仕事ぶりで、とくに大きなトラブルはなかったようである。酒もあまり強くなく、飲みに行くのも付き合い程度で、妻以外の女がいるという噂もない。大きな借金をしているとか、金絡みの話も出てこなかった。

妻の鞠子さんも、明るく朗らかな性格で、人から恨まれるような人物ではなかったようである。パート先のスーパーで聞いてみたが、夫の克司さんと同じく、不倫関係や金銭トラブルなどの話も皆無であった。

娘のA子さんは、未だ意識が戻っていない状態である。現在も搬送された都内の某救命救急センターにおいて、医師たちが懸命の治療に当たっている。彼女は高校受験を控えた中学三年生だ。一家を襲撃した犯人は、彼女に何らかの恨みを抱く人間である可能性も考えられる。若い女性に付きまとっていたストーカーが実家に押し入り、家族を殺害したという事件例は、少なからず存在するからである。彼女の交友関係など詳しく知りたかったのだが、A子さんが通っている中学には取材を断られた。友人やクラスメイトの連絡先を調べ、直接あたるしかない。ちょっと時間がかかりそうだ。

というわけで、現時点では、これといった手掛かりは浮かび上がっていない。犯人の動機が「怨恨」によるものだとしたら、家族三人の誰かに恨みを持つ者がいるはずなのだが、それに該当するような人物は、今のところ見つかっていない。知人の記者から聞いた話だと、警察の捜査も、あまり進展していないようである。

犯人が顔見知りではないとしたら、小椋さん一家とは、縁もゆかりもない人物ということになる。強盗目的で、あのマンションに忍び込んだ犯人は、無作為に小椋さんの部屋を選び、三人に襲いかかった。思いのほか激しく抵抗されて、大きく悲鳴もあげられたので、何も盗らないで逃亡した。または、さしたる理由はなかったのかもしれない。無差別殺人が起こった時に語られる、よくある犯人の動機である。「殺すならだれでもよかった」。

そういえば、二十二年前に小椋さんの幼い娘と息子を殺害した望月辰郎も、公園周辺をうろついていた浮浪者で、小椋さんとは縁もゆかりもない人間だったという。もし今回の犯人も通り魔的な犯行だったとしたら、小椋さん一家は二度にわたり、無差別犯の標的になったということになる。それは「奇異」としか言いようがない。

だがもし、犯人が小椋さんと無関係の人物だったとしたら、三十戸の部屋があるマンションの中で、どうしてあの部屋を選んだのだろうか。事件があった部屋は、五階の真ん中ほどにある。なぜ犯人は、小椋さんの部屋に押し入ったのか。そして、施錠はされていなかったのだろうか。

もしかしたら、あの部屋だけ鍵がかかっていなかったのかもしれない。ほかの部屋は、施錠されていて、小椋さんの部屋だけが侵入することができた。それが、小椋さん一家が襲われた理由である。でもそれならば、いちいちほかの部屋も施錠されているか否(いな)かを確かめたということになる。いくら早朝とはいえ、部屋の前に立ち、ドアノブをがちゃがちゃ動かしたりすると、誰かに気づかれそうなものだ。

事件が起こるもっと前に、犯人が部屋の中に侵入していた可能性もある。ドアが開いている時を見計らって、人知れず室内に入り込み、犯行時刻までどこかに潜んでいたのだ。だが、長時間部屋の中にいて、家族には気付かれなかったのだろうか。

気になるのは口の中に詰め込まれていた紙片である。犯人が見ず知らずの人間ならば、一体なぜ、被害者三人の口に潰した紙を押し込むという、異常な行為に及んだのか。その行動には何か意味があるのか。それとも、とくに意味などないのだろうか。

まさしく奇異なる事件である。二十二年前の誘拐殺人事件。そして被害児童の遺族が、また悲劇に見舞われた。親子三人を襲った、全く違う犯行の手口。口の中に押し込まれた紙――

今回取材を始めて、改めて感じたことは、やはり被害者夫婦のことである。二十二年前、小椋さん夫婦は突然、可愛(かわい)らしい二人の我が子を見ず知らずの男に奪われてしまったのだ。誘拐殺人事件の後、夫婦はマスコミの取材を一切受けておらず、当時の小椋夫妻の感情を知る術(すべ)はない。だが、今回の取材の過程で、捜査本部が置かれた所轄署に勤務していた、元警察官の女性から話を聞くことができた。彼女は当時の夫妻の様子をこう語っている。

元婦警「あの時のことはよく覚えています。本当に痛ましい事件でした。当時、私は警察署の職員で、遺体確認のためにご遺族を霊安室にご案内するときに、同行しました」

――その時のお二人の様子はどうでしたか？

元婦警「霊安室に向かう廊下では、お二人はずっと押し黙っていました。霊安室に入ると、ご夫妻は無言のまま、白布が掛けられた小さな二つの御遺体を見て、呆然(ぼうぜん)とされていました。ご主人が立ち会いの捜査員に、目の前の御遺体が二体であるにもかかわらず、『見つかったのは二人なんですか』と質問されていたことを覚えています。最愛の我が子を、二人同時に亡(な)くした現実を認めたくなかったのでしょう。私も胸を締めつけられ、いたたまれない気持ちになりました」

――奥様は、どんなご様子でした？

元婦警「御遺体の白布をとった途端、二人の顔を見て、息を詰まらせていました。そして、『亘、須美奈』と名前を呼び、その場に泣き崩れてしまわれたのです。あわてて、ご主人が支えたのですが、その後は遺体を直視することが出来ずに、ずっと泣いておられました。ご主人も『我が子に相違ありません』と涙をこらえながら、つらそうにしておられました」

――ほかに、何か印象的なことはありましたか？

元婦警「そうですね……。ご主人が御遺体を見たとき、ぽつりと一言、『どうして裸に……』と呟かれたことが印象に残っています。事件当時は冬の寒い時期だったので、裸で土の中に遺棄された子供たちのことを、不憫に思ったのでしょう」

――つらいですね。それ以外に何か会話はありましたか？

元婦警「ご主人が『現場からは、ほかに何か見つかりましたか』と質問されていました。形見になるようなものが欲しかったのかもしれませんが、遺留品の類は何も見つかっておらず、その旨を捜査員が説明していました。『まだ捜索は続けられているのですか』とも訊かれていましたね。現場は悪天候による地崩れを起こしていて、地盤は不安定な状態でした。それを心配されてのことなのでしょう。被疑者は勾留されており、現場も二次災害の恐れがあることから、捜査官がもう捜索は行わないと言うと、『ご苦労様でした』と深々と頭を下げておられました。本当に気の毒でした。ご主人は終始、目一杯にたまった涙をじっと堪えていました。奥様は、小さな二つの御遺体にすがって、ずっと泣いておられました。お二人の姿を見ていると、私もやるせない怒りを感じ、つらい気持ちになったことを覚えています」

突然の我が子との別れ……。

それは、計り知ることの出来ないほどの悲しみだったろう。だが事件後、悲嘆に暮れる間もなく、二人の生活は一変する。

警察の事情聴取やマスコミに追われる日々。犯人が逮捕されてからも、次々と明らかになる事実に傷つき、翻弄され続けたに違いない。当時の記事には、「子供を放置していたから事件が起こった」などと、心ない誹謗中傷に遺族が苦しんでいるという記述もあった。

犯人が逮捕されてしばらくして、夫婦は自宅を売却し、千葉から東京の向島に移り住むことにした。引越を機に、克司さんは銀行を辞め、現在の中古車販売業に転職している。忌まわしい事件の記憶を忘れ去りたい。そんな一心からなのだろう。誘拐殺人事件から七年後の二〇〇〇年、鞠子さんは女児を出産した。A子さんである。二人の子供を失った小椋さん夫婦にとって、待望の子供だった。

二〇一一年には、誘拐殺人犯の望月辰郎の死刑が執行された。これで、忌まわしい事件の記憶から逃れられるはずだった。だが、苦悩は終わらなかった。死刑の翌年（二〇一二年）、望月辰郎が生前、獄中で詠んだという短歌が、和歌の専門誌に掲載されたのである。それらの短歌は、望月が子供を殺害する過程を克明に描写するものであったという。雑誌の発売を知ると、小椋さんはすぐに、販売中止にするよう出版社に申し入れた。死してもなお、望月辰郎は小椋さん夫婦を苦しめていたのだ。

その後も、二人は手塩にかけてA子さんを育て上げた。克司さんは、実直に働き家族を守り、鞠子さんは笑顔を絶やさず、パートに出て家計を支えた。それでも小椋さん夫婦の脳裏からは、亡くなった須美奈ちゃんと亘くんの面影が消えることはなかった。月命日には必ず、二人の子供が眠る墓を訪れ、花を手向けることを欠かさなかったという。

そして事件から二十二年が経った。A子さんは中学三年生になり、時の流れが事件の記憶も風化させようとしていた。だが、またしても残酷な運命が二人を持ち受けていたのだ。いや、それは「運命」という言葉では割り切ることのできない、不条理な悲劇とも言えた。

顔見知りによる犯行なのか、それとも見ず知らずの人間による無差別殺人だったのか。新聞記事によると、事件から一ヶ月以上経った今でも、捜査は進展していない様子である。当誌の取材でも、事件の核心の部分を見いだすことは出来なかった。

それにしても不可解な事件である。個々の事象が事件の全貌に、なかなかつながっていかない。一刻も早く、事件の全容が明らかになることを願ってやまない。二度にわたって、残酷な悲劇が襲いかかった小椋夫妻のためにも。そうでないとやりきれない。

怨恨なのか。それとも無差別殺人なのか。混迷を極める向島・一家三人殺傷事件。だが取材を重ねてゆくうちに、ある驚くべき事実にたどり着いたのである。

六月某日。都内某所——

当誌は、警察の情報に詳しい人物と接触する機会を得た。そして、その人物から、向島殺傷事件に関する、ある重要な情報を得ることに成功したのである。彼の名前をここで明かすことはできないが、精度の高い警察情報を持つ、確かな情報筋であるとだけ明記しておこう。

その人物の名は、仮にNとしておく。Nの話によると、警察の捜査は難航しており、犯人の目星は未だついていない状態だという。襲撃者がいかにして、マンションから逃亡したのか。その足取りも明らかになっていない。A子さんの意識が戻れば、何か分かるのかもしれないが、いまも昏睡状態のままである。そういうわけで、これといった情報は得られないかとあきらめかけていた。だが取材の最後に、ある重要な事実がNの口から飛び出したのである。以下はその時のやりとりを書き起こしたものだ。

——実際のところはどうなんでしょう。警察は、顔見知りの犯行と考えているんでしょうか。それとも、見ず知らずの人間の犯行か。どちらを本線とみて捜査しているんでしょうか。

N「今の段階では、どちらか断定できない状況のようだ。証拠が乏しい」

——誘拐殺人事件との関わり合いは。

N「あれはもう二十二年前の事件だ。犯人も捕まり、死刑も執行されている」

——ということは、誘拐殺人事件と今回の事件は、関連性はないと。

N「さあ、どうだろう。関連性があるかどうかは、目下捜査中とのことだ」

——被害者は撲殺、刺殺、未遂ですが扼殺（やくさつ）と、三人とも違った手口で襲撃されていました。そのことに関しては、警察はどう見ているんですか。

N「それについても、まだよく分かっていないようだ」

——被害者の口に紙が入れられていたということですが、どうして、犯人はそのようなことをしたんでしょう。

N「それについても、まだ不明である。なんで短歌の雑誌を切り取って口の中に入れたのか」

――短歌の雑誌？

N「そう。短歌の雑誌。被害者の口の中に入っていたのは、短歌の専門誌の頁（ページ）を切り取ったものだった」

――もしかしたら、それは望月辰郎の短歌が掲載されたっていう雑誌じゃないでしょうか。

N「その通りだ」

思わず息を呑んだ。被害者の口の中に押し込まれていた紙は、望月辰郎の短歌が紹介された、和歌専門誌の記事だったというのだ。さらにNから、その事実に関する情報を詳しく聞いた。以下はその内容をまとめたものである。

・被害者三人の口のなかにあった紙は、『季刊和歌』二〇一二年春号の記事。望月辰郎の獄中短歌を紹介した頁を切り取ったもの。

・『季刊和歌』二〇一二年春号は、発売後、販売中止となり回収されている。
・頁は雑誌から、カッターナイフのようなもので丁寧に切り取られていた。
・切り取った後の雑誌本体は、事件現場からは見つかっていない。
・雑誌の頁は拳(こぶし)くらいの大きさに潰され、一枚ずつ被害者三人の口に入れられていた。
・雑誌の頁からは複数の指紋が検出されたが、前科者リストと一致するものはなかった。

思いもよらない事実だった。口の中に押し込まれていた紙は、望月辰郎が獄中で詠んだ短歌の記事だったというのである。やはり犯人は偶然に、小椋さんの部屋に押し入り、襲撃したわけではなかった。向島一家殺傷事件は、二十二年前の誘拐殺人事件とつながっていたのだ。

早速、件(くだん)の雑誌を入手することにした。望月辰郎が獄中で詠んだという短歌は、どのようなものだったのか。被害者の口の中にあった切り取られた頁には、何が書かれていたのか。

だが販売中止となり、回収騒動にまで発展したという雑誌である。手に入れるのは困難と思われた。予想通り、保管されている図書館はなく、インターネットの古書サイトでも見つからなかった。回収騒動のあと『季刊和歌』は廃刊、雑誌の出版社自体も潰れ、当時の関係者と連絡を取ることができなかった。古書店を虱潰しに当たるしか、入手する方法はないかと思われた。

しかし、インターネットで調べていると、当該雑誌についての記述を発見する。いわゆる『発禁本』を収集しているコレクターの個人ブログである。そのなかに、望月辰郎の「鬼畜の和歌」について言及している記事を見つけたのだ。連絡を取ってみると、雑誌を所有していることが分かり、お借りすることができた。

『季刊和歌』二〇一二年春号――。雑誌を開くと、確かに望月辰郎の短歌を紹介する記事が掲載されていた。望月の短歌は全部で六首。それぞれの短歌に、解説が加えられている。

望月の短歌が掲載されることになった経緯は、『季刊和歌』編集部に、一通の投書が届いたからだという。差出人は、獄中の望月と書簡のやりとりをしていた人物。投書には、望月が直筆で書いたと思しき短歌のコピーが添えられていたという。コピーには拘置所の検閲印もあったことから、編集部では、短歌は望月が書いたものであると判断し、掲載に踏み切ったと記事には書かれていた。

以下は、望月辰郎が獄中で詠んだという短歌である。

一度、販売中止・回収となった記事ではあるが、今回の向島・一家三人殺傷事件に関する重要な証拠であると考え、当誌の判断により掲載することにした。ご了承願いたい。

血反吐吹く　雌雄果てたり　森の奥　白に滲むな　死色の赤よ
鬼と化す　経ては暗闇　今もなお　割った鏡に　地獄うつりて
川面浮く　衣はなき花冠　生の地を　発つ子咎なき　流れては消え
耳すまし　三途渡しの　音が愛し　真綿死の色　在世死の毒
姉が伏す　身鳴き身は息　蠟少女　命に怒れ　手よ烏や雲に
暮れゆくも　薄く立つ霧　闇深き　妖花に和える　呪い草かな

獣の鉈（望月辰郎）

　これらの短歌は、望月の犯行の過程や心情を表したものという推測が為されている。例えば一首目の〈血反吐吹く　雌雄果てたり　森の奥　白に滲むな　死色の赤よ〉は、姉弟二人を殺害した時の情景を描写した短歌だというのだ。さらに、二首目の〈鬼と化す　経ては暗闇　今もなお　割った鏡に　地獄うつりて〉は、独房で刑を待つ心象を表した歌。三首目の〈川面浮く　衣はなき花冠　生の地を　発つ子咎なき　流れては消え〉は、裸にした子供の遺体を、花びらがもぎ取られた花に見立てた歌。六首目の〈暮れゆくも　薄く立つ霧　闇深き　妖花に和える　呪い草かな〉は、幼き姉弟の遺体を土中に埋めた後の、心象を描いたものであるという。

　確かに、おぞましい短歌である。現実に幼い子供二人が殺されたことを考えると、気が滅入ってくる。記事にも書かれているが、これら六首の歌を目にして覚えるのは嫌悪感しかない。多くの獄中歌人の歌は、罪を悔い命の尊さを謳うものだが、望月は犯行を悔い改めるどころか、社会に対する憎悪や復讐心を露わに、残虐な〝子供殺し〟の様子を克明に描写しているのだ。まさしくこれは「鬼畜の和歌」と言えよう。小椋さん夫妻が、この雑誌の販売中止を求めたのも無理はない。この記事が出たのは、望月の死刑が執行されてわずか七ヶ月後である。二人は忌まわしい事件の記憶から、逃れようとしていた時期だったと思う。

一体なぜ、犯人は被害者の口に、この雑誌の頁を切り取り、押し込んだのだろうか。その行為には、どんな意味があるのか。雑誌を手に取り、改めて記事に目をやった。

望月の短歌を凝視する。すると……。

もしやと思った。ふと、あることが気になった。五首目の歌である。

姉が伏(ふ)す　身鳴き身は息　蠟(ろう)少女　命に怒(おこ)れ　手よ烏(う)や雲に

『季刊和歌』の解説によると、この歌は、誘拐した六歳の姉の小椋須美奈ちゃんを殺害した時の様子を、描写したものだという。首を絞められて、息も絶え絶えの少女。望月は無情にも、再び彼女のか細い首に手をかけて、命を奪った。そういえば今回の殺傷事件でも、A子さんの頸部には、強い圧迫痕が残されていた。つまり彼女も、何者かに首を絞められていたのだ。

そしてもう一つ、奇妙な符合に気がついた。裁判記録によると、望月辰郎は四歳の弟、亘くんを雑木林のなかに誘い込み、何度も殴打し続け、死に至らしめたという。

今回の事件でも、昏睡状態で発見されたA子さんの顔には、数回にわたって殴打された痕跡があった。

この事実に気付いた途端、背筋が冷たくなった。

二十二年前と同じ手口が使われている……。

果たして、これは全くの偶然なのだろうか。それとも、犯人が仕掛けたものなのか。もしそうだとしたら、犯人はなぜこのような作為を施したのだろうか。

いずれにせよ被害者三人の口には、望月辰郎の短歌を掲載した雑誌の頁が詰め込まれていたことは事実である。二人の幼い子供を殺害した死刑囚、望月辰郎の激しい怨念が込められた鬼畜の和歌が……。

口の中に押し込まれていた呪いの和歌――

二十二年前と同じ犯行の手口――

これで、一家殺傷事件は、過去の誘拐殺人事件と関連している可能性が極めて高くなった。犯人は被害者一家に、強い憎しみを抱いている人物に違いない。だがこれまでの取材では、被害者家族の周辺には、そのような人間は一人も浮かび上がってこなかった。

違う……一人いた。小椋さんの家族に深い憎悪を抱いている人物が。彼は二十二年前から小椋さんを恨み続けていた。そして復讐のため、部屋に侵入して家族を襲い、自らが詠んだ憎しみのこもった短歌を、口の中に押し込んだ。彼ならば、小椋さん一家を恨み、惨殺しようという動機は充分にある。そう彼の名は……。

いや、望月辰郎はもうこの世にはいない。死刑はすでに執行されている。

頭が混乱してきた。新たな事実が明らかになるにつれて、真相はどんどん遠ざかってゆく。果たして、一家を襲撃した犯人は、一体誰なのだろうか。

【第三回】

オカルトとは主に、幽霊や超能力、魔術など科学では立証できないような、神秘的なものや超自然現象のことをいう。

日本人はもともと、精神主義を重んじる国民性である。科学文明が発達した現代社会でも、オカルト信奉は途絶えることなく、現代人の深層意識に根付いている。人類が宇宙に行き、ゲノム解析を行うなど、科学技術が発展していく一方で、大安吉日を気にしたり、占い師に悩みを打ち明けたりする。オカルト信奉の是非は議論が分かれるところであるが、そのバランスが狂うと、社会が大きな危険に晒されることは明らかである。オウム真理教の多くの信者が、オカルト的思想を信じ、日本を震撼させる事件を起こしたのは、その最たる例と言えよう。

向島で起きた一家三人殺傷事件も、ある種のオカルト的な様相を呈してきた。被害者三人の口の中に詰められた紙に記されていたのは、二十二年前の誘拐殺人犯が詠んだ「鬼畜の和歌」だったからだ。小椋さん一家の周辺には、彼らに深い恨みを持つような人物は、一切見当たらない。被害者一家に深い憎悪を抱き、惨殺しようという動機を持つ者は、誘拐殺人犯である望月辰郎以外浮かび上がってこなかった。しかし、彼はもうこの世にいない。望月は四年前に死刑に処されている。

マスコミも『死刑囚の呪い』と、この事件を報じ始めていた。その一部を紹介しよう。週刊誌の記事の抜粋である。

『血反吐吹く』『鬼と化す』『死の毒』——呪い和歌・向島一家殺傷事件の怪」

二十二年前に殺害された二人の幼子。マンションの一室で襲われた家族。口の中に詰められた死刑囚の呪い和歌——

これは、ホラー映画の宣伝文句ではない。現実に起こった事件なのだ。

二〇一五年四月十七日、東京向島で起きた一家三人殺傷事件は、予想外の展開を迎えている。自宅マンションの一室で殺害された小椋克司さんと妻の鞠子さんは、一九九三年に起こった柏市・姉弟誘拐殺人事件の被害者の両親だったことが判明した。さらに、意識不明の娘・A子さんを含め、被害者三人の口の中に詰められていたのは、二十二年前の姉弟誘拐殺人事件の犯人、望月辰郎が死刑に処される前に詠んだ、獄中短歌を紹介した和歌専門誌の記事を切り取ったものであることも分かった。

だが犯人は、依然として捕まっていない。警察は犯人の目星はおろか、手掛かりさえつかんでいない状況である。そんな中、一部の事件関係者の間では、今回の事件は望月辰郎の呪いではないかという噂が、まことしやかに囁(ささや)かれているのだ。もちろん、二十二年前の誘拐殺人犯、望月辰郎は死刑に処されているので、殺人を犯すことなど出来るはずはない。だが状況は、望月の犯行と思しき様相を呈している。

例えば被害者A子さんは、数回にわたって顔を殴られ、首には絞められた痕跡があった。これは、二十二年前の誘拐殺人事件の手口に酷似しているという。さらに、口の中に詰められていた記事の短歌は、二十二年前の幼い子供(六歳の姉と四歳の弟)を殺害する過程を克明に記した「鬼畜の和歌」なのだ。それでは、望月が詠んだ、六首の獄中短歌を紹介しよう。

血反吐吹く　雌雄果てたり　森の奥　白に滲むな　死色の赤よ
鬼と化す　経ては暗闇　今もなお　割った鏡に　地獄うつりて
川面浮く　衣はなき花冠　生の地を　発つ子咎なき　流れては消え
耳すまし　三途渡しの　音が愛し　真綿死の色　在世死の毒
姉が伏す　身鳴き身は息　蠟少女　命に怒れ　手よ烏や雲に
暮れゆくも　薄く立つ霧　闇深き　妖花に和える　呪い草かな

これらの歌には、死刑囚望月辰郎の恐るべき怨念が込められているというのだ。

例えば、〈血反吐吹く　雌雄果てたり　森の奥　白に滲むな　死色の赤よ〉は、罪のない幼い姉弟を殺害したときの、凄惨な光景を詠んだ歌である。〈鬼と化す　経

ては暗闇　今もなお　割った鏡に　地獄うつりて〉は、鬼と化した、望月自身の中に潜む恐るべき悪意との、無間地獄のような葛藤を描いた歌。〈耳すまし　三途渡しの　音が愛し　真綿死の色　在世死の毒〉は、独房で三途の川のせせらぎを耳にした望月の、死への憧れを詠んだ歌であり、〈姉が伏す　身鳴き身は息　蠟少女命に怒れ　手よ烏や雲に〉は、六歳の姉の首を絞めたときの光景を、克明に描写した歌だという。

被害者一家に対し、深い憎悪を抱き続けていた鬼畜の死刑囚、望月辰郎。そんな彼の怨念が込められた呪いの和歌が、被害者三人の口の中に詰め込まれていたのだ。事件の背後には、望月の遺志が秘められていることは、疑いようのない事実である。捜査関係者の一人はこう述べている。

「捜査は八方ふさがりの状態。被害者の家族は、人に恨みを買うようなことはなかった。ただ一人、死刑を宣告された望月辰郎は、被害者のことを激しく恨んでいたというが、もう彼はこの世にはいない。もしかしたら死刑に処されたのは別人で、望月はまだ生きているのではないか。今では、そんな噂が現場では飛び交っている」

口の中に詰められた呪いの和歌。犯人は地獄の底から甦った死刑囚望月辰郎なの今も唯一生き残ったA子さんは、今もまだ死の淵を彷徨っているという。警察は一刻も早く真犯人を見つけ出し、事件の解決を図ってもらいたい。二十二年前に恐ろしい誘拐殺人事件に遭遇し、今回の事件で命を落とした被害者夫婦のためにも。

（『週刊真相』二〇一五年七月十七日号掲載）

被害者の口の中に押し込まれていた紙が、望月辰郎の獄中短歌の記事であると判明したことで、事件はオカルト的な展開を遂げた。この記事のように、週刊誌やゴシップ誌などの多くは、向島・一家三人殺傷事件をオカルト事件として、センセーショナルに報じている。「鬼畜の和歌」「二十二年前の誘拐殺人」「死刑囚の復讐」など、オカルト的な見地からすると恰好の題材なのだろう。オカルトとは、本来はラテン語の［occulta］（隠されたもの）という意味であるらしい。正体の分からないものや、得体の知れないことの総称がオカルトなのだ。

そういった意味では、この事件のことを、オカルト事件と言っても語弊はないということになる。事件の背後の闇には、私たちの目に見えない、「隠されたもの」が潜んでいるに違いないからだ。もちろん、引用した記事にあるように「望月辰郎が地獄から甦った」とか「死刑に処されたのは別人だった」とは思わない。だが今回の事件が、一九九三年の姉弟誘拐殺人と関係していることは明白である。

その「隠されたもの」というのは、一体何なのだろうか。まず考えられるのは、犯人は、望月辰郎の遺志を受け継いだ人物ではないかということである。望月は「鬼畜の和歌」を残すほど、小椋さん夫妻に激しい恨みを抱いていた。誰かが、望月の怨念を引き継いで、もしくは死刑が執行される前に彼に依頼されて、復讐殺人を成し遂げたのだ。

その人物は一体誰なのだろう。望月の肉親や知人など、彼の周辺にいた関係者である可能性は、十分考えられる。あるいは、彼に狂信的な信奉者がいたのかもしれない。凶悪な事件を起こした死刑囚に憧れを抱き、傾倒してしまうという例は珍しくない。一九七〇年代、アメリカで三十人以上もの若い女性を殺害した連続殺人鬼テッド・バンディには、獄中に何百通ものファンレターが届いたという逸話がある。殺人鬼などにカリスマ性やスター性を感じ、強い憧れを抱く人々のことを、プリズングルーピーと呼ぶらしい。二〇〇七年に外国人女性を殺害し、無期懲役の刑を受けた市橋達也受刑囚。彼にも、「市橋ギャル」と呼ばれる熱狂的なファンが数多く存在し、ファンクラブまであったという。凶悪事件を犯した死刑囚と獄中結婚したという例も、枚挙に遑（いとま）がない。

もしかしたら今回の事件も、死刑囚である望月辰郎に憧れ、その思想に感化された者の犯行なのかもしれない。望月にもプリズングルーピーのような存在がいて、その人物が、被害者一家に対する深い憎悪を受け継ぎ、復讐を実行したのである。だが、そこで一つ大きな疑念が残る。一体なぜ望月辰郎は、小椋さん一家に深い憎しみを抱き続けたのだろうか。誘拐事件が起こるまでは、両者の間には何の接点もなかった。どうして望月は、執拗（しつよう）に被害者の家族を恨み続けたのか。彼は、小椋さんの子供を殺害した加害者なのである。被害者である小椋さんが、望月に対し恨みを抱くならば、理解できるのだが、加害者である筈（はず）の望月が、短歌に詠むほど、被害者家族を憎み続けていたのだ。これはどういうことなのだろう？

いずれにせよ、望月辰郎という人物の周辺について、もっと詳しく調べる必要がありそうだ。そのなかに、向島の事件の真相につながるような、「隠されたもの」が潜んでいるのかもしれない。

望月の生い立ちについては、誘拐殺人事件の九年後に発表されたルポルタージュで、詳しく取材されている。以下は、その記事の引用である。

　望月辰郎の伯父、山名徳一の話によると、彼の幼少期は波乱に満ちていたようである。母の死。生家の没落と極貧生活。父嘉寿男からの激しい虐待。そして嘉寿男は、殺人容疑をかけられ首吊り自殺を遂げている。父の死後、辰郎は親戚をたらい回しにされ、殺人犯の息子として疎まれた。彼の生い立ちから幼少期だけを見ると、恐ろしい殺人者の経歴に相応しいと思われる要素が多々見受けられる。

(「鬼畜の森――柏市・姉弟誘拐殺人事件――」文・橋本勲　二〇〇二年『流路』)

　四歳の時、望月辰郎の母は肺結核で病死し、父も七歳の時に殺人容疑をかけられ自殺していた。その後望月は、養護施設で生活し、苦学して国立大学に入学する。高校の国語教師となり、そこで出会った同僚の女性と結婚。一女をもうけた。ルポによると、望月辰郎の転落は、高校二年生だった一人娘、今日香さんの投身自殺がきっかけという。今日香さんはいじめグループのリーダーであり、その事実を周囲から糾弾され、投身自殺を遂げた。

　望月辰郎の一家は、今日香がいじめを行っていたことが発覚したことを機に、崩壊の一途をたどった。望月は娘の行為の責任を取り、教諭の職を辞している。今日香の死後、彼は妻と離婚し、ホームレスとなった。彼の人生の転落は、一人娘のいじめ行為の発覚と自殺が契機となったことは間違いない。

（同前）

一人娘の今日香さんは、望月が四十一歳の時に命を落としている。望月の両親は、幼いころに亡くなっているので、彼に近い人間で唯一生きている可能性があるのは、離婚した妻だけである。もしかしたら、その女性が何か知っているかもしれない。そう思い、望月の元妻の消息を探ることにした。

だがどの記事や資料を読んでも、彼女の氏名はおろか、年齢すら出ていなかった。彼女が望月と離婚したのは、もう二十四年も前のことだ。手掛かりは皆無に近い。栃木に行き、望月の自宅があった場所を訪れてみた。自宅付近を聞き込み、役所にも行ってみたが、有力な情報にたどり着くことは出来なかった。望月が勤めていた高校や、娘の今日香さんが通っていた学校にも足を運んでみたが、取材趣旨を切り出すとにべもなく断られた。よって望月の元妻に関しての手掛かりは、今のところ何も得られていない。

もし、この記事をお読みの方で、望月辰郎と結婚していた女性の情報を知っているという人がいたら、当編集部までご一報願いたい。もちろん、ご本人でも構わない。

個人が特定できないように、プライバシーには十分配慮することはお約束する。

このように望月辰郎の家族や、彼の経歴を調べてみても、被害者の小椋さん一家とつながるような接点は見つからなかった。一体なぜ望月辰郎は、見ず知らずの家庭の姉弟を誘拐し、殺害するという犯罪を実行したのだろうか。そして望月の小椋さん一家に対する怨念は、彼が死刑に処された今も、途絶えてはいない。一人娘のA子さんが、二十二年前に殺害された二人の子供と同じ方法で襲われていたのは、決して偶然ではないのだろう。鬼畜の死刑囚「望月辰郎」の歪んだ復讐心を受け継いだ人間は、一体誰なのか。

望月の怨念を継承した人物——

これまでの取材のなかで、気になったのは、望月の獄中短歌を『季刊和歌』の編集部に投稿してきた人物である。記事には、投稿者の実名は記されていなかった。投稿文によると、その人物は、望月の事件に興味を抱き、何度か彼に手紙を出していたという。一体なぜ、投稿者はそこまで、望月辰郎と接触を図ろうとしていたのだろうか。

その人物は誰なのか。そして、一体何の目的で、望月の和歌を雑誌に投稿したのか。

もしかしたら、その人物が今回の向島の事件にも、何らかの関与をしているのかもしれない。

投稿者に連絡を取りたかったのだが、雑誌の出版社は倒産していた。記事を書いた〝草野陽子〟という人物なら、連絡先を知っているかもしれない。出版関係の知り合いの伝手をたどり、草野さんと直接電話で話をすることができた。

しかし、彼女は取材に対して積極的ではなかった。回収騒ぎになった記事の話など、あまりしたくないとのことだ。それに今回の向島の一家殺傷事件で、自分の記事が使われたことを、かなり気にしていた。確かに無理もない。殺人事件の被害者の口に、自分が書いた記事が押し込まれていたのだ。だが、こちらも何としても投稿者の情報を知りたかった。事件解決のために協力してほしいと、しつこく食い下がると、何とか会ってくれることになった。

二日後、都内の喫茶店で、草野さんから話を聞く。年齢は三十代後半。電話の印象とは違い、気さくで話しやすい女性だった。和歌などの古典文学に造詣が深く、度々『季刊和歌』に寄稿していた。〝草野陽子〟という名前は本名ではなく、仕事上のペンネームだという。

「自分の記事が被害者の口の中に入っていたことを知った時は、とにかくぞっとしました。犯人はなぜ、そのようなことをしたんでしょうか。しかも、回収騒動になった記事でしょう。もしかしたら、自分も襲われるかもしれないと思うと、夜も落ち着いて眠れません」

「草野さんはどうして、あの記事を書くことになったんですか」

「以前から、島秋人に代表されるような、死刑囚が詠んだ和歌について興味があったんです。『季刊和歌』の編集部の方にも、獄窓歌人についての記事を書きたいと話していました。そんなときに、編集部にあの投書が届いたんです」

「望月辰郎のことは知っていたんですか」

「いえ、知りませんでした。それで、彼が起こした事件についての記事や資料を読み漁りました。とても恐ろしい事件で、正直その時は、私には手に負えないかもしれないと思いました。というのも、私はバツイチのシングルマザーで子供が二人いるんです。記事を書いた頃は、うちの子は六歳と三歳で、ちょうど望月に殺害された二人の子供と同じような年齢でした。だから、何の罪もない子供を殺害した望月の心情が全く理解できず、お断りしようと思ったんです。でもやはり、獄窓の歌人については書きたかったですし、望月の歌は恐ろしいんだけど、その反面、どこか惹きつけられるところもありました。それで、この歌を解釈することは、文学的にも何か意義があるのかもしれないと思い、取り組むことにしたんです」

「最初に、望月辰郎の短歌を読んだ時、どう思いましたか」

「やはり、怖かったですね。望月の歌の背景には、実際に起こった悲惨な事件が存在しているのですから。記事を書いているときも、尋常ではない気持ちになりました。望月の気持ちを想像して、歌を解釈していったのですが、自分の脳裏にも、残酷な殺害現場の光景が広がってきたんです。記事を書いてから、しばらくは他の仕事が手につかなかったですね」

「遺族から、クレームが来たということですが」

「はい。実はあの記事は前編で、後編を書く予定があったんです。ほかにも紹介したい歌があったので……。でも遺族からの抗議で、それもなくなり、雑誌は回収騒ぎにまでなってしまいました。今思えば、軽率だったと反省しています。ご遺族の方には、おぞましい事件を思い出させる結果になってしまいました。大変申し訳ないことをしたと思っています」

「望月の短歌を投稿してきた人物についてですが、実際にお会いになりましたか」

「いいえ、会っていません。送られてきた手紙には、投稿者の名前と住所が書かれていたので、記事を掲載することになったときに私の方から礼状を送りましたが、返事はありませんでした」

「差し支えなければ、その投稿者の氏名と連絡先を教えてもらうことは可能でしょうか」

「それは……ちょっと難しいと思います。ライターの立場で個人情報を外部に漏らすわけにはいきませんので」

「もちろん、そのお気持ちはよく分かります。でも現実に、あなたの記事が、被害者三人の口の中に押し込まれていたんです。事件解決のためにも是非、和歌の投稿者の情報を教えていただけませんでしょうか」

「本当に、和歌の投稿者が、事件と関係しているのでしょうか」

「分かりません。だから、調べる必要があるんです」

その言葉を聞くと、草野さんは目を伏せ、押し黙ってしまった。何かを考えている。しばらくすると、傍らに置いたバッグから、手帳を取り出した。ある頁を開いて、自分の前に置く。

「この手帳に、封筒に書いてあった投稿者の住所と氏名が書いてあります」

「では、教えていただけるんですか」

「いえ、私から教えることはできません。でも、事件が解決して欲しいのは、同じ気持ちですので。だから……ちょっと、席を外させていただきます」

そう言うと彼女は、バッグを手に取り、立ち上がった。手帳を置いたまま、トイレに向かってゆく。これは、いわゆる〈暗黙の了解〉だった。警察取材などで、相手が公に情報を出せないときに、このような手法が使われることがある。取材対象者は取材者に情報を伝えたいのだが、立場的にできない場合、情報が書かれた書類やノートをその場に置いたまま、「席を外す」のだ。

テーブルの上にある、草野さんの手帳をのぞき見た。そこに記されていた内容を手早くメモする。こうして、投稿者の住所と氏名を知ることができた。その後、丁重に礼を言って、草野さんと別れた。

投稿者の住所は、東京都K市となっていた。本来ならば、取材依頼の手紙を出して、返信を待つところだ。だが、それには時間がかかるし、返事が来るという保証はない。住所は分かっているし、遠い場所ではない。とにかく、その住所を訪れることにした。まだそこに住んでいれば、投稿者に会えるかもしれない。

JR中央・総武線の某駅で電車を降りた。

日暮れ間近という時間帯なので、駅前の商店街は、買い物客で賑わっている。商店街を通り抜け、一軒家やマンションが建ち並ぶ、住宅街の道に入っていった。『季刊和歌』の編集部に手紙が送られてきたのは三年前のことだ。果たして、望月の和歌を短歌雑誌に投稿した人物は、まだそこに暮らしているのだろうか。期待と不安が入り混じるなか、目当ての住所を目指して進んでゆく。

草野さんに教えてもらった住所は、あらかじめインターネットの地図サイトで調べておいた。投稿者の住所はコーポの二階の一室だった。確かにネットの地図上にも、そのコーポの名前が記されていたので、建物自体は実在しているようだ。あとは投稿者本人が、まだそこに住んでいることを祈るばかりである。

駅から歩いて十五分ほどで、目的地に辿り着いた。投稿者の住所にあったコーポは、小綺麗な二階建ての建物である。外から見ただけでは、正確な部屋の間取りは分からないが、ワンルームか1Kくらいの、学生や単身者向けのコーポなのだろう。建物に近づき、一階にある集合ポストを覗いてみた。目的の部屋の名札の位置は、空欄になっている。

そのまま、二階に続く外階段を上っていった。廊下を進み、目的の部屋の前で立ち止まる。入口にも、表札は掲げられていなかった。空き部屋なのだろうか。一瞬不安になる。だが、ドアの脇にある小窓の内側には、カーテンが取り付けられていた。どうやら、空室ではないようだ。

投稿者はまだ、この部屋に住んでいるだろうか。ドアチャイムを鳴らしてみる。だが反応はない。何度か鳴らしてみるが、誰も出てくる気配はなかった。留守のようだ。時刻は、午後六時を過ぎたばかりだった。まだ帰宅していないのかもしれない。一旦建物を去り、出直してくることにした。

駅まで戻り、喫茶店に入る。そこで時間をつぶすことにした。ノートパソコンを取り出し、取材原稿をまとめる。投稿者は、一体どんな人物なのだろう。あのコーポの雰囲気からすると、学生か独身のサラリーマンといったところだと思う。会社勤めだとしたら、何時頃に帰宅するのだろう。

午後八時を過ぎた。店を出て、再びコーポに向かう。帰宅するサラリーマンやOLに混じり、暗くなった商店街を歩いて行った。もしかしたら、部屋の住人はまだ帰宅していないかもしれなかった。でも、これ以上遅い時間に訪問するわけにもいかない。もし帰宅していなかったら、また後日出直して来るしかない。

商店街を抜けて、住宅街の中に入る。うす暗い夜の道。通行人はほとんどいない。街灯の下、住宅が建ち並ぶ通りを進んでゆく。同じ距離なのだが、日があるときよりも、なぜか道のりは遠く感じる。歩いて行くとやがて、視線の先にあのコーポが見えてきた。

早速、建物の外から目的の部屋の様子を窺う。思わず目を見張った。ドア脇の小窓からは、部屋の灯りが漏れている。帰宅しているようだ。胸躍らせて、建物に向かって行った。果たして、投稿者に会うことは出来るのだろうか。階段を上り、部屋の前まで来た。呼吸を整え、はやる心を落ち着かせる。ドアチャイムのボタンを押した。

室内で鳴るチャイムの音が、漏れ聞こえてくる。

しばらく待っていると、ドアが開いた。香しい化粧の匂いが、鼻腔をくすぐる。顔を出した人物は、想像と大きく違っていた。現れたのは男性ではなく、水商売風の若い女性だった。出勤前なのか、髪の毛をきれいに巻いている。年齢は二十代だろうか。化粧は濃いがまだ途中のようだ。左目の下にあるほくろは隠し切れていない。

「こちらは、××（投稿者の名前）さんのお宅ではないでしょうか」

女性は、怪訝そうな表情を浮かべて言う。

「いえ、違いますけど」

「そうですか。それでは、××さんという方は、こちらにお住まいでは？」

「だから、そんな人いませんけど。何の用」

怪訝そうな表情が、不機嫌な顔に変化する。

「夜分遅くすみません。こんな時間に、突然お邪魔して」

慌てて名刺を出して、事情を説明した。丁寧にお詫びして、コーポを後にする。

女性の話によると、彼女は一人暮らしで、五年ほど前からその部屋に住んでいるという。編集部に手紙が届いたのは三年前である。つまり、投稿者が書いた住所は出鱈目だったというわけなのだ。

これで手掛かりは、完全に途絶えてしまった。住所が違うということは、きっと投稿者の氏名も偽名に違いない。和歌を投稿した人物が、望月の信奉者のような存在なのかもしれなかった。その人物が、望月の遺志を継いで、小椋さん一家を襲った可能性もあると思っていたのだが、今の状態では、その人物にたどり着くのは、極めて難しくなった。

混迷を極める向島・一家三人殺傷事件――

犯人はなぜ、呪いの和歌が書かれた記事を、被害者の口の中に詰め込むという異常な作為を施したのだろうか。『季刊和歌』編集部に、望月辰郎の鬼畜の和歌を投稿した人物は誰なのか。望月が被害者一家を憎み続けていた、その恨みの原点は何なのか。そして一体誰が、望月の怒りを受け継ぎ、小椋夫妻に対して復讐を成し遂げたというのか。

果たして、真実は闇のなかに消えてしまうのだろうか。もし本当に、望月辰郎の亡霊が地獄から甦り、被害者を殺害したのなら、事件の謎のほとんどは、解明されるのだが。

向島・一家三人殺傷事件のルポは今回をもって、一旦終了する。

実際に起こった事件なので、ミステリー小説のように、次々と真相が明らかになるという風にはならず、大変申し訳ない。だが、取材自体を取りやめたわけではないので、新事実が得られれば、随時お伝えしていこうと思っている。続報に期待して頂きたい。

付記

唯一の生存者である、一人娘のA子さんは、依然として意識不明のままである。現在も、東京都内の救命救急センターで、医師たちが懸命の治療に当たっている。彼女が意識を回復し、事件が解決に向かう日が来ることを、当誌は願ってやまない。

「妻が消えた理由」

(文・海老名光博　二〇〇八年
ノンフィクション『私が失踪調査人をしていたころ』所収)

第三章　妻が消えた理由

次に紹介するのは、これまでとは一風違う結末を迎えたケースである。私が手がけた多くの案件のなかでも、その失踪者については、今でも強く心に残っている。

今から二十年以上前の一九八六年のことだ。私は失踪調査人の仕事を始めたばかりで、まだ駆け出しのころである。その夜、私は東京近郊の、とあるターミナル駅近くの繁華街を歩いていた。時刻は九時を回ったばかり。ネオン煌びやかな繁華街は、仕事を終えたサラリーマンやOLで賑わっている。そのころはまだ景気もよかった。当時は金曜日の夜のことを、「花の金曜日」、略して「花金」と呼んでいた。確かその日は金曜ではなかったが、それでも夜の街は人であふれていた。

お笑い芸人が主演したドラマの主題歌の軽快なリズムが、街中に鳴り響いている。人混みをかき分けて、繁華街を進んで行く。路地に入り、さらに奥に進むと、いかがわしい看板が立ち並ぶ一帯に差し掛かった。狭い路地に、ピンクサロンやヘルスなど風俗店のネオン看板がずらりと並んでいる。建物全部の階に、風俗店が入っている雑居ビルもあった。声をかけてくる呼び込みを振り切り、目的の店を目指す。

そのまま歩いてゆくと、建物と建物のすき間に建てられたようなビルに、一軒の性感マッサージ店の看板が掲げられているのが見えた。目的の店である。性感マッサージ店とはおもに、客が個室に入り、女性が性的なサービスを行う店のことをいう。建物は五階建てで、その店は三階にあるようだ。ビルにエレベーターはなかった。せまい階段を上り、三階に向かう。

店に入るとすぐ受付があり、小太りで金髪にピアスの男性に出迎えられた。壁際（かべぎわ）のコルクボードには、女性の写真が並んでいる。受付の男性は、明らかに堅気（かたぎ）の雰囲気ではないのだが、やたらと愛想がよい。自分の名前（もちろん偽名だが）と予約した女性の名前を告げる。料金を支払い、待合室に入るよう促された。混み合っている待合室の片隅に、腰を落ち着ける。待っていると、さっきの金髪の店員がやってきて、店の奥に案内された。指名した女性が現れ、彼女とともに個室に入る。黒いスリップ姿の、色白の女性である。部屋の中にはセミダブルのベッドと簡易なシャワールームがあるだけだ。服を脱ぐように促されたが、それを遮った。「少し会話しよう」と言ってベッドに腰掛ける。もとから、彼女に性的なサービスを受けるつもりはなかった。もしかしたら、依頼者の妻かもしれない女性なのだ。いくら調査の為とはいえ、対象者とそのような行為があったことが依頼者の耳に入ったら、あとあと面倒なことになる。

世間話をしながら、彼女が本当に対象者なのかどうか判別する。確かに、依頼者から渡された写真の女性によく似ている。スレンダーながらバストが大きく、背格好もほぼ同じである。受付のプロフィールには、対象者の年齢は二十四歳と書かれていた。風俗嬢の年齢表記などあてにはならないが、対象者の年齢は二十五歳である。年の頃はぴったりだ。だが、今一つ確信が持てない。部屋のなかは薄暗く、女性の化粧も濃いので、本人かどうか判別することが出来ない。対象者が失踪したのは、一年と四ヶ月ほど前である。それだけ経つと、容貌も大きく変化することがあるのだが。

今なら対象者を見れば、一日で本人だと見抜く自信はある。本人を探し出す為に、対象者の情報や性格、行動などを徹底的に分析するからだ。だから、どんなに風貌が変化していても、すぐに本人だと判別することが出来るし、よく似ていても、別人ならすぐに違うと分かる。だがその当時は、まだまだ私の失踪調査人としてのスキルは低かった。本人かどうか、話をして手掛かりを見つけ出そうとしたが、それも限界だった。

「じゃあ、そろそろシャワー浴びようか」

会話を遮り、彼女が言う。個室に入ってもう十分以上が経過していた。サービスを始めなければ、時間が足りなくなる。服を脱ぐように促され、彼女も黒いスリップを脱ぎ始めた。一か八か、私は直接ぶつけてみることにした。

「あのさ。一つだけ聞いていい」

「何？」

「君の本名、もしかしたら、M子（対象者の実名）っていうんじゃないの」

下着に手をかけていた彼女は、怪訝（けげん）な表情を浮かべて、私の方を見た。

「え、なんで。全然違うけど」

その顔を見て、瞬間的に悟った。違う。彼女はM子ではない。対象者ならば、突然本名を告げられると、独特の反応があるはずだ。失踪者という後ろめたさから、とっさに動揺を隠そうとするのだ。それはどんなに演技が上手な人でも、隠し切れないものである。しかし、彼女の表情からは、その動揺は感じ取れなかった。目の前の女性は対象者ではない。そう確信する。

「ごめんね。知り合いの女性によく似ていたから」

「昔の彼女？」

「まあね。そんなところ」

彼女はM子ではなかったが、対象者と知り合いの可能性はあった。もしそうだとしたら、何か情報を得られるかもしれない。そう思い、さらに探りを入れてみた。だが本当に、M子という名前に心当たりはないようだった。もう彼女に用はない。急用が出来たと嘘（うそ）をついて店を出た。今回も見事に空振りである。対象者の友人の証言をもとに、店を訪れたのだが、情報はガセだった。


私が勤める調査事務所に、依頼者のT（四十七歳）が現れたのは、一ヶ月ほど前のことである。Tは都内某所にある、高級イタリアンレストランのオーナーシェフだった。色は浅黒くがっちりとした体格で、シェフというよりは、元ラグビー選手と言った方が相応（ふさわ）しいような風貌である。相談内容は、失踪した妻を捜して欲しいという依頼だった。妻の名前はM子。一年以上前、学生時代の友人と食事に行くと言って家を出たきり、戻って来なくなった。

「何か、心当たりはありますか」

Tが書いた調査票に目を通しながら、私が質問する。

「それが……全く理由が分からなくて。おかげさまで、レストランの経営はうまく行っておりますし。妻には金銭面での苦労をかけたことはありません」

「失礼ですが……旦那さん以外に男性がいたとか、そういった形跡は」

「さあ、それはどうでしょうか。夫婦関係は円満でしたし、他に男がいたという雰囲気は全くありませんでした」

「奥さんが失踪したのは一年と三ヶ月ほど前ですよね。なぜ今ごろ？」

「ええ、失踪した当時は、一人でいろいろと調べておりました。客商売をやっております手前、あまり表沙汰にしたくなかったので。でも、一人ではやっぱり無理だと思い、ここに来たという次第で」

体格に似合わず、彼は申し訳なさそうに言う。

「奥さんのご実家には、聞いてみました？」

「ええ、彼女は高校の時に父親を亡くしています。母親もすぐに再婚して、温泉旅館の女将に収まったそうです。成人してからは、母とは疎遠になり、あまり連絡は取っていないようです。一応、電話してみたんですが、母親も居場所を知らないようで」

「奥さんにご兄弟は」

「妻は一人っ子で、兄弟はおりません」

「警察には、ご相談されましたか」

「いえ、届けていません。妻の失踪は、外部にあまり知られたくなかったのと、警察に捜索願を出しても、まともに捜してくれないと思いましたので」

確かにその通りである。毎年警察に出される家出人の捜索願は、八万件以上にも及ぶと言われている。それほどの数の案件に、いちいち対応していたら、いくら人手があっても足りない。それに、警察は刑事事件の捜査と犯罪者の逮捕が責務である。事件性がない限り、自らの意志で姿を消した成人に対し、警察権を行使することはできないのだ。

「分かりました。それではまず、ご自宅の方にお邪魔するのは可能でしょうか」

「自宅ですか」

「ええ、何か手掛かりが得られればと思いまして」

数日後、私はTの自宅に赴いた。

彼の自宅は、都内の瀟洒（しょうしゃ）な住宅街にある、二階建ての一戸建て住宅だった。M子と結婚する際に、ローンを組んで購入したのだという。間取りは3LDKで、玄関先に小さな庭がある。坪数は三十坪に満たず、さほど広い方ではない。だが築年数は新しく、立地も悪くないので、それなりの金額がしたと想像できる。

Tの案内で二階に上がり、M子が使っていた部屋に入らせてもらう。寝室とは別の、彼女の衣服や私物が置いてある部屋である。室内はM子が出て行った時のまま、手を付けていないとTは言う。ガランとした六畳ほどの部屋。確かに、最近人が使った痕跡はなく、ちょっと黴臭い。Tの了解を得て、M子の私物を調べ始めた。

失踪人調査の第一歩は、まず対象者が暮らしていた部屋を調べることからである。捜索の手掛かりを探ることはもちろんなのだが、対象者の人物像を知る手助けにもなる。失踪した人間はどんな趣味で、どのようなファッションを好むのか。好きな音楽や芸能人は？ どんな本を読んでいたのか。直筆のノートや日記などがあれば、一通り目を通す。手紙や葉書、アドレス帳や卒業アルバムなどが残されていたら、交友関係も割り出すことが出来る。

M子はもともと、Tのレストランの従業員だった。その生真面目な働きぶりや、健気な性格をTが見初めて、交際が始まったという。Tの言うように、M子は高級レストランのオーナー夫人としては控えめな性格だったようだ。部屋に残された服も派手ではないし、装飾品も高価なものは見当たらなかった。もっとも、高い宝石などは家を出るときに持っていったのかもしれないが。

一通り、部屋の中を物色したが、正直言ってめぼしい手掛かりは得られなかった。

卒業アルバムの類や年賀状などの郵便物も、交友関係の分かるものは、失踪する前に徹底的に処分していったようだ。

「M子さんはキャッシュカードを持っていましたか」

「ええ、彼女名義の口座がありました。毎月そこに、生活費やお小遣いを振り込んでいましたので」

「通帳はありますか」

「いえ、通帳も妻に渡していました。それも持って出たようです」

銀行口座の動きが知りたかった。必ずどこかで現金を引き出しているはずである。どこの地域で出金したかが分かれば、大きな手掛かりとなるのだが……。よっぽど、夫に行方を知られたくないのだろうか。部屋には、彼女の消息にたどり着くような痕跡は残されていなかった。なかなか手強い相手である。だが、これでひるんではいられない。絶対に探し出してやろうという闘志が湧いてくる。

まずは、M子の出身校に連絡を取ってみた。親戚のふりをして、彼女が卒業した年度の卒業アルバムを手に入れる。卒業生の住所録を見て、M子の同級生に片っ端から電話した。

さらに情報屋にも声をかけた。情報屋とは、探偵や興信所専門に、対象者の個人情報を調査する業者のことである。対象者の氏名と生年月日などから、銀行口座の情報や、消費者金融の信用情報などを割り出してくれる。情報屋は違法な手段で情報を収集しているので、我々のようなプロの業者としか取引はしない。一般人からの仕事を受けると、足がつく可能性が高いからである。

数日後、情報屋から連絡があった。彼女の銀行口座を見ることができたという。銀行口座には、半年ほど前に何度か、現金を引き出した記録が残っていた。出金場所は、長野県にあるＡＴＭである。早速、その場所に行ってみることにした。

長野県某市――

そのＡＴＭコーナーは、駅前通りの商店街の一角に設置されていた。すぐ隣には大型のスーパーがあり、買い物客などが頻繁に出入りしている。少し離れた目立たぬ場所に立って、ＡＴＭを張り込むことにした。ここにＭ子が現れて現金を引き出したのかと思うと、期待に胸が高鳴る。出入りする人を、目を皿のようにして見た。対象者のような年齢の女性が来ると、彼女ではないかと、その容姿を注視する。

張り込みを三日間続けたが、対象者らしき人間は現れなかった。半ば想定していたことではあった。ここで現金が引き出されたのは半年前である。それ以降は、出金の記録はない。彼女はもう、この地にはいないのかもしれない。

しかし一体なぜ、長野県のATMなのだろうか。M子の出身地は千葉県で、長野には縁がないはずである。でも、一つだけ気になる情報があった。彼女の母親は、再婚して温泉旅館の女将になっていた。その旅館の所在地が長野県だったのだ。

M子が、母親の元に身を寄せている可能性は、十分考えられる。ATMと温泉旅館は、電車で一時間ほどの距離である。決して偶然とは思えない。依頼者の夫は、母親に聞いても居場所は知らなかったと言われた。だが、彼女が嘘をつき、娘を匿っている可能性はある。

母親の旅館がある温泉郷に向かうことにした。湯治客のふりをして、旅館に宿泊の予約を入れる。こういう場合、母親に正面切って話を聞こうとしても、うまくいかないことが多い。失踪妻を捜索するとき、対象者の両親からの協力は、得られないと考えた方がいい。失踪の原因は、夫との不和であることがほとんどである。対象者の親は、我が子可愛さから、夫を敵対視する。もし居場所を知っていたとしても、決して教えてはくれない。場合によっては、親が対象者を匿っていたということもある。

ちなみに、主婦が失踪したときは、旅館に住み込みで働いている場合が多い。温泉宿などで働く場合、過去をあまり詮索されることはないし、住み込みなので、住む場所にも困らない。女性が失踪したら、温泉旅館を当たれば、見つかる確率は高い。だからこそ、M子が温泉郷に潜伏しているのかもしれないと考えたのだ。

M子の母親が女将を務める温泉旅館は、庶民的な雰囲気の宿であった。旅行誌には、老舗旅館と書かれていたが、格式はそれほど高いようには思えない。だがその分、従業員は親しみやすく、居心地はよかった。温泉も料理も悪くない。

M子の母親である女将とも接触した。確かに、顔立ちはM子によく似ている。美人だが気さくな性格の女性である。それとなく娘のことも聞き出してみたが、特に匿っている様子は感じられなかった。

それから数日間滞在する。

その間、気付かれないように、女将の行動を注意深く探ってみた。何度か尾行も試みた。結局、娘と通じているような証拠を得ることはできなかった。周辺の旅館や飲食店も方々まわり、聞き込みもした。しかし、M子らしき女性が、女将の周辺に現れたという情報に、たどり着くことはなかった。せまい街なので、対象者が潜んでいたら、必ず噂になっているはずだ。だが、そのような話は全く出て来なかった。M子がこの温泉郷にいるという推測は、見事に外れていたようだ。長野に見切りをつけて、東京に戻ることにする。

これで、銀行口座からの手掛かりは途絶えた。あと期待できるのは、学生時代の交友関係から得られる情報である。彼女の同級生から、対象者と親しかった人間を教えてもらい、連絡を取ろうとした。しかしなぜか、ことごとく協力を断られてしまう。唯一、会ってもらえたのが、K穂という名の、高校時代の友人だった。

K穂とは、都内の喫茶店で落ち合った。新宿のキャバクラ店で勤務しているという。出勤前ということで、バッチリと化粧を整え、肌の露出が多い服を着ていた。私は例によって身分を偽り、M子の親戚という設定で話をする。

「M子の居場所、知らないかな。家族も親戚もみんな心配していて」

「全然知らない。失踪したのも、あなたから聞いて、初めて知ったくらいだもん」

「元気にしていたらいいんだけど。ちゃんと生活できてるのかな。困っていたら、少しくらい渡してあげたいなと思って」

ただ居場所を尋ねるよりも、〝金〟の話を出すと効果がある。「お金を渡したい」などと、対象者の味方であるような立場を取れば、食いついてくる筈なのだ。もし彼女がM子と通じていれば、「お金を渡したい人がいる」という話が本人の耳に入り、向こうから接触してくるかもしれなかった。魚を釣るときの餌のようなものである。

数日後、K穂から電話が入った。

〈あれから友達にいろいろ聞いたんだけど、M子は今、都内の風俗店で働いているらしいよ。店の名前は○○。×××という源氏名で勤務しているって〉

そして、彼女の話をもとに訪れたのが、冒頭の風俗店である。だが、実際にその店を訪れてみると、その情報は完全なガセであることが分かった。

その後もあらゆる手立てを講じて、M子の行方を捜索する。だが、一向に有力な手掛かりを得ることはできずにいた。それにしても、用意周到な失踪である。対象者は、全くといっていいほど、手掛かりを残さず、きれいに姿を消している。わざわざ、母親の旅館がある長野のATMで出金したのも、捜索を攪乱させるためなのだろう。友人たちに口止めしたり、風俗店に勤めているというガセ情報を流させたのも、絶対に居所を知られたくないからだ。対象者は、自分に捜索の手が及んでいるのを知っているのだ。

完全なる失踪である。彼女には、夫には絶対に行方を知られたくない理由があるようだ。だが、ここまで徹底的に居場所を隠すとなると、彼女が失踪した理由が、朧気ながら私には見えてきた。そしてその見立ては、後に証明されることとなる。

M子の調査を始めて、二ヶ月ほどが経過した。

その日私は、千葉県にある某駅の改札口の前にいた。ちょうど朝のラッシュの時間である。常磐線の各駅停車しか停まらない駅なのだが、それでもこの時間帯は、通勤客で溢(あふ)れかえっている。物陰に立って、彼女がいないか、通勤客の流れに目を凝らした。ここ数日、ほぼ毎日のようにこの駅を訪れている。

この辺りは、M子が高校生のころまで住んでいた土地だった。彼女はかつて、この駅から歩いて十五分ほどの公営住宅で生まれ育ち、家族とともに暮らしていた。高校の途中で父親を亡くし、母親とともにこの地を出ている。現在、彼女が住んでいた住宅には、別の家族が入居しており、親戚や知人などもこのあたりにはいない。よって、対象者は千葉にはいないと踏み、熱心に調べてはいなかった。だが、その考えを覆(くつがえ)す、ある有力な情報を得たのである。

M子の足取りは、依然として掴(つか)むことは出来なかった。新しい手掛かりにもたどりつけず、調査は難航していた。ただ、高校時代の友人のK穂は、彼女と通じている可能性が極めて高いと踏んでいた。「風俗に勤めている」などとガセ情報を私に伝えたのも、M子と連絡を取り合っているからに違いなかった。ただし、もう一度会って問い質(ただ)しても、決して彼女は口を割らないだろう。態度を硬化させるだけである。それに、K穂はああ見えて、意外と義理堅いのではないかと思った。派手目で遊んでいるような女性ほど、妙に友達思いだったりするからだ。

そこで私は、ある工作を仕掛けることにした。

夫に連絡を取り、再び彼の自宅を訪れる。M子の部屋に入り、彼女の衣服やバッグなどを適当に、小ぶりの段ボール箱に詰め込んだ。そして、差出人をM子の母親にして、K穂に送りつけたのである。「連絡先を知っているのなら、娘に渡してほしい」と手紙を添えて。K穂がどういう行動に出るか、試してみようと思ったのだ。

翌日、荷物が到着する時間帯を見計らって、K穂のマンションを訪れた。私は面が割れているので、女性調査員も同行させる。表で待っていると、荷物を抱えた宅配業者が現れ、建物のなかに入っていった。荷物は私が昨日送ったものだ。五分ほどで、宅配業者がマンションから出てきた。手には荷物を持っていない。K穂は受け取りを拒否しなかったのだ。やはり、彼女はM子と通じている。あとは彼女がどう動くかである。

まずは対象者と連絡を取るはずだ。そして荷物を渡そうとするに違いない。どこかで落ち合う約束をするかもしれないし、このマンションにM子がやってくる可能性もある。

一時間後、K穂がマンションから出てきた。案の定、私が送った荷物を手にしている。女性調査員が、K穂を尾行する。

荷物を手に、彼女は近くの郵便局に入っていった。女性調査員も後を追う。K穂はカウンターに向かい、伝票に記入している。荷物をどこかに郵送するようだ。女性調査員は、客を装ってそれとなく彼女に近寄り、記入している伝票を横目で見ようとする。詳しい番地を読み取る前に、彼女は書き終わり、カウンターに荷物を持って行ってしまった。だが、宛先欄には、M子の名前と、千葉県のK市の地名が記されていたのだ。K市は彼女の出身地である。私の見立て通りだった。K穂はやはり、義理堅い女性だった。

監視を始めて、二時間ほどが経過する。

朝のラッシュアワーも終わり、通勤客の数もまばらになっていた。駅構内のコーヒーショップに入り、窓際の席に座る。この席から、駅前の通りと改札口を一望することができるのだ。なかなか対象者は姿を現さない。このあたりに住んでいるのであれば、必ず駅の周辺には立ち寄るはずだ。商店のほとんどは、駅の近辺に集中している。電車に乗る用事はなくても、買い物に訪れることはあるだろう。

窓外の光景に視線を送りながら、コーヒーとともに注文したサンドイッチに口を付けた。一切れ残して、食事を終える。別に満腹になったわけでも、まずいというわけでもない。調査中は、いつ対象者が現れるか分からないからだ。眠くならないように、決して腹を満たしてはならない。調査員の鉄則である。

M子らしき女性は、なかなか姿を現さなかった。似た背格好の女性は通り過ぎるが、よく見ると全くの別人だったりする。コーヒーショップに入って、かれこれ一時間以上が経過していた。少し居づらくなったので、店を出ようと立ち上がった。その時である。ふと窓外を見て、思わず動きを止めた。

駅前の路上を、赤いベビーカーを押した女性が歩いていた。野菜がはみ出たスーパーのレジ袋と紙おむつのパックが下かごから覗いている。その女性の顔を見て、身体中に電流が走った。慌てて会計を済ませ、店を飛び出る。人混みをかき分け、彼女の行方を追った。決して見失ってはならない。懸命に駅前の道を走った。通行人の中に、赤いベビーカーの女性の背中を発見する。安堵のため息をつくと、一定の距離を保ち女性の後をつけた。

M子に間違いなかった。

髪型も違うし、写真に比べると、若干ふくよかになった気もするが、明らかに本人である。彼女の姿を見失わないように、尾行を続けた。ついに対象者に出会えたのである。二ヶ月も追いかけた女性が、目の前にいる。彼女は私のことを知らないのに、私は彼女のことを詳しく知っている。これは対象者を見つけ出したときの、調査員特有の不思議な感覚である。

がらがらとベビーカーを押しながら、M子は歩き続けている。駅から離れてゆくにつれて、人通りも減ってきた。尾行を勘付かれないように、慎重に彼女の背中を追う。その場で声をかけてしまえばいいのだが、逃げられてしまう恐れがあった。まずは、彼女がどこで暮らしているか、その場所を確認することが先決である。

ベビーカーを押した姿で登場するとは、予想していなかった。背後からだと、子供の顔はよく見えない。ベビーカーの色は赤色なので、中にいるのは女の子なのだろう。いつ子供を産んだのだろうか。彼女が夫のもとから姿を消したのは、一年以上前になる。生後何ヶ月くらいの子供だろうか。父親は誰なのか。数々の疑問が脳裏をよぎる。

五分ほど歩いてゆくと、大きな国道に差し掛かった。トラックなどの大型車輛(しゃりょう)が行き交っている。対象者は国道沿いの歩道を進んで行く。そのまま、彼女の後を追う。

しばらくすると対象者は、国道から一本脇(わき)の道に入っていった。新興のマンションや住宅に囲まれた道を歩いてゆく。まだところどころ農地も残されており、児童公園の脇にある畑では、農婦が畑仕事に精を出していた。公園の横を過ぎると、そこから先は、下り坂の道になっていた。古い住宅が建ち並ぶ、なだらかな坂道である。ベビーカーを押しながら、M子は坂道を下って行く。彼女は坂道の途中にある、一軒の家の前で立ち止まった。

ブロック塀に囲まれた木造住宅だった。築年数は相当経っているようである。外からでは、家のなかはよく見えない。青々と生い茂った木々が塀から飛び出しており、庭が広いことは分かる。ポーチから鍵を取りだすと、彼女はベビーカーを押して、その家の中に入っていった。この家で暮らしていることは、間違いないようだ。何はともあれ、ようやくM子の居場所を突き止めることが出来た。

事務所に連絡して、上司に対象者を見つけたことを報告する。駆けつけた女性調査員に張り込みを替わってもらい、自分は一旦事務所に戻った。上司と協議した上で、対象者が見つかったことは、まだ依頼者である夫には報告しないことにする。彼女は、子供を産んでいたのである。もう少し、彼女の周辺状況を調べる必要があった。

翌日、張り込みは女性調査員に任せ、M子が身を寄せている住宅について調査することにした。役所に行って登記簿を調べ、周辺の住宅で聞き込みをする。その結果、いくつかの事実が判明した。家主は、Oという人物。地方銀行に勤務する二十五歳の独身のサラリーマンである。あの木造住宅は彼の持ち家で、数年前に母親が他界してからは一人で暮らしていたという。Oは中学時代、M子と同じクラスだった。卒業アルバムを確認すると、確かに、M子のクラスに、Oと同じ名前の生徒がいる。当時の同級生に話を聞くと、当時二人は、特別に仲が良かったというわけではないようだ。だが、OがM子に思いを寄せていたという噂は耳にしたことがあるという。

夫であるTの家を飛び出したM子。彼女は中学時代のクラスメイトを頼り、その家に身を寄せていたのだ。あのベビーカーの赤ちゃんは、Oの子供ということなのだろうか。失踪した妻が、別の男性と暮らし、一児をもうけていた……。この事実を知ると、夫はどう思うのだろう。

一体なぜM子は、高級レストランのオーナー夫人の座を投げ捨てて、中学時代の同級生のところに逃げ込んだのだろうか。比べては申し訳ないが、Oの古ぼけた木造住宅よりは、Tの住宅の方がグレードは遥(はる)かに高い。収入も、OとTでは何倍も違うだろう。

もちろん男女のことなので、他人の尺度で推し量ることはできない。以前の調査で、こんなことがあった。複数の会社を経営する実業家の妻が失踪した。子供もいて、裕福で何不自由ない生活だったのだが、夫と子供を残したまま、忽然(こつぜん)と姿を消したのである。探し出してみると、彼女はうす汚い共同住宅で、別の男性と暮らしていた。男性は定職に就いておらず、二人の生活レベルは決して高いものとは言えなかった。でも、彼女は常に笑顔であふれており、幸せそのものだったのだ。愛の前には、恵まれた生活も、大切な子供さえも捨てられるのだと痛感した。

きっとM子にも、本人にしか分からない事情があるのだろう。彼女はなぜ、夫のもとを飛び出し、身を隠すことになったのか。依頼者に報告する前に、調査員として、その理由を知る義務がある。それを知るためには、直接訊くしかなかった。

翌朝、再びOの家におもむいた。家の前で、M子が姿を現すのをじっと待つ。昼すぎになると、ベビーカーを押した彼女が家から出てきた。散歩に出掛けるのだろうか。しばらく後をつける。家の近くで声をかけるのはまずいと思った。近所の人に見られない方がいいだろう。

十分ほど尾行を続ける。路上でふと、彼女が立ち止まった。タオルを取り出して、赤ちゃんのよだれを拭いている。私はそばに寄り、声をかけた。

「あの、ちょっとすみません。M子さんではないでしょうか」

彼女の顔が、途端に強ばった。タオルを持つ手が止まる。ピンク色の肌着を着たベビーカーのなかの子は、すやすやと寝息を立てて眠っている。

「M子さんですよね」

硬直したままの彼女に、再び声をかけた。白ばっくれるだろうと思っていた。「自分は、そんな名前ではない」といって、私を振り払い、逃げ出すかもしれないと想像していた。彼女は、強ばっていた表情を崩すと、比較的落ち着いた声でこう答えた。

「……あなたは？」

「あなたの夫の、Tさんから調査を依頼された者です。ずっとM子さんの行方を捜していました」

「そうですか」

観念したかのように、M子は目を伏せた。タオルを持つ手が、わなわなと震えている。なるべく穏やかな声で、彼女に言葉をかける。

「もしよろしければ、ちょっとお話しさせて頂けませんか」

M子と二人、近くにあった遊歩道の、木陰のベンチに腰をかけた。午後二時過ぎ。遊歩道には通行人の姿はあまりない。ベビーカーの子供は眼を覚ましたが、愚図ることなく、天使の笑顔を振りまいている。

「大人しいお子さんですね」

「ええ」

「急にお声がけして、ごめんなさい。驚かれたのではないですか」

M子は無言のまま、返事をしようとしない。

「先ほども申し上げた通り、Tさんの依頼により、あなたの行方を捜しておりました。本来ならば、Tさんに居場所を教え、引き渡しをしなければならないのですが、その前にいろいろとお話をお聞かせ頂ければと思いまして」

「では夫はまだ知らないのですか。私が千葉にいることを」

「はい」

M子は再び黙り込んだ。間近で彼女の顔を見る。顔面は蒼白で、唇はわずかに震えている。

「いろいろ事情がおありだったんですよね。現在はOさんの家にお住まいですね」

「よくご存じですね」

「ええ、ずっとあなたを捜し続けていましたので。お二人のご関係は」

「中学時代の同級生です」

「なぜ、Oさんの家で暮らすようになったんですか」

「夫の家を出る前に、同窓会で再会したんです。家を飛び出してから、路頭に迷った私に、いろいろと力になってくれました」

「では、こちらのお子さんは、Oさんとの……」

「いえ、違うんです」

「違う……と言いますと」

「この子は、今月で九ヶ月になります。だからTの子供だと思うんです。Tの家を出てから気がついたんです。妊娠していたことを」

「そうだったんですか」

　意外な事実だった。M子が失踪したのは一年と五ヶ月ほど前である。この子が生後九ヶ月だとしたら、生まれたのは彼女が失踪してから八ヶ月後。確かに妊娠したのは、失踪前である可能性が高い。

「立ち入った話ばかり聞いて恐縮ですが、Oさんの子供という可能性はないんですか。この子を妊娠したころ、もうすでにOさんと交際していたとか」

「いえ、Oと再会したのは、家を出る直前でしたから。それはありえません」

「そうですか……。自分の子供ではないということは、Oさんは知っているんですか」

「もちろん、知っています。出産の時も、力になってくれました」

　自分の子供でないにもかかわらず、Oは彼女の出産を援助し、尽力したという。彼は中学時代、M子に思いを寄せていたようだ。身柄を匿い、他人の子供の出産を手助けするほど、M子は彼にとって、憧(あこが)れの対象だったということなのか。

「それでは一体なぜ、あなたはTさんのもとから姿を消したのですか」

その質問に、彼女はわずかに視線を逸(そ)らした。か細い声でこう答える。

「あのうちで暮らしていたら、殺されるかもしれない。そう思ったんです。だから、家を飛び出しました」

「殺される？　それはどういうことでしょうか」

「結婚してから、夫は変わりました。最初はそんな人じゃありませんでした。でも、実はすぐにかっとなる性格で、気に入らないことがあると、私に当たり散らしました。最初は言葉で罵(のの)しられるだけでした。でも次第に、手が出るようになって」

「暴力ですか」

彼女は小さく頷(うなず)いた。

「店と家とではまるで別人のようでした。店での夫の姿しか知らない人は、信じられないかもしれません。我慢していれば良かったんですけど、暴力はどんどんエスカレートしてゆき、命の危険を感じるようになったんです。だから」

やはり、私の推測通りだった。M子が姿を消した原因は、夫の虐待(ぎゃくたい)だったのである。

最初に依頼に訪れた時、Tが妻の失踪理由について、言葉を濁していたのが気になっていた。私にも虐待の事実を知られたくなかったのだろう。失踪調査において、依頼者から隠し事をされることが、もっとも捜索の妨げになる。洗いざらい話してもらえれば、こちらとしては助かるのだが、なかなかそうはいかないのが現実だ。私が最初に虐待を確信したのは、M子の友人たちの態度からである。彼女たちは、一様に口をつぐみ、失踪調査には非協力的だった。K穂などは、私にガセ情報を与えて、調査を攪乱しようとした。

これは、虐待が失踪事由である場合の、基本的なパターンなのだ。彼女の友人たちは、虐待の事実を知らされ、夫を強く憎んだのだと思う。そしてM子に同情した。だから、決してM子が夫に見つからないように、一致団結して彼女を守っていたというわけである。

「離婚しようとは考えませんでしたか。きちんと出るところに出て、虐待の事実を主張すれば、離婚は認められると思いますが」

「主人は恐ろしい人です。やくざの組織と関係があるようなことも言っていました。離婚なんて言い出したら、私はどうなっていたか分かりません」

そう言うと彼女は、小刻みに震えだした。目には涙がにじんでいる。

「逃げ出すしかなかったんです。あの人の暴力から逃れるためには」

「そうですか。だから絶対に、居場所を知られたくなかったんですね」

「はい……。居場所を知られたら、本当に何をされるか分かりません。だからまだ、この子の出生届を出すことも、出来ていないんです」

彼女は子供の出生届を出していないのだという。何らかの事情により、出生届が出されていない、もしくは戸籍が消失している「無戸籍者」は、推定一万人以上存在するらしい。法治国家である日本に、生まれたことすら公証されていない無戸籍者がこれほどいることは、驚きに値する。

この案件を扱った一九八〇年代には、あまり知られていなかったのだが、二〇〇七年、無戸籍のためパスポートが発給されない高校生が、街頭で署名活動する姿が話題となり、社会問題として表面化した。一体なぜ、このような事態が起こっているのか。理由はさまざまだが、最も多いのが「離婚後三百日問題」に起因したものだ。民法第七七二条第二項で離婚後三百日以内に出生した子は、婚姻中に懐胎したものと推定すると規定されている。つまり、離婚後三百日以内に生まれた子供は、(明らかにそうでない場合も)前夫の子供とされ、これを否定するには前夫を巻き込んだ調停や裁判をしなければならなくなるのだ。それを避けるために、出生届を出さない人々が、格段に増えているという事情がある。

M子の場合も、当然離婚は成立していなかった。出生届を提出すると、戸籍謄本にその事実が記載され、夫に出産の事実や現在の居場所が知られてしまう怖れがあったのだ。

「この子には悪いと思っています。でも今は絶対に、あの人に居場所を知られたくないんです。夫に知られたら、私たちはどうなるか分かりません。ですから、そっとしておいてくれませんか。お願いですから、私たちの居場所を、Tに教えないで頂けませんでしょうか。このことが夫に知れたら、Oさんに迷惑がかかるかもしれないし、私とこの子の命も……」

そう言うとM子の両目から、大粒の涙がこぼれだした。

「お願いします……Tには報せないで下さい。この通りです……」

泣きながら、何度もM子は頭を下げ続けた。

複雑な心境だった。こういった場合、調査員は必ずジレンマに陥る。仕事とは言え、自分たちの調査が、対象者らの人生に、大きな影響を与えることになるからだ。我々は警察のように犯罪者を追っているわけではない。依頼を受け、その家族の問題を解決するために、尽力している。だから是が非でも、失踪者を見つけ出し、依頼者に報告しようというわけではない。とくに虐待が絡んでいる場合は、慎重にならざるを得ない。対象者を見つけ出し、引き渡したとして、再び依頼者が暴力を振るわないとは限らないからだ。彼女は殺されるかもしれないとまで言っている。万が一、刑事事件に発展することなどがあれば、我々も責任を問われる可能性があった。

「あなたの言い分はよく分かりました。でも、私の一存では何とも言えません。上司と相談してみます」

「本当ですか。ありがとうございます」

涙にまみれた両目を大きく見開き、M子は再び、大きく頭を下げた。

彼女と別れて、事務所に戻る。上司である調査事務所の所長に、M子との話を報告する。虐待の事実は深刻であった。しかも彼女は、死の恐怖に怯えている。協議を重ねた結果、依頼者にはM子の居場所を報せないこととなった。その場合、調査料は返金しなければならない。弱小調査事務所としては痛い話だが、彼女の身の安全を考えれば致し方ない。

後日、所長とともに、依頼者であるTの自宅を訪れた。

「結局見つかりませんでした」と頭を下げ、必要経費を除いた手付け金の残額を返還すると言った。Tはやはり、不満げな様子である。

「何ヶ月もかかって、見つけられないなんて、お前ら無能か」

と、Tが声を荒らげる一幕もあった。確かにM子が言う通りである。彼はすぐに、かっとなる性格のようだ。その場で虐待の事実を問いただし、彼女に謝罪するように言いたかったが、ぐっとこらえた。それは我々の仕事ではない。その時私に出来ることは、ただ謝り続けることだけだった。

翌日、私は千葉のM子の家に足を運んだ（もちろん、Tが尾行してこないか細心の注意を払ったことは言うまでもない）。家の前まで来ると、見張りの調査員と交替する。我々に居場所を知られたので、逃亡するかもしれないと思っていたが、彼女は未だOの家で生活を続けている。

一時間ほどすると、M子がベビーカーを押して、家から出てきた。少し歩いたところで声をかける。私の姿を見ると、その表情が固まっていた。Tを連れて来たと思ったのだろう。依頼者に引き渡ししないことを告げると、表情が一瞬でほころんだ。

「本当にありがとうございます。何とお礼を言っていいか」

「いえ、礼なんかいりません。依頼者に問題があったり、対象者に危険が及んだりする場合は、調査会社の判断で居場所を教えないこともあるんです」

「私のせいでご迷惑をかけてしまいました。海老名さんも、調査料をもらえなかったのでは」

「いえ、大丈夫です。もし本当に事件にでもなったら、私らも責任が問われますから」

「本当にすみません」

そう言うと、彼女はわずかに視線を落とした。

「……いつもこうなんです。私はみんなを不幸にしてしまう」

「どういうことですか」

「幼い頃から、よく母に言われたんです。私は不幸を呼ぶ女だって。父が死んだのも、私が災いを呼び寄せたからだと……。だから、私は母に毛嫌いされていました。たぶん彼女の言う通りなのでしょう。Tが暴力を振るうようになったのも、きっと私が原因なんです。近頃、そう思うことがあります。不幸を呼び寄せているのは、私自身かもしれないって」

「そんなことありませんよ。あなたは不幸じゃない。あなたには支えてくれる男性もいるし、こんなに可愛いお子さんもいるんですから」

彼女はすぐには答えなかった。少し考えると、何かを吹っ切るように口を開いた。

「……そうですね。いつかきちんとOと籍を入れて、家族三人で暮らして行きたいと思っています。本当にありがとうございました」

こうして、M子の失踪調査は終了する。調査料を得ることは出来ず、仕事としては成立しなかったのだが、個人的にはなぜか達成感のある幕切れだった。

この案件には、いくつか後日譚(たん)がある。

まず調査が終了してからしばらくして、M子の夫である依頼者のTが失踪した。同業の調査会社からの問い合わせにより発覚したのだが、店の金に手を付けて、「飛んだ(逃亡した)」というのだ。Tが経営していたイタリアンレストランは、出資者がおり、やくざまがいの人間だったらしい。情報によると、Tは出資者に黙って、数千万円の現金を自宅に隠し持っていた。その金を使い込み、姿を消したというのだ。出資者は躍起になって、Tの行方を捜しているという。

これでTは終わった。人の不幸を喜んでいるわけではないが、もうM子は彼を怖れる必要はなくなったのだ。

それから七年後の一九九三年、私はM子とOの名前を新聞記事で見た。ある誘拐殺人事件の被害者の両親が、二人の名前だったのである。住所も千葉県のK市となっていたので、彼らに間違いなかった。M子は名字も変わっていたので、Oと籍を入れたのであろう。

見ず知らずの浮浪者に、幼い姉弟が連れ去られ、殺害されたという事件。殺された姉の方が、私が会ったとき彼女が連れていた、あの天使のような笑顔をふりまいていた赤ちゃんだと思うと、やるせない気持ちになる。この新聞記事を見て、ふと彼女の言葉を思い出した。

――不幸を呼び寄せているのは、私自身かもしれない。

確かにそうなのだろう。こんな言い方をしては申し訳ないが、彼女のような星の下に生まれた人間は、自分の運命から逃れられない……。そういうものだからだ。

「検証——二十二年目の真実」

（文・橋本勲　雑誌『流路』二〇一五年十一月号掲載）

手紙

今年、四月十七日のことだ。テレビのニュース番組を見ていて、ある事件の速報に目が釘付け（くぎづ）けとなった。

——向島・マンションで一家三人が襲われ死傷——

東京向島の賃貸マンションの室内で、一家三人が何者かに襲われたというニュースである。父と母は死亡し、娘は一命を取り留めたという。亡（な）くなった両親の名前に心当たりがあった。死亡した小椋克司さん（五十四歳）とその妻鞠子さん（五十四歳）は、二十二年前に千葉県柏市で起こった、姉弟誘拐殺人事件の被害者の両親だった。

柏市の事件から、今年で二十二年の月日が流れた。

私が、事件に関するルポ（「鬼畜の森——柏市・姉弟誘拐殺人事件——」）を発表してからも十三年が経過している。当時の取材では、犯人の望月辰郎の動機について、納得の行く答えにたどり着くことはできなかった。ルポから九年後、望月辰郎の死刑は執行され（二〇一一年）、事件は終息したかのように思われていた。そして、死刑執行から四年の月日が経過した今年、被害者の両親が何者かに殺害されるという事件が発生したのだ。これは一体、どういうことなのか。

一九九三年の姉弟誘拐殺人事件と、二〇一五年の一家三人殺傷事件。二十二年の年月を隔てて発生した二つの事件には、どんな関係があるのだろうか。それとも、何も関連してはいないのか。一部のマスコミは、『死刑囚、望月辰郎の呪い』であると書き立てた。私のところにも、誘拐殺人事件のルポを読んだ記者から連絡があり、コメントを求められた。そのときは、「二十二年前の事件と今回の一家殺傷事件は、とくに関連していないのではないか」との感想を述べた。もう望月辰郎はこの世にはいない。今回の事件は、全くの偶然だと思っていたからだ。

しかしその後、二つの事件が関係していることを示す事実が明らかとなる。被害者三人の口の中に、望月が獄中で詠んだ〝鬼畜の和歌〟が押し込められていたというのである。

今から四年前、望月辰郎の死刑が執行されたとの報道を目にしたときに、私のなかで、柏市の姉弟誘拐殺人事件は終わりを告げたと思っていた。望月が見ず知らずの子供を惨殺した理由。それは永遠に闇に消えてしまったのだと。だが、まだ事件は終わっていなかった。望月の怨念は、二十二年経った今でも、途絶えてはいなかったのだ。

そんな矢先である。私のもとにある一通の手紙が届いた。まずは、その全文を紹介しよう。

前略

突然、手紙を差し上げるご無礼をお許しください。

十三年前に橋本様がお書きになられた記事を読んだ者です。『流路』という雑誌に掲載された「鬼畜の森——柏市・姉弟誘拐殺人事件——」という記事です。幼い姉弟が誘拐され殺害されるという衝撃的な事件の顚末に、胸が締めつけられるような思いで拝読させて頂きました。私のような者が言うのは恐縮ですが、事件の細部まで非常に丁寧に取材されており、橋本様のご苦労ご尽力のほどが感じられました。

ただ一つ、気になる点があります。記事の中に、重大な事実誤認があったのです。そのことについてお伝えしたく、失礼を顧みず、手紙を差し上げた次第です。

事実誤認の内容については……とても手紙に記せるようなものではありません。それは、本来ならば、生涯私の心の内に秘めておかなければならないものでした。ですが今年の四月、向島で起きた恐ろしい殺人事件の報道を目にして、とても自分一人では耐えられないと思うようになりました。その事実を隠し通すことは、私にとって大きな苦しみとなったのです。

ぜひ一度お目にかかり、私の話に耳を傾けては貰(もら)えませんでしょうか。私が心にとどめていた事実を、全(すべ)て告白したいと考え、伏してお願い申し上げる次第です。不躾(ぶしつけ)なお願いで恐縮ですが、何卒(なにとぞ)ご検討のほど、よろしくお願い致します。

草々

二〇一五年九月五日

×××（差出人名）

橋本勲様

伏せ字にしてあるが、差出人は女性の名前だった。

事実誤認とは、一体何なのだろうか。彼女は事件の関係者なのか。そして、「告白」とは一体なんなのか。手紙の主に会って、話を聞いてみなければ分からない。早速、封筒に書いてあった住所に返事を出して連絡を取った。

数日後、東北新幹線に飛び乗り、仙台へと向かう。差出人の女性と、面会するためだ。

午後五時すぎ、新幹線が仙台駅に到着する。改札を通り抜け、駅ビルを出ると、あいにく小雨がぱらついていた。待ち合わせ場所のホテルまでは、歩いて行けない距離ではない。タクシーを使うかどうか悩んだが、まだ時間があったので、歩くことにした。コンビニでビニール傘を買い、そぼ降る雨の中、仙台の街をぶらぶらと歩く。十五分ほど歩くと、ホテルに着いた。中堅のシティホテルである。ラウンジに入り、彼女が来るのを待ち構える。

午後六時――。約束の時間通り、相手は姿を現した。髪を一本に束ねた、スーツ姿の生真面目(きまじめ)そうな女性である。彼女は自分に会うや否(いな)や、申し訳なさそうに口を開いた。

「わざわざすみません。東京から来て頂いて。私の方から、出向いていこうと思っていましたのに」

「いえいえ、私の性分でして。あなたのお手紙を拝見して、居ても立ってもいられなくなって。少しでも、早くお目にかかりたいと思って、来てしまいました」

その女性は、仙台市内の会計事務所に勤めているという。年齢は四十一歳。背はあまり高い方ではない。名前は伏せておいてほしいということなので、以降を仮名（加藤江美）で記述した。

席に着き、彼女の飲み物を注文する。緊張をほぐそうと、少し世間話をするが、口数は少ない。何やら思いつめた様子である。頃合いを見計らって、話を切り出す。

「誘拐殺人事件の記事を読んで頂いたということですよね。ありがとうございます。もう十年以上前に書いたものなので、このような反響があるとは意外でした。それで、記事には事実誤認があるということですが」

「ええ」

「事実誤認とは、どの部分なのでしょうか」

彼女は目を伏せたまま、躊躇している。

「××（加藤江美の実名）さんは、あの事件と何か関係があるということなんですか」

俯いたまま、彼女が話し始めた。

「私が、直接関係があるというわけではないのです。でも、もしかしたら事件が起こったのは私のせいかもしれない。そう思うことがありまして」

「私のせいかもしれない……。それは、一体どういうことでしょう」

「事件が起こる前の話なんですが……その時私はまだ高校生で、望月今日香さんは私のクラスメイトでした」

今日香の名前を口にすると、彼女の瞳(ひとみ)に影が差した。

「望月今日香さんとは、犯人の望月辰郎の一人娘の？」

「はい」

「今日香さんは、事件が起こる前に亡くなられたのですよね」

「そうです」

「それで、あなたの話というのは？」

「手紙にも書いたのですが……私には、生涯心に秘めておかなければならないことがありました。だから、今日香が死んでも、彼女の父が恐ろしい誘拐殺人事件を犯したと知ったときも、絶対誰にも言ってはいけない、私が高校時代に体験した出来事は幻で、現実には起こっていなかったんだ……。そう自分に言い聞かせ、その事実から目を背けて、ずっと心の奥底に閉じ込めていたんです」

切々と加藤江美は語り始めた。黙って、彼女の話に耳を傾ける。

「私の苦悩は、時間が解決してくれるものだと信じていました。時が経てば、悪夢のような記憶も、消えてなくなるのだろうと。高校をやめてから、あまり知る人がいないこの仙台に来たのも、そういう理由からでした」

　そこまで言うと、彼女は一旦言葉を切った。一呼吸置いて再び口を開く。

「でも結局のところ、私は高校時代に体験した悪夢のような出来事を忘れ去ることはできませんでした。……次々と恐ろしい事件が起きる度に、あの記憶が呼び覚まされたのです。そして、こう思うようになりました。もしかしたら、不幸の連鎖は私が原因なのではないか。私が真実を隠し通しているから、次々と恐ろしい事件が起こるのではないか。そして、今回東京で、誘拐殺人事件の遺族が何者かに殺害されたというニュースを見て、決心したんです。やはり、事実を誰かに打ち明けるべきだと。だから……」

　そう言うと江美は、ゆっくりと視線を上げた。そして初めて、自分の方をじっと見た。

「事件のことに詳しい橋本さんにお話しするのが一番かと思い、手紙を差し上げたのです」

「そうですか。それではお聞かせ願えませんでしょうか。記事にあった事実誤認に関することと、あなたの告白を」

「はい、分かりました」

加藤江美は小さく頷いた。

先ほどとは違い、その眼差しには凜とした決意が込められていた。

和歌

「あの……図書室でよく会うよね」

思い切って江美は、望月今日香に声をかけた。

高校二年生の始業式。二人は同じクラスになった。今日香は、図書室に行くといつも閲覧室の片隅にいる。長い黒髪の美少女である。江美に声をかけられた彼女は、人形のような、独特の眼差しをこちらにむけた。鼻筋の通った、女性でもはっとするぐらいのきれいな顔立ちをしている。

「そうね……。今日から同じクラスだね。よろしくね」

そういうと今日香は表情を崩し、わずかに微笑んだ。それが望月今日香との最初の会話である。以来、二人はよく行動をともにするようになった。江美にとって、彼女は高校に入って初めて出来た友達だった。そしてそれは、今日香も同じだったようだ。

江美の高校は、県内でも有数の進学校である。でもそのころ江美は、この学校は自分の身の丈に合わないのではと思うようになっていた。高校受験の時、自分の成績レベルでは難しいとの判定だったが、親に言われて受験したら、意外にも合格してしまったのだ。しかし、いざ通ってみると、周囲とのレベルの違いをまざまざと感じさせられた。勉強についていけなくなり、同じクラスの生徒とも、話がいまいち噛(か)みあわなかった。

今日香は江美と違い、劣等生というわけではなかった。テスト後に廊下に張り出される成績上位者の中には、必ず名前があったほどだ。でも彼女は、積極的に周囲に溶け込もうという性格ではなかった。クラスメイトとはほとんど打ち解けることなく、いつも一人でいた。

なぜあのとき、自分は今日香に話しかけたのだろうか。もし声をかけていなければ、彼女が自ら命を絶つことはなかったのかもしれない。そう思うと、いたたまれなくなる時がある。今日香は成績も優秀だし、背が高く容姿にも恵まれ、他人を寄せ付けない非凡な雰囲気があった。身長も低く、引っ込み思案の自分とは何もかも正反対である。きっと自分は、彼女に憧(あこが)れていたのだろう。だから、今日香と仲良くなった時は、小躍りしたいような気分になった。彼女と連れ立って、帰宅の途に就いている時は、ちょっと自慢したいような気持ちもあったのだ。

でもその一方で、苦手なところもあった。今日香は、隠し事はしない性格で、明け透けにものを言う。江美の欠点や駄目な部分は容赦なく指摘され、それが的を射ていたので、ひどく落ち込むこともあった。もちろん、一切の悪気はなく、それは親友を思っての行為であることは理解していた。だから、彼女の厳しい言葉を励みにして、頑張ろうと思っていた。

今日香との会話で、印象に残っているのは、和歌や俳句についてである。彼女は古典文学に造詣（ぞうけい）が深く、特に和歌の魅力を語る時は、普段はあまり感情を表さない彼女の目が、光り輝いていた。

「和歌って、そんなに難しいものじゃないよ。相手を思う気持ちや心って形がないでしょ。だから昔の人は、自分の思いを歌にして、気持ちを伝えたんだよ」

「相手って」

「両親や兄弟、友達とか、上司に潔白を訴えたいときとか、どうしても、自分の気持ちを伝えたいって思う相手だよ。直接話すことのできない、神様や仏様とか、亡くなった人に手向けた歌もあるし、奥さんや片思いの相手に、恋心を伝えるときとか」

思わず笑いそうになる。今日香とはほとんど恋愛話をしたことはない。だから「片思い」とか、「恋心」みたいな言葉は、彼女にはあまり似つかわしくなかった。

「でもやっぱり難しいよ。和歌って枕詞(まくらことば)とか掛詞(かけことば)とか、いろいろと複雑なルールがあるでしょ」

「難しくなんかないよ。和歌を、自分の気持ちを言葉にした、相手に贈るプレゼントだと考えたら分かりやすいんだけど」

「プレゼント?」

「そう。誰かにプレゼントするとき、そのままでは渡さないでしょう。きれいな紙に包んだり、リボンを付けたり、のし紙を巻いたり。和歌も同じだよ。相手に伝えたい気持ちを、絶対に裸のままでは贈らない。だから、枕詞とか掛詞とか沓冠(くつかむり)、物名(もののな)みたいな、暗号のような修辞で隠すんだよ」

「暗号みたいな? 面白そうだね」

「そうでしょ。例えば折句(おりく)という技法は知っている?」

「折句?」

「折句というのは……」

我が意を得たりとばかり、今日香は折句についての解説を始めた。彼女の解説をまとめると、以下のようなことになる。
折句とは、一つの和歌の句頭に、別の意味を持つ言葉を織り込む言葉遊びの技法である。

唐衣　きつつなれにし　妻しあれば　はるばる来ぬる　旅をしぞ思ふ
（在原業平（ありわらのなりひら）「古今和歌集（こきんわかしゅう）」）

これは平安時代の歌人在原業平が、旅の心を詠んだ歌なのだが、この中には、直接描写されていない、旅の美しい情景が隠されているという。濁点を抜いて、平仮名にして並べるとよく分かる。

からころも
きつつなれにし
つましあれは
はるはるきぬる
たひをしそおもふ

それぞれの句の最初の文字をつなげると「かきつはた」となる。濁点を補うと「かきつばた」という言葉が隠れていたことが分かる。「かきつばた（燕子花）」とは、五、六月頃に水辺に咲く、アヤメ科の花のことだ。当時、濁音自体は存在していたが、それを表記することはなく、文脈から濁音を補って判断していたという。この歌は、旅の途中に業平が、川辺にかきつばたが咲いている光景を目の当たりにして詠んだ歌なのだ。だが業平は、「かきつばた」自体を直接は表現せず、歌の中に隠したのである。この手法を折句というのだ。

さらにもう一つ、この歌には、旅の情景を示す言葉が隠されている。それぞれの句の最後の文字を後から読むと、「ふるはしも」という言葉が現れた。漢字にすると「古橋、藻」となる。この歌を詠んだとき、業平の視線の先には、「かきつばた」と同じように、川にかかる「古橋」や、川面にゆらゆらと揺れている「藻」の光景があったのだろう。だから業平は、その美しい景色を、歌の中に織り込んだというのである。この各句の頭と終わりの、それぞれ五文字に言葉を隠す技法を沓冠という。その他に和歌の修辞として有名なのは、枕詞や掛詞、そして物名がある。

枕詞とは、第一句か三句に入る主に五音の言葉で、それ自体には実質的な意味はなく、常に特定の語を修飾し、歌に情緒を添える技法のことである。つまり、ある言葉の前につける決まり文句のようなものだ。例えば、「あをによし」ときたら「奈良」と続き、「たらちねの」とくれば「母」。「ちはやぶる」なら「神」となる。掛詞とは「秋」と「飽き」、「松」と「待つ」など、同音異義を利用して一つの言葉に二つ以上の意味を持たせる技法。そして物名とは、一つの歌の中に、歌の意味に関係なく、別の言葉を潜ませる技法をいう。物名を使った例でよく知られているのは、「荒船の御社」という歌である。

茎も葉も　みな緑なる　深芹は　洗ふ根のみや　白く見ゆらむ
（藤原輔相「拾遺集」）

これは、以下のような場面を詠んだ歌だと言われている。

――土から掘り起こしたばかりの、茎も葉も緑鮮やかな芹の土を洗い流すと、真っ白な根が出てきた――

歌のなかに「船」も「社」も出てきていない。題の「荒船の御社」とは、一見何の関係もないような歌に思える。だが、このなかに「荒船の御社」という言葉が隠されているというのだ。下の句の「洗ふ根のみや　白く見ゆらむ」を平仮名にしてみると、以下のようになる。

あらふねのみや　しろくみゆらむ

確かに「荒船の御社」という言葉が埋め込まれていた。このように、歌の趣旨とは全く違った文言を潜ませ、別の意味を込めるのが物名という技法なのだ。

「昔は歌会というのがあって、みんなが集まって歌を詠み合っていたの。和歌は相手に対する、自分の気持ちを言葉にした贈り物でしょ。だからプレゼントみたいに、互いが和歌を作って交換していたの。和歌を受けとった人は、プレゼントの包装を開くように、和歌に隠された相手の真心を紐解（ひもと）いて行く。恩人に感謝を込めた歌を贈ったり、愛する人に、その思いを込めた歌を詠んだり」

そういう今日香の頰はわずかに赤らんでいた。和歌の話をしているときは、まるで別人のようである。

「今日香って、本当に詳しいんだね。どうして、そんなに和歌が好きなの」

「さあ、父の影響かな。子供のころ、よく教えてもらったから」

「そうか。今日香のお父さんって、国語の先生だもんね」

今日香は不思議な友人であったが、彼女と同じクラスでの学校生活は、まずまず楽しかった。

江美がいじめられていると思うようになったのは、今日香と仲良くなって半年ぐらいしたころである。同じクラスの女子に、話しかけても無視されるようになった。もともと、今日香以外の生徒との会話はほとんどなかったので、その程度ならば我慢することは出来た。だがある日、江美の教科書がなくなり、ゴミ箱の中にずたずたに切り裂かれた状態で見つかったのだ。それから頻繁に、江美の持ち物がなくなるようになる。下駄箱から靴が盗まれたり、ひどいときは生理用品が隠されたこともあった。

犯人の心当たりはあった。クラスの中でも、上位グループに入る女子たちである。

彼女らは、成績もよく、容姿にも恵まれていた。いじめがひどくなってきたころ、江美は彼女らに屋上に呼び出された。

「何かの間違いだよね。あなたがこの学校に入ったの」

「どういうこと」

「奇跡でしょ。あなたがここにいるの。何かの間違い子ちゃん。早くやめてくれない」

「迷惑なのよ。あんたがいると学校のレベルが落ちるから。早く退学届出してよね」

「でも」

　何か言おうとしたら、突然、頬に熱い痛みが走った。女生徒の一人が、江美の頬を張ったのだ。

「やめなよ、顔は。みんなにばれちゃうよ」

「だよね」

　そう言うと、別の生徒が足を蹴(け)りつけてきた。痛みに耐えきれず、その場にうずくまる。しばらく、女生徒らの江美に対する暴行は続けられた。

　それから、いじめはさらにエスカレートしてゆく。頻繁に呼び出されるようになり、退学を迫られた。ひどい罵声(ばせい)を浴びせられ、殴る蹴るの暴力が繰り返された。クラスの生徒は誰も助けてはくれなかった。担任の教師もいじめの事実は知っていたが、見て見ぬふりをしていた。

　限界だった。もうやめるしかないと思った。確かに、彼女らの言う通りかもしれない。この学校に私がいることが、何かの間違いなのだ。

　ある日の帰り道、江美は今日香に告白する。「学校をやめたい」と。でも、その告白を聞いても、今日香は顔色一つ変えなかった。そして彼女は言う。

「逃げ出す気」

「逃げ出すとか、そういうわけじゃないけど。でも、もうこの学校は、私がいるべき場所じゃないよ」

「そんなこと誰が決めたの」

「みんな、そう思ってるよ。間違いだったって。背伸びしてこの学校を受験したのが。私なんかが……」

「勝手に決めつけないでよ。自分の人生でしょ。だったら責任持ちなよ。そんなことばかり言ってるから、馬鹿にされるんだよ」

　彼女の言葉に、苛立ちを覚えた。

「今日香には分からないよ」

　思わず言い返した。江美の目に涙があふれてくる。

「今日香みたいに賢くて、何でも出来て、全部恵まれている人に、私の気持ちなんか分からないんだよ。みんなに無視されるのがどんなにつらいか、あなたには分からないでしょ。みんなに笑われて、罵られて……このまま、この学校にいたら、私もう生きていけないよ」

　ゆっくりと立ち止まり、今日香が視線をこちらに向けた。独特のあの目だ。怒っているのか、悲しんでいるのか、憐れんでいるのか分からない、感情を読み取ることが出来ない今日香の目。江美は叫んだ。

「そんな目で私を見ないで。あなたも私を蔑んでいるんでしょ。心の底では、愚かな人間だって見下しているんでしょ」

今日香は、すぐには答えなかった。無言のまま、表情が失われた顔を、じっとこちらに向けている。しばらくすると、彼女の口が開いた。

「そうだよ。見下しているよ。あなたのこと……。ずっと憐れんでいた」

怒りが頂点に達する。返事もせず、その場を駆け出した。後ろを振り返らずに、走り続けた。背中にはずっと、今日香のあの冷ややかな視線が張りついたままだった。うすうすは勘付いていたのだ。今日香が自分を蔑んでいることを。でも、はっきり言われると、やっぱりショックだった。彼女もほかの生徒と同じだったのだ。いや、本心を隠しながら、仲の良いふりをしていた今日香に対しての方が、その分憎しみは大きかった。

こうして今日香との友情関係も終焉を迎えたのである。江美は完全に孤立した。もうこの学校にいる理由は何もなかった。だがある日、事態は意外な展開を迎える。

「加藤はいつも一人でいるよね。俺でよかったら、いろいろ話さない？」

同じクラスの男子だった。彼は学年で一、二位を争うほど成績が良く、父親は県内でも有数の企業を経営していた。容姿レベルも高く、彼の周囲にはいつも女子が集まっていた。だから江美とは、会話することなどなかったのだ。でもその時、彼は話しかけてくれた。江美も最初は戸惑っていたのだが、彼の優しい言葉に、次第に打ち解けてゆく。それから頻繁に話すようになり、いじめのことを相談すると、真剣に耳を傾けてくれた。

「……そうか。加藤もつらかったんだな。でも、もう大丈夫だから。俺があいつらに言ってやるよ。もう加藤には関わるなって。いじめなんか最低の人間のすることだって。だから、もう心配するな」

「ありがとう」

泣きそうになる。優しい言葉に飢えていたのだ。それから数日後、また彼が江美のところにやってきた。彼女をいじめていた女子グループをたしなめ、もうこれ以上、嫌がらせを行わないことを約束させたという。

「あいつら反省していたよ。加藤を傷つけたことを後悔しているって」

その日から、学校での江美の生活は一変する。

女子グループは江美に謝罪し、陰湿ないじめはなくなった。今までのことが嘘(うそ)みたいに、同級生からも声をかけられるようになる。昼休みや放課後も、彼のグループに誘われ、会話のなかに入れてもらえるようにまでなった。こうして、江美は平穏な学園生活を取り戻すことが出来たのである。すべては彼のおかげだった。

江美とは逆に、今日香はクラスのなかで孤立していた。彼女は積極的に友達を作ろうとするような性格ではない。江美と話さなくなってからは、いつも一人で教室の片隅にいた。彼女のことは気になってはいたのだが、関係を修復しようとは思わなかった。江美は今の学校生活に充分満足していたからだ。この状況を絶対に変えたくない。また今日香と話すようになると、前みたいに無視されるようになるかもしれない。なぜか、そんな気がしていたのだ。それに、あのとき、彼女が言い放った言葉が、深く胸に突き刺さっていた。蔑むような今日香の目――

〈そうだよ。見下しているよ。あなたのこと……。ずっと憐れんでいた〉

彼女は私を馬鹿にしている。絶対に許せない。その時は、そう思っていた。

それからしばらくして、江美は彼に呼び出された。

その日は日曜日だった。駅前の喫茶店に集まっているから、来ないかと誘われたのである。休日に彼に会うのは初めてだ。お気に入りの服を着て、胸躍らせて、駅前に出向いていった。喫茶店に着くと、彼を取り囲むように、数人のクラスメイトがいた。あの女子グループの姿もあった。制服姿を見慣れているので、私服姿の彼らは、どこか大人びた印象だった。ちょっと場違いな雰囲気で気後れしたが、江美の姿を見かけると、彼が優しい言葉をかけてくれた。

「あ、加藤。よく来てくれたね。こっち、こっちに座って」

彼は自分の席の隣を指し示し、座るように言う。少し顔を赤らめながら、彼の横に腰掛けた。洗いざらしの髪、ベージュのポロシャツにジーンズ姿の彼。笑顔を向けられると、胸の鼓動を抑えきれなかった。彼らの会話はおもに、話題の本や音楽の話、学校の噂話だった。本や音楽については、知らないことばかりだったが、聞いているだけで楽しかった。休日にこのような場に招かれたことがないので、とても新鮮な体験だったのだ。話題は、次第に教師の悪口やクラスメイトの恋愛話に及び、いつしか今日香の話になっていた。

「私、あの子嫌い」

「私も苦手。なんかお高くとまってて。いくら賢いからって、協調性なさ過ぎなんですけど」

口々に女子が今日香に対する悪口を言い始めた。江美は黙っていると、女子の一人が声をかけてくる。

「そう言えば江美は、仲良かったでしょ。あの子と」

「え、うん、まあ、そうだね」

「どう思うの、江美は？　今日香のこと」

「え……」

言葉に詰まってしまった。一同は黙って、江美の反応をうかがっている。仕方なく答える。

「私も……苦手だった。話していても、いつもなんか小馬鹿にされているような気がして」

「だよね」

女子たちが、一様に頷いている。男子の一人が言う。

「そういや、今日香と同じ中学だった奴に聞いたけど、彼女の祖父は人殺しらしいよ。郵便配達を襲って、金を奪ったんだって。あいつには殺人鬼の血が流れている」

「何それ怖い」

「最悪」

「なんで、そんな子がこの学校にいるの」

「ちゃんと調べたのかな」

「人殺しの家系がいるなんて、この学校の品格が疑われるよ」

「そうそう」

「まじで消えてくれないかな」

生徒の一人が、腕組みをして考え始めた。何やら嫌な予感がする。男子の一人が口を開いた。

「あ、俺いいこと考えた」

「え、何、何」

「江美が訴えかけるっていうのはどう。今日香から酷いいじめを受けているとか言って」

「あ、それいい」

「そしたら彼女、退学になるかも」

最初は冗談かと思った。しかし、彼らは口々に、「それは名案だ」と言って、意見を出した男子を褒め称えている。女子の一人が、笑いながら言う。

「江美はどう思う、面白いでしょ」

「え、でも、別に今日香にいじめられていた訳じゃないから」

「でもあなたも嫌いなんでしょ。今日香のこと」

「え、ああ、……うん……」

別の女子が、間髪を容れず言葉をねじ込む。

「だったら出来るよね。そんなに難しいことじゃないと思うんだけど。今日帰ったら親に言うんだよ。私は学校で、今日香から酷いいじめを受けていました。彼女がいる限り、もう学校には行きたくないって」

「え、でもやっぱり私には……」

「あれ、江美は私たちの友達じゃなかったの」

そう言うと彼らは、一斉に江美に白い目を向けた。助けを請うように、ずっと黙っている隣の彼に視線を投げかける。爽やかな微笑みを浮かべながら、彼は言う。

「江美にしか出来ないことだ。言われた通りにしないと、どうなるか分かっているよね」

彼らと別れ、暗鬱な気持ちを抱えたまま家路についた。来るときは心躍らせていたのだが、今の気持ちは真逆である。まさか、あんなことを言われるとは思っていなかった。家に帰っても、もちろん親に言うことはできなかった。そのときはまだ、彼らの話は悪い冗談と思っていたからだ。いや、冗談であって欲しいと思っていた。

数日後、江美は彼らに呼び出された。校舎の裏で、喫茶店にいた生徒数人に囲まれ、「なぜ約束を守らないのか」と詰め寄られた。どうやら彼らは本気らしい。今日香をいじめの首謀者に仕立てて、この学校に居られないようにしようと考えているのだ。言うことを聞くと言って、なんとかその時は誤魔化した。このまま、話が自然消滅してくれることを望んでいたが、彼らは執拗だった。江美が行動を起こしていないと知ると、容赦なく追及してくるのだ。もう逃げ切ることはできない。その時はなぜ、彼らが今日香を目の敵にしているのか分からなかった。だが要求を実行しないと、またクラスの最下層に落ちることは目に見えていた。もうあんなつらい思いはしたくない。次第に、彼らの要求がそんなに難しいことではないような気がしてきた。そしてある日、江美は意を決して、母親に打ち明けたのである。「望月今日香から、ひどいいじめを受けている」と。

江美の両親は学校に駆け込み、大問題となる。すぐに今日香が呼び出されて、事情を聞かれることとなった。その時、彼女はどう思ったのだろう。いじめなど行っていないのに、犯人に仕立て上げられたのだ。彼女は無実を訴えるかもしれないと思っていた。そうすれば、江美の嘘は全部ばれてしまうかもしれないが、それは仕方のないことだと覚悟していた。そこで、今日香が反論したかどうかは定かではない。だが、江美の訴えは認められた。本来、江美をいじめていた女子グループも、「今日香の指示でいじめを行っていた」と虚偽の証言をし、彼女はいじめグループのリーダーとされたのだ。

それから今日香の地位は、学校の最下層へと転じる。誰も彼女と目を合わさず、学校中で罵られるようになった。彼女の持ち物が捨てられ、体操着などの衣服が、切り裂かれていることもあった。上級生に頻繁に呼び出され、暴力行為を受けていたようだ。江美は実際にそのような場面を見たわけではないが、顔に怪我をしていたり、足を引きずっているような姿を何度か目撃した。

生徒のなかで、彼女の味方になる者は誰もいなかった。教師も見て見ぬふりをする。そうなのだ。今日香は悪質ないじめ行為の主犯格なのである。今日香に罰を与えることは、彼らにとって「正義」に他ならなかった。でも、どうして彼女は濡れ衣を晴らそうとしなかったのだろうか。「いじめなど行っていない」と主張したが、彼やその取り巻きの生徒たちに外堀を埋められ、信じてもらえなかったのか。江美が証言を撤回すれば、彼女は救われるかもしれないのだが、そんな勇気はなかった。

それでも今日香は、休まずに学校にやって来た。彼女の姿を見ると、江美はいたたまれない気持ちになった。今日香は決して、江美の罪を糾弾することはなかった。こちらと目を合わそうとはせず、教室の片隅に座っている。その姿はまるで、今日香が自分に与えた罰のように感じた。

　こうして今日香には、「いじめグループの主犯格」という汚名が着せられたのだ。今思えば、すべては彼の計画だったのだろう。彼は地元の大手企業の御曹司で、父親は学園に多額の寄付をしていた。教師も生徒も、誰も逆らえる者はいなかったのだ。一体なぜ彼は、今日香を貶めるようなことを画策したのだろうか。これは後で聞いた話だが、彼は今日香に猛烈にアプローチしていたというのだ。しかし、彼女は歯牙にもかけなかったらしい。この学園で、彼の申し出を断る女子などいない。彼のプライドは傷つけられ、一転して、彼女のことを疎ましく思うようになっていったという。彼にとって今日香は、学園で唯一支配できなかった存在だったのである。

　いつから計画が始まっていたのかはよく知らない。女子グループが江美をいじめるようになったのは、計画の一部だったのだろうか。それとも彼はいじめを利用して、今日香への報復を思いついたのだろうか。いずれにせよ、今日香に向けられた彼の計画は、見事成功したというわけなのだ。

　だがその先には、誰も想像していなかった結末が待っていた。

あの日のことを、江美は忘れることは出来ない。放課後、下駄箱で靴を履き替えていた時である。校庭の方から、何やらざわめきや悲鳴が聞こえてきた。一体何だろう。そう思って江美は外に出た。校舎の隅に人だかりが出来ている。誰かが屋上から飛び降りたらしい。人混みの向こう、地面に赤い血がみえる。慌てて教師も駆けつけてきた。まさかと思った。恐ろしくて、恐ろしくて、人だかりのなかに倒れている生徒を見ることが出来ない。

「誰か、屋上から飛び降りたらしいよ」

「え、誰」

「×組の望月今日香っていう子」

全身が硬直する。足がぶるぶると震え始めた。身体が強張って動けなかった。どれくらいその場にいただろうか。何とか力を振り絞ると、そこから駆け出した。人だかりに背を向けて、学校から飛び出す。一心不乱に走り続けた。地面に流れ出ていた赤い血が、脳裏にこびりついて離れない。校門を出てしばらくすると、正面からサイレンを鳴らしながら救急車がやってきた。それを見ると、さらに恐ろしくなって、まるで逃げるように救急車の脇を走り抜けた。

その後、今日香は病院に運ばれた。だが、もう手の施しようがない状態だったという。一九九一年十一月二十日、望月今日香は死亡する。その報せを聞いて、江美は心底恐ろしくなった。計り知れない罪悪感に支配される。今日香が自殺したのは、間違いなく自分のせいである。彼らに唆されて、謂われのない罪を彼女に被せたのだ。でも、まさか命を絶つとは思わなかった。江美の知っている今日香は、何が起こっても動じない女性だったはずだ。

それから、江美は学校に行くことが出来なくなった。一日中部屋に閉じこもって過ごした。彼女の親は必死で慰める。江美は何も悪くない。いじめを行っていたのは今日香の方だ。あなたは被害者なんだと。いや、そうじゃない。本当は違うんだ。何度か親に打ち明けようかとも思ったが、彼らのことが頭をよぎり、怖くて話せなかった。

「お友達が見えているわよ」

ある日、クラスの同級生がやって来たと母親が言う。名前を聞くと、彼とあの喫茶店にいたクラスメイトたちだった。絶対に会いたくなかった。

「帰ってもらうように言って」

「どうして。折角、あなたのことを心配して来て下さったのに」

心配なんかしているはずはなかった。もし心配しているとしたら、それは自分たちのことだろう。きっと彼らは、江美が真実を暴露するかもしれないと恐れているのだ。だから、口止めするために、わざわざやって来たに違いない。事実が明らかになると、さすがに彼らも困るのだろう。でも江美は、本当のことを話す勇気はなかった。もしそんなことをしたら、自分の親や教師、そして、今日香のご両親に、なんて言い訳していいか分からない。それに……彼らからも、何をされるか分からない。

そんなことを考えていると、やはり自分はつくづく、どうしようもない人間であると思う。この期に及んでも、未だ我が身のことしか考えていないのだ。今日香はああ見えて、真っ直ぐな少女だった。だから、自分のような人間が許せなかったのかもしれない。彼女が江美に言った言葉——

〈そうだよ。見下しているよ。あなたのこと……。ずっと憐れんでいた〉

やはり今日香は正しかったのだ。全部彼女の言う通りだった。自分は卑怯で愚かな人間なのだ。でもそんな人間にも、彼女は友達として接してくれた。今日香のあの言葉には、駄目な友人を奮い立たせようという意図が込められていたのかもしれない。だからわざと、厳しい言葉を浴びせたのだ。しかしそのときは、彼女の真意をくみ取ることは出来なかった。

それから、江美は学校をやめて、引きこもり同然の生活をしていた。そして、今日香の死から一年余りが経ち、何とか立ち直ろうとしていたころの出来事である。何気なく手に取った朝刊の記事に目が留まった。千葉県柏市で起こった誘拐殺人事件の記事である。逮捕された容疑者の名前が気になった。望月辰郎——。聞き覚えがある名前である。もしかしたら……。不安になり、事件について色々と調べた。間違いなかった。幼い子供を二人殺した望月辰郎とは、今日香の父親だったのである。一体これはどういうことなのだろうか。どうして彼女の父が、残虐な犯罪を行ったのか。事件の報道を見ると、彼が社会を恨み、犯罪を実行した原因は、一人娘の自殺であるという。

激しく混乱した。今日香の死を目の当たりにした時の衝撃が甦ってくる。彼女の父親を凶行に走らせ、罪のない二人の子供の命が奪われる原因を作ったのは、自分なのかもしれない……。

自らが犯した行為の恐ろしさを改めて悟る。復調しかけていた彼女の精神は、再びどん底に突き落とされた。この事実は、もう誰にも話すことは出来ないと思った。今日香の死の真相を胸に秘めて生きるということが、彼女の人生に科せられた重い罰となる。いっそ死んでしまおうかと思うこともあったが、怖くて出来なかった。

やはり、今日香の言う通りなのだろう。自分は愚かで卑怯な人間なのである。そうなのだ。きっと自分は鬼畜なのだ。たった一人の親友を裏切り、死に追いやった……。

そして今日香の父を凶行に走らせ、幼い二人の子供の命を奪った……。

人の皮を被った……鬼畜——

糾明

発車のベルが鳴り、仙台駅のホームが遠ざかってゆく。

午前七時すぎ。東北新幹線はやぶさ号の車内。車窓の風景から視線を外して、座席の背もたれに身を委ねた。昨夜は、仙台市内のビジネスホテルで一泊した。しかし、あまりよく眠れなかった。加藤江美の告白を聞いた直後だったからだろう。新幹線の中で少し寝ようと思ったが、目がさえて眠れない。

彼女が手紙に記していた「重大な事実誤認」とは、「望月今日香はいじめの加害者だった」という点であった。私は十三年前、望月今日香のクラスメイトだった田所亮平(以前のルポでは「田所亮平」という仮名で紹介していたので、ここでもそれを踏襲する)なる人物から話を聞き、望月今日香がいじめグループのリーダーだったという証言を得た。そして彼の話をもとに、その顚末を記事にしたのだが、昨夜の加藤江美の話ではそうではなかった。彼女によると、今日香がいじめを行っていたという事実はなく、いじめグループのリーダーに仕立て上げられたということである。もちろん彼女の話だけで、そのことを断定するわけにはいかない。だが、江美はいじめられていた当事者であり、少なくとも、彼女が嘘を言っているようには思えなかった。

江美の話を聞いて、虚偽の証言をするように強要した「彼」とは、田所亮平のことではないかと思った。田所は父親の会社に勤務していると言っていた。その会社は、田所の親族が代々経営者を務める同族企業であり、「彼」のプロフィールと一致する。彼女に確認すると、確かに「彼」とは、私が十三年前に取材した田所亮平のことだった。ルポのなかで田所は、以下のように証言している。

「死者に鞭打つようで、ちょっと言いづらいのですが、望月はある一人の女子生徒を目の敵にして、執拗にいじめていたんです。（中略）ほかにも、その生徒をいじめていた女子がいましたが、望月がその中心人物だったと言っても、間違いではないでしょう」

（「鬼畜の森――柏市・姉弟誘拐殺人事件――」二〇〇二年当誌掲載）

もし加藤江美の告白が事実であるとしたら、田所は虚偽の証言をしていたことになる。江美の証言によると、望月今日香はいじめには一切関係しておらず、実際にいじめを行っていたのは、田所の息のかかった女子グループだったようだ。先程も述べた通り、江美はいじめられた本人である。彼女が嘘をつく理由はない。さらにルポの中には、以下のように記述した箇所がある。

> 望月今日香の同級生、田所亮平を取材したあと、彼の紹介で、ほかの元生徒からも話を聞くことができた。田所の話と、大きく食い違うようなところはなかった。今日香がいじめグループのリーダーだったという話は、間違いないようである。
>
> （同前。傍点は新たに付した）

裏取りのため、話を聞いた元生徒というのも、田所の紹介だった。彼から、「口裏を合わせる」よう指示されていたことは、想像に難くない。田所が取材を受けたのは、自らの悪事が発覚することを恐れていたからではないだろうか。彼は彼なりに、今日香の父親が、誘拐殺人事件を起こしたということを気にかけていたのだ。だから、自らの悪事が露呈していないか、マスコミの様子を知りたかったに違いない。そして、

「今日香がいじめの加害者である」という虚偽の事実を打ち明けて、ルポに書かせたのだ。つまり私の記事は、彼の隠蔽（いんぺい）工作に利用されたというわけである。改めて彼に連絡を取り、話を聞く必要がある。

だがここで一つ疑問が残る。いじめを行っていないのであれば、一体なぜ、望月今日香は死を選んだのだろうか。いじめ加害者として学校中で罵られたり、暴力を受けたりして、もう生きていられないと思ったからだろうか。でもそれならば、いじめは事実ではないと、自らの潔白を訴えるべきではなかったか。実は昨夜、加藤江美にも、その質問を投げかけていた。彼女は次のように答えている。

「私も今日香が死んだ理由については、よく分かりません。彼女は、ほとんど感情を表に出さないような性格だったので、何を考えているのか計りかねるところがありました。でも、学校でいじめられたり、暴力を加えられたりして、耐えきれなくなって死んだというのは、ちょっと違うと思います。彼女は正義感が強く、間違ったことは絶対に許せない。そんな性格でした。なのに、今日香は自分の潔白を主張しようとはしなかった。彼女が自分の濡れ衣を晴らさなかった理由……そこには父親の存在があるような気がしてなりません。彼女は父親に多大な影響を受けている節がありました。和歌を愛するようになったのも、父親から教えられたからだと言っていましたし、彼女の一風変わった性格や独特の美学は、父親の影響が大きかったのでしょう。今日香がいじめの加害者であることを否定せずに死んだ背景には、父親の存在が関係しているのではないでしょうか……。でもやっぱり、なぜ今日香が死を選んだのかは、理解できません。きっとその答えは、私には永遠に分からないのだと思います」

二十四年前のいじめ被害者、加藤江美の告白。柏市姉弟誘拐殺人犯、望月辰郎の一人娘今日香は、いじめグループのリーダーではなかったと、彼女は証言した。確かに、それは意外な事実と言えよう。しかし、今日香がいじめの加害者ではなかったとしても、残念ながら、望月辰郎の犯行動機の謎の解明と、直接結びつくものではない。今日香の死の経緯がどうであれ、望月の家庭が崩壊した原因は、一人娘の自殺であることに変わりはないからである。知りたいのは、一体なぜ望月辰郎は、罪のない二人の幼い子供を殺害したのか。そして、誘拐殺人事件と、向島一家殺傷事件はどう関係しているのかということだ。

実は今回の取材で、加藤江美はもう一つ、興味深い事実を明かしてくれた。三年ほど前のことである。栃木の実家から江美に荷物が届いた。彼女の母親が、実家に送られてきた江美宛の郵便物などを転送したものなのだが、そのなかに見慣れない荷物があったという。差出人の記されていない小包である。なかを開けてみると、短歌の雑誌が一冊だけ入っていた。手紙や送り状のようなものは添付されていなかったそうである。送られてきたのは、望月辰郎の獄中短歌が掲載された、販売中止となった雑誌（『季刊和歌』二〇一二年春号）だったのだ。そこで彼女は初めて、望月が獄中で詠んだ短歌六首を目の当たりにする。脳裏に浮かび上がったのは、もちろん今日香のことである。和歌をこよなく愛していた今日香。その父親が、死刑になる前に書き残した、犯行の過程が克明に綴られた鬼畜の和歌――。

どんなに年月が経っても、江美は逃れられないのだ……。自分が今日香に行った卑劣な行為から……。今日香とその父親は、もうこの世にはいないにもかかわらず……。それでは一体、江美に短歌の雑誌を送りつけてきた人物は誰なのか。その人物は一体何が目的で、このような行動をとっているのか。

東京に戻り、十三年ぶりに田所亮平に連絡を取った。取材を申し入れたのだが、多忙を理由に断られる。「何とか時間を作ってほしい」と粘ったが、「あれ以上話すことはない」と言われ電話を切られた。

後日、彼が勤務する、栃木にある建設会社の本社ビルを訪れることにした。どうしても、直接話を聞きたいと思ったからである。

宇都宮の市街地から車で十五分ほどの場所に、その本社があった。ビルに入り、エントランスの受付におもむく。名刺を差し出して、田所に会いたいと告げた。アポイントがない人間は取次ぎできないと言われ、丁重に断られた。何とか食い下がり、内線で本人に繋いでもらう。しばらくすると、眉間に皺を寄せた田所が、ロビーに降りてきた。十三年ぶりの対面である。外見は以前とあまり変わりない。もう四十代なのだが、相変わらずスマートな好青年といった風情である。左手の薬指には、指輪が光っていた。

「困りますよ。会社にまで来られては。いまさら何の用ですか」

「申し訳ない。どうしても、一つだけ確認したいことがありまして。時間は取らせませんから。単刀直入に申します。十三年前、あなたは私の取材を受けたとき、『望月今日香は、執拗にある一人の女生徒をいじめていた、いじめグループのリーダーだった』とお話しされていましたよね」

「ええ」

「それは全部、嘘ですね」

そう言って、田所の反応をうかがう。彼は顔色一つ変えず、平然とした顔をしている。

「嘘じゃないですよ。何言ってるんですか」

「実は、××××（加藤江美の実名）さんからお話を聞いたんですが」

彼女の名前を聞くと、一瞬で血相が変わった。加藤江美から聞いた話を、そのまま彼に告げる。江美をいじめていたのは望月今日香ではなく、彼女はいじめグループのリーダーに仕立て上げられたことを。そしてその陰には、江美に虚偽の告白をするよう強要した、一人の男子生徒がいたことを……。

「今日香さんをいじめグループのリーダーに仕立て上げた男子生徒とは、□□□□（田所亮平の実名）さん、あなたで間違いないでしょうか」

田所は、大きくかぶりを振って言う。

「何をおっしゃっているのか、分かりません。そもそも、その彼女の話というのは、何か証拠でもあるんですか。もう二十年以上も前の、それもわけの分からない、妄想みたいな話を真に受けるなんて、どうかしていると思いますが」

「でも、××××さんの証言が本当なら、あなたは私の取材で、嘘をついたことになります。その点は如何(いかが)でしょうか」

「だから、僕は嘘を言っていませんし、彼女の言うことを信じるなら、何か証拠を提示して下さい。証拠はあるんですか」

「いじめを受けていた当人が証言していますので、それが十分証拠になると思いますが」

「いい加減にして下さい。馬鹿馬鹿しい。もう何十年も前のことを蒸し返して。時間の無駄だ。では、仕事に戻らなくてはなりませんので」

そう言うと田所は、足早に奥へ消えていった。

彼は明らかに動揺していた。「もう何十年も前のこと」にもかかわらず、である。

これで、加藤江美の告白は真実であるという確信を得ることが出来た。

だが前述した通り、今日香がいじめ加害者ではなかったとしても、望月辰郎の家族が崩壊し、社会を憎むようになったきっかけが、一人娘の自殺であることに変わりはない。望月は、娘のいじめ行為は冤罪であることを、知っていたのだろうか。もしそうだとしたら、彼は何を思ったのであろう。そして、今日香はなぜ死を選んだのか。

いずれにせよ、以前の私の記事のなかで、「望月今日香はいじめ加害者である」とした点は事実誤認であった。ここに訂正し、お詫びしたいと思う。

疑惑

十三年ぶりに、事件が起こった柏市を訪ねることにした。

まずは望月が子供を連れ出したという公園に、足を運んでみる。周囲の様子は、以前に訪れた時とあまり変わりはない。

若い母親たちが、子供らを遊ばせている長閑な風景——

被害者の家があった場所にも、行ってみた。高層マンションが建ち並ぶ再開発された一帯である。周辺を散策し、その場を後にする。今回柏に来た目的は、再び事件現場を取材しようと思ったからではない。ある「疑惑」を調査するためである。

その後、柏市の役所や図書館などにおもむき、当時の資料が何か残っていないか調べ歩いた。私が立証したい旨が記述してある資料は見つからなかったが、役所から、当時の事情に詳しい、Sという人物を紹介してもらう。早速連絡を取り、会ってもらえることになった。

柏市郊外のとある住宅地にやって来た。古くに開発された、閑静な住宅街である。真新しい家は少なく、落ち着いた趣の家が建ち並んでいる。そのなかにある、瀟洒な一戸建て住宅がS氏の家だった。

S氏は、品のよさそうな白髪の男性である。約束の時間よりも少し早く着いてしまった私を、快く出迎えてくれた。長年にわたり市役所の職員を務めてきたが、十年ほど前に定年を迎え、今は奥様と二人で引退後の生活を送っているという。庭が見える開放的な応接間に通され、そこで話を聞かせてもらった。

「あの事件のことは、よく覚えていますよ。幼い子供が二人も殺されるという、いたましい事件でしたからね」

事件当時、S氏は市の福祉センターに勤務していた。その時に、事件に関係があるのではないかと思い、警察にある一冊の資料を提供したという。

「警察に提供されたということは、今はその資料はお持ちではないということでしょうか」

「いえ、ありましたよ。あなたにお電話いただいてから、書庫を探してみたら、保管していました。警察に渡したものと同じ資料です。こちらに持って来ました」

そう言うと、彼はあらかじめ用意してくれていた資料を差し出した。

「拝見してよろしいでしょうか」

「もちろん」

資料は印刷された小冊子だった。白い表紙は、経年劣化により少し黄ばんでいる。作成されたのは一九九二年。誘拐殺人事件が起こる一年ほど前だ。題名は、『千葉県柏市・児童虐待(ぎゃくたい)調査報告書』。作成は市の福祉センターとある。

「付箋(ふせん)を貼(は)った部分を読んでみて下さい」

一ヶ所、青い付箋が貼られていた。その頁を開いて見る。そこには、『柏市××町・O家の事例』という題目の記述があった。子供を虐待しているのではないかと噂されていた、ある家庭の調査報告である。以下は、その頁に記載されていた、周辺住民の証言を抜粋したものだ。

――あの家は、『虐待の家』と呼ばれている。

――夜になると、動物のような甲高い悲鳴が聞こえてきた。あれは、折檻されている子供の悲鳴に違いない。

――あの家の子供らは、よく顔を腫らしたり、怪我をしていた。姉が泣いている妹を慰めている様子を見たことがある。

――これは友人に聞いた話である。あの家には犬はいないのだが、犬小屋があるらしい。言うことを聞かない子に首輪をつけ、お仕置きするために置いてあるという噂がある。

――うちの子供が、あの家に遊びに行った時、犬小屋の中に、首輪をつけられた子供を見たと言った。中にいた子供は女の子で、服を着ていなかった。

その内容に、言葉が出なかった。S氏が静かに口を開いた。

「通称『虐待の家』と呼ばれた、柏市のある家庭の調査報告です。資料にも書いてありますが、その家の子供たちは、何日も食事を与えてもらえず、日夜暴力をふるわれているのではないかという噂が立っていました。福祉センターの職員も何度か訪問していますが、その度に、体調が悪いなどの理由で拒まれ、家の中には入れて貰えませんでした。結局、虐待の証拠を見つけることはできずに、調査は終わっています」

「それで、この『虐待の家』というのが……」

「そうなんです。誘拐殺人事件の被害にあった、小椋さんの家のことなんです」

「では、この資料にある虐待されていた子供たちというのは、あの事件で殺害された小椋須美奈ちゃんと亘くんということなんでしょうか」

「そういうことになると思います」

思わず息を呑んだ。誘拐殺人事件の被害者の家は、『虐待の家』と噂されていた……。資料を手にして、私は愕然とする。

十三年前に、誘拐殺人事件のルポを発表したあと、編集部に多数の投書が寄せられた。実はそのなかに、小椋一家の虐待疑惑を示唆するものがあったのだ。匿名の投書であり、その時は単に、被害者家族に対する誹謗中傷に過ぎないと思っていた。実際、このような凶悪事件を取材した場合、被害者への根拠のない悪口や嫌がらせが届くのは、珍しいことではないからだ。だがその反面、心のどこかに引っかかっていたことも事実だった。だから今回改めて事件を取材する上で、その疑惑についても調べてみようと思ったのである。

「事件が起こった時、警察はこの件を把握していたんでしょうか」

「ええ、私はあの家族を不審に思っていたんで、この資料を捜査本部に提供したんです。でも、もうその時は犯人が出頭していたので、警察も虐待の件を問題視しなかったのだと思います」

事件が発覚したとき、虐待については、一切報道されていなかった。マスコミが虐待疑惑を把握していたかどうかは分からないが、知っていても記事にはしにくかったのだろう。犯人は逮捕されていたし、小椋夫妻はあくまでも被害者だからだ。

S氏はさらに、言葉を続ける。

「だから犯人が逮捕されたと聞いて、私は不思議に思ったんです。犯人の浮浪者の男は、虐待されていた二人の子供を偶然に誘拐し、殺害したということになります」

「……偶然ではなかったのかもしれませんね。二人の子供は、望月によく懐いていたといいますから。もしかしたら望月は、虐待のことを知っていた可能性もあります」

「そうですか。でも、もしそれが本当だとしたら、不憫なことですね。被害者の子供らは、両親から激しい虐待を受けていた上に、浮浪者の男に命を奪われたのですから」


資料のコピーを頂き、S氏の家を後にした。

呆然としたまま住宅街の道を歩く。まさかとは思っていたが、小椋夫妻が我が子に虐待を加えていたという噂は本当にあった……。少し整理がつかなくなった。確かにS氏の言う通りだ。望月が、虐待されていたことを知っていて二人の子を殺害したとしたら、彼はとんでもない鬼畜ということになる。

今回の取材で、新たに明らかになった二つの事実——

・望月辰郎の娘、今日香はいじめの加害者ではなかった。彼女は謂われなき罪を被せられ、自殺に追いやられた。
・誘拐事件の被害者の家は、通称〝虐待の家〟と呼ばれていた。殺害された姉弟は、両親から日常的にひどい虐待を受けていたという疑惑があった。

これらの事実は、一体何を示唆するものなのだろうか。

ますます分からなくなってきた。望月辰郎の犯行の動機は一体何なのか。今回の取材で、その手掛かりだけでもたどり着くことができればと思っていたが、私はまた、さらなる迷宮に入り込んでしまったようである。

日記

取材を再開して、二週間ほどが経った。

向島・一家三人殺傷事件に関して、新しい事実が判明したので、ここに記載しておくことにする。まずは、以下の記事をお読み頂きたい。事件の最新情報を報じる、雑誌記事である。

「犯行日記を独占入手――向島一家殺傷事件　二十二年前の誘拐殺人と結ぶ点と線」

今年四月十七日、向島のマンションの一室で、一家三人が何者かに殺傷されるという事件が起こったことは記憶に新しい。小椋克司さんとその妻鞠子さんの二人が死亡、一人娘のA子さんだけが、一命を取り留めた。被害者三人の口のなかには、〝鬼畜の和歌〟と呼ばれた死刑囚、望月辰郎が詠んだ短歌を報じた雑誌の頁が詰め込まれていた。殺害された小椋さん夫妻は、二十二年前に誘拐殺人事件で我が子二人を失っている。望月辰郎は、その幼い子供二人を無惨(むざん)にも殺害した、誘拐殺人事件の犯人なのだ。小椋さん一家を、激しく憎んでいたという望月。だが彼の死刑は、四年前の二〇一一年に執行されている。では一体誰が、小椋さん一家を襲撃したのか。地獄から、望月辰郎が甦ったというのだろうか。それとも、誰かが望月の怨念(おんねん)を引き継いで襲撃を行ったのか。

　謎が謎を呼ぶ怪事件。発生当初から、当誌も取材を続けていたのだが、ここに来ていくつかの大きな進展があった。まずは警察が、捜査の進捗(しんちょく)状況に関しての記者会見を行ったのである。さらにもう一つ、当誌では独自取材を進める過程において、事件の核心ともいえる、ある重要な情報を得ることができた。

　新聞やテレビなどの報道でご存じの方も多いかもしれないが、まずは、警察の会見内容を掲載しておこう。

※会見は、本事件の捜査本部が設置された向島警察署で行われた。出席したのは古

田廉治捜査一課長と桑名信三署長の二名。主なやりとりは次の通り。

（回答はすべて古田捜査一課長）

古田　犯行現場の状況や司法解剖の結果をあらためて精査し、被害者A子及び二遺体に残された防御創（ぼうぎょそう）などから判断して、襲撃者は外部から侵入したのではなく、事件当時、室内にいた人物の犯行であると断定した。

――室内にいた人物とは、殺傷された被害者の誰かということか。

古田　犯行当日、マンション及び、近隣の住民からも、不審な人物の目撃証言は一切得られなかった。また鑑識の捜査でも、室内に第三者が侵入したという痕跡（こんせき）は見られなかった。併せて、犯行現場の状況や司法解剖の結果に鑑（かんが）みて、室内にいた人物による犯行であるという結論に至った。

――家族三人の中で、誰かが犯行を行ったということか。

古田　その通りである。

――誰の犯行なのか。

古田　現段階では特定できていない。犯行現場の様子や、遺体の状態、凶器に残された痕跡などから総合的に判断している段階である。

――小椋克司さんは死亡する直前に、暴漢に襲われたと証言しているが。

古田　克司さんは亡くなったので、なぜそんなことを言ったのか、その真意については不明である。証言したのは死亡直前であり、出血多量で意識が混濁していた。証言の信憑性は極めて低い。

――なぜ、口のなかに紙が詰められていたのか。

古田　その理由については、現在捜査中である。

――今回の事件は、二十二年前の誘拐殺人事件と関係しているのか。

古田　鋭意捜査中である。

　凶行は、外部からの侵入者によるものではなかった。捜査本部が、犯行は室内にいた者によるものと断定したことにより、犯人は家族三人のうちの誰かに絞られたのである。事件は真相解明に向かって、大きく進展したと言えよう。

だが、まだいくつかの疑問は残る。会見の質問にもあったように、室内にいた者の犯行だとすれば、なぜ克司さんは「暴漢に襲われた」などと証言したのだろうか（警察の会見では、証言の信憑性は否定されているが）。そしてなぜ犯人は、三人の口の中に、紙を詰め込んだのだろう。しかもそれは、望月辰郎の鬼畜の和歌が紹介された記事なのだ。一体なぜ、そのような異常な行動を起こしたのか。家族の誰か一人が犯人ということならば、二人を殺傷した後、口の中に記事を丸めて詰め込み、自分の口にも紙を詰め込んだということになる。

　家族三人の中で、凶行に及んだのは誰なのだろう。死亡した父と母なのか。それとも唯一生き残ったＡ子さんなのか。いずれにせよ、三人ともひどい傷を負っていたので、家族で血みどろの殺し合いが行われたということになる。かつて望月辰郎に幼い子供二人を殺された、小椋さん夫妻。二十二年の歳月を経て、惨たらしい事件の傷も癒え、立ち直ったかのように見えた。そんな一家に、家族で殺し合うという異常な事態が起こったのだ。マンションの一室で、一体何が起こったのか。

　そんななかである。当誌編集部は、ある文書のデータを入手することに成功した。その文書データは、事件の核心に触れているものと言っても、過言ではないだろう。入手ルートなどについては後述する。まずは、その文書を読んでいただきたい。

＊

［二〇一四年七月十五日］

今日から日記を付けることにした。理由は、昨日の夜、ちょっとうれしい出会いがあったからだ。あの人と話していると、ナゼカ心が癒やされる。こんな私に親切に、優しくしてくれる。こんな気持ちになったのは、初めてだ。

［二〇一四年七月十七日］

あの人といると、ナゼカ楽しい。心がドキドキする。

［二〇一四年七月三十一日］

やはり、あの人は素晴らしい人だ。あの人の言葉、話にイチイチ納得。あの人と会話していると、WKWKしかない。世界が百八十度変わったように思える。あの人は、私のゼツボウ的な毎日に希望を与えてくれる存在。やっと光が差したかも。

［二〇一四年八月八日］

あの人の一挙一動が気になる。仕草。笑顔。指の形。眼差し(まなざ)し。イチイチ素敵。眠る前に、あの人との会話をゼンブ思い出す。胸がときめく。至福の瞬間ナリ。

［二〇一四年九月一日］
相変わらず体調最悪。身体がだるい。夏休みが終わり、今日から学校が始まる。今週は会えるのだろうか。あの人だけが私の希望。

［二〇一四年九月五日］
あの人は本当に優しい。私のことを分かっている。全部知っている。ずっとあの人に触れられていたい。絶対に離れたくない。

［二〇一四年九月十三日］
あの人の話に衝撃を受けた。……本当のコトなのだろうか。あまりに恐(こわ)くて、何も手につかなくなった。

［二〇一四年九月十四日］
この世には、人の皮を被った悪魔がいる。そのことを思い知らされた。あの人の言うことは本当だった。改めて、自分の人生を呪(のろ)う。

[二〇一四年十一月八日]
鬼畜の和歌というものがある。あの人が教えてくれた。悪魔のことを詠んだ、呪いの和歌だ。
あの人に言われた通り、この歌を何度も繰り返し読んでみた。すると、悪魔の姿が浮かび上がった。何とも言えない陰鬱(いんうつ)な気持ちになる。
[二〇一四年十一月九日]
呪いの和歌には、雑誌に載っていた解釈とは、全く違う別の意味があるらしい。あの人が、本当の意味を教えてくれた。それを聞いて愕然とした。震えが止まらなくなる。
[二〇一四年十一月二十二日]
憎しみと苦しみは連鎖する。そのことを思い知らされた。
[二〇一四年十一月二十三日]
いろいろ考えると、やはりあの人の言う通りかもしれない。……でも、やっぱり

恐ろしくて私にはムリかも……。

［二〇一四年十二月十六日］

確かに、それは素晴らしい方法だと思う。あの人は、やっぱりすごい。

［二〇一四年十二月十七日］

はじめて、殺意という言葉にときめきを覚えた。

［二〇一五年一月二十日］

なるほど。口の中に突っ込むのだ。二度と悪魔が甦らぬよう。

［二〇一五年一月二十一日］

あの人と二人、綿密な計画を練る。その時生まれて初めて感じた。生きているというのは、こんなにも素晴らしいことなのだ。これは聖戦である。もうすぐだ。悪魔は滅びる。

[二〇一五年三月十五日]
決して誰にも悟られないように、計画を遂行している。絶対にうまく行く。あの人の指示通りやれば。

[二〇一五年四月八日]
今日から新学期だ。実行の日は、迫ってくる。やはり恐い。不安だ。あの人に会いたい。無性に、あの人の顔が見たい。あの人に触れられたい。あの人に強く抱きしめられたい。

[二〇一五年四月十二日]
あの人に勇気づけられた。計画はきっとうまく行く。これで自信がついた。もうためらったりはしない。だが、ただ一つ懸念(けねん)がある。滞りなく計画を遂行したとしても、完全に悪魔を根絶やしにしたわけではないということだ……。まあそれはいい。とにかく今は、計画が成功することだけを祈るのだ。そして早く、あの人が喜ぶ顔が見たい。それだけが私の願い。

＊

この日記は、事件の唯一(ゆいいつ)の生存者、中学三年生のA子さんのパソコンから発見された。事件現場である彼女の部屋にあったノートパソコンである。A子さんは現在も意識不明のまま、都内の救命救急センターで治療を受けている。当誌は、事件取材の過程において、捜査関係者の一人に接触し、この日記のデータを入手するに至った。

捜査関係者によると、警察がA子さんのノートパソコンを押収(おうしゅう)した時、日記は消去された状態だったという。だが、削除されたデータを復元すると、この記述が見つかった。つまり、誰かがA子さんのパソコンから、日記を消去した可能性があるのだ。実は、パソコンから消去しても、データそのものは消えておらず、ハードディスクに存在しているという。警察は事件捜査の際、押収したパソコンなどの機器から、消去されたデータを復元し、犯罪の立証に活用している。

日記に書かれたことが事実ならば、凶行を犯したのは、A子さんである可能性が高い。もしそうだとしたら、それは衝撃的なことである。十五歳の少女が、実母と実父を殺害したのだ。一体なぜ彼女は、そんな恐ろしいことを実行したのだろうか。日記を読むと、まるでA子さんは、望月の呪いにとり憑かれているようだ。鬼畜の死刑囚、望月辰郎の怨念を引き継いだのは、誘拐殺人事件の遺族の愛娘であるA子さんなのだろうか。

さらに驚くのは、彼女に望月の和歌を教えた「あの人」と呼ばれる人物の存在である。その人物は、A子さんに近づき、彼女に巧みにとり入っている。A子さんも「あの人」にすっかり魅了され、まるで恋愛感情があるかのように、親密な様子である。

そして、以下の記述も気になった。

［二〇一四年九月十三日］

あの人の話に衝撃を受けた。……本当のコトなのだろうか。あまりに恐くて、何も手につかなくなった。

〝あの人の話〟とは、二十二年前の誘拐殺人事件のことだろうか？　おそらく小椋さん夫妻は、A子さんに事件のことを話してはいなかったと推測される。彼らは家を売り、仕事を変えてまで、事件の記憶から逃れようとしていたのだ。忌まわしい事件のことは、娘には知られたくなかったはずである。

だが「あの人」と呼ばれる人物は、両親がひた隠しにしていたことを、娘に伝えたのだ。彼女が生まれるずっと前に、A子さんには姉と兄がいたことを。そしてその姉と兄は、恐ろしい殺人鬼に連れ去られ、無惨にも殺害されていたという事実を……。そのことを知らされた十五歳の少女は、何を思ったのだろうか。

「あの人」とは誰なのだろうか。なぜその人物は、A子さんに近づき、二十二年前のことや、望月の和歌について教えたりしたのか。そして、一体どのような方法で、A子さんの心を操り、両親の殺害を決意するまでに至らせたのか。その目的は何なのだろうか。

十五歳の一人娘が綴った両親殺害の「犯行日記」。そして、その背後にいた洗脳者の存在。混迷を極める向島一家三人殺傷事件。事態は驚くべき局面を迎えている。一家殺傷事件の真実は？　二十二年前の誘拐殺人事件との関連は？　現在警察は、事件解決に向けて、懸命の捜査を行っている。また新たな事実が判明したら、随時お伝えしてゆく所存である。

（『Weekly 7Days』二〇一五年九月二十四日号掲載）

一家殺傷事件の犯人が、唯一生き残った十五歳のA子であることを示唆する記事である。

記事によると、A子は「あの人」と呼ばれる第三者によって、両親を殺害するように、洗脳された可能性があるというのだ。もし日記に書かれていることが事実だとしたら、「あの人」と呼ばれる人物は一体、誰なのだろうか。日記を読むと、A子はその人物に傾倒し、盲目的に信奉しているようである。「あの人」と呼ばれるその人物は、誘拐殺人事件のことや望月の和歌のことを詳しく知っており、A子とともに、両親の殺害計画を練り上げてゆく。

二十二年前の柏市・姉弟誘拐殺人事件と、向島・一家三人殺傷事件——この二つの事件の背後には幾度となく、姿の見えない「第三者」の影が見え隠れしている。まずは、和歌の専門誌に、望月の獄中歌を送ってきた投稿者。さらに、いじめ被害者だった加藤江美に、望月の和歌が掲載された雑誌を送りつけてきた人物。そして、A子に近づき、彼女が両親を殺害するようにコントロールしようとした「あの人」である。

もしかしたら、三人は同一人物なのかもしれない。その人物は、望月辰郎の熱狂的な信奉者で、彼の怨念を引き継いで、行動している可能性がある。もちろん、今のところ何の証拠もないのだが、この姿の見えない第三者の存在が、二つの事件の鍵を握っていることは、間違いないだろう。一体、「あの人」と呼ばれる人物の目的は何なのか。その正体が分かれば、事件の全貌が解き明かされるかもしれないのだが。

まるでバラバラのパズルのようである。次第に事件の真相は絞られてきたかに思えるのだが、まだ、いくつかのピースは足りていないのだ。キーとなるピースは次の二つ。

・望月辰郎は、なぜ誘拐殺人を行ったのか。
・望月の遺志を受け継いだ「第三者」は、一体誰なのか。

さらにもう一つ、記事を読んで、気になる点があった。A子の「犯行日記」のなかにあった記述である。

[二〇一四年十一月九日]
呪いの和歌には、雑誌に載っていた解釈とは、全く違う別の意味があるらしい。

あの人が、本当の意味を教えてくれた。それを聞いて愕然とした。震えが止まらなくなる。

望月の和歌には「別の意味」がある。

これは一体、どういうことだろうか。A子は、「あの人」からその意味を知らされ、震えが止まらなくなるほど、愕然としたという。彼女がそれほどの衝撃を受けた、「別の意味」とは何なのか。そして、そこに事件の真相を紐解（ひもと）く、パズルのピースが潜んでいるのかもしれない。改めて、望月の六首の和歌を検証してみることにした。

血反吐（へど）吹く　雌雄（しゆう）果てたり　森の奥　白に滲（にじ）むな　死色（しいろ）の赤よ

鬼と化す　経（へ）ては暗闇（くらやみ）　今もなお　割った鏡に　地獄うつりて

川面（かわも）浮く　衣（い）はなき花冠（かかん）　生（せい）の地を　発（た）つ子咎（とが）なき　流れては消え

耳すまし　三途（さんず）渡しの　音（ね）が愛（いと）し　真綿（まわた）死の色（しょく）　在世（ざいせ）死の毒（どく）

姉が伏す　身鳴き身は息　蠟少女　命に怒れ　手よ烏や雲に
暮れゆくも　薄く立つ霧　闇深き　妖花に和える　呪い草かな

獣の鉈（望月辰郎）

望月辰郎が、獄中で詠んだという六首の和歌。このなかに隠されているという、「別の意味」とは一体何なのだろうか。

和歌には枕詞や掛詞、折句、沓冠、物名などの、さまざまな修辞法がある。歌人たちはそれらの技法を用いて、ときに暗号のように、和歌のなかに真意を隠す。望月の一人娘、今日香さんが生前によく語っていたという「和歌の技法」である。彼女が和歌を愛するようになったのは、父の影響だった。望月は国語教師であり、和歌にも造詣が深かったという。もしかしたら望月は、この「鬼畜の和歌」に、和歌の技法を使って、何かのメッセージを隠したのではないか。和歌を相手に贈るとき、まるでプレゼントを渡すように、様々な技法を使って「真意」を包むのだという。もしそうだとしたら、望月が隠した「真意」とは一体何なのか。そして彼はどういった技法を使い、この「鬼畜の和歌」にメッセージを埋め込んだのだろうか。

「枕詞」とは、第一句か三句に入る主に五音の言葉で、常にある特定の語を修飾する技法である（「あをによし」「たらちねの」「ちはやぶる」など。二三一～二三二頁参照）。だが、望月の六首の和歌のなかに、とくに枕詞の技法を使ったような箇所は見当たらない。

「掛詞」は、一つの言葉に二つ以上の意味を持たせる技法（「秋」と「飽き」、「松」と「待つ」など。二三二頁参照）であるが、こちらも、それらしき言葉は見つからなかった。

「折句」とは、五七五七七のそれぞれの句頭に、別の意味の言葉を隠す手法である。「沓冠」とは、さらに句の最後の文字にも言葉を織り込み、各句の始めと終わり、それぞれ五文字に言葉を潜ませる技法のことだ（二三〇～二三一頁「かきつばた」の用例参照）。そこで、六首の和歌全てを平仮名にして、検証してみることにした。まずは一首目である。

ち、へどふく、

いしゅうはてたり、
いもりのおく、
いしろににじむな、
いしいろのあかよ

この歌を「折句」と「沓冠」の技法に則して、句頭の文字を右から読むと、「ちしもしし」。終わりの文字を左から読むと「よなくりく」と、特に意味のあるような言葉にはならなかった。

おにとかす、
へてはくらやみ、
いまもなお、
わったかがみに、
じごくうつりて、

二首目。頭の文字を右から読むと、「おへいわじ」。終わりは「てにおみす」。こちらも、意味があるような言葉とは言えない。

、かわもうく、
、いはなきかかん、
、せいのちを、
、たつことがなき、
、ながれてはきえ、

、みみすまし、
、さんずわたしの、
、ねがいとし、
、まわたしのしょく、
、ざいせしのどく、

、あねがふす、
、みなきみはいき、

ろ、うしょうじょ
い、のちにおこれ
て、ようやくもに

く、れゆくも
う、すくたつきり
や、みふかき
よ、うかにあえる
の、ろいぐさかな

残りの和歌も同様である。特に意味のある言葉は現れなかった。

なかなか、隠された言葉にたどり着くことが出来ない。本当にこのなかに、「別の意味」が隠されているのだろうか。少し不安になる。

次に「物名」という技法を検証してみることにした。「物名」とは、本来の歌の意味とは関係ない言葉を潜ませる、和歌のなかでも、最も高度な技法だという（二三二～二三三頁「荒船の御社」の用例参照）。これも、隠された意味を探り出すためには、和歌を平仮名に直す必要がある。

ちへどふく　しゅうはてたり　もりのおく　しろににじむな　しいろのあかよ

おにとかす　へてはくらやみ　いまもなお　わったかがみに　じごくうつりて

かわもうく　いはなきかかん　せいのちを　たつことがなき　ながれてはきえ

みみすまし　さんずわたしの　ねがいとし　まわたしのしょく　ざいせしのどく

あねがふす　みなきみはいき　ろうしょうじょ　いのちにおこれ　てようやくもに

くれゆくも　うすくたつきり　やみふかき　ようかにあえる　のろいぐさかな

これら六首の和歌の平仮名文字を、丹念に目で追ってみる。それらしき言葉は見当たらない。目を皿のようにして、何度も読む。一向に望月の「真意」は浮かび上がってこない。果たして本当に望月は、この六首のなかに、何か言葉を隠したのだろうか。

だが……。

何度か、じっと目を凝らしていると……。

もしやと思った。

ついに現れたのである。本来の和歌の内容とは違う、気になる言葉が。さらに、別の箇所にも隠されていないか、注意深く読んでみた。すると、いくつかの意味のある言葉が浮かび上がってきたのだ。それらの隠された「意味のある言葉」は、それぞれの歌に一ヶ所ずつ存在していることが分かった。そして、それらの「隠された言葉」をつなぎ合わせると、一つの文章になることが判明したのである。

以下は、私が見つけた「隠された言葉」と思(おぼ)しき箇所である。傍点部分に注目して頂きたい。

ちへどふく　しゅうはてたり　もりのおく　しろににじむな　しいろのあかよ

おにとかす　へてはくらやみ　いまもなお　わったかがみに　じごくうつりて

かわもうく　いはなきかかん　せいのちを　たつことがなき　ながれてはきえ
みみすまし　さんずわたしの　ねがいとし　まわたしのしょく　ざいせしのどく
あねがふす　みなきみはいき　ろうしょうじょ　いのちにおこれ　てようやくもに
くれゆくも　うすくたつきり　やみふかき　ようかにあえる　のろいぐさかな

傍点の箇所を抜き出してみると、以下のようになる。

『ふくしゅうは』
『おわった』
『いのちをたつことが』
『わたしのねがい』
『これてようやく』
『きようかにあえる』

これらの言葉をつなぎ合わせ、濁音などを補うと、一つの文章が完成する。

——ふくしゅうは、おわった。いのちをたつことが、わたしのねがい。これでようやく、きょうかにあえる——

漢字を当ててみると、

「復讐（ふくしゅう）は、終わった。命を絶つことが、私の願い。これでようやく、今日香に会える」

日記に書かれていたことは間違いではなかった。やはり、望月は和歌のなかに、このようなメッセージを隠していたのだ。「物名」という技法を使って、六首の獄中短歌に、彼の「真意」を潜ませていたのである。

さらにもう一つ、気がついたことがあった。望月は、和歌の号、筆名を「獣の鉈」と記している。彼はここにも、言葉を隠していたのである。「獣の鉈」を平仮名に直すと、「けだもののなた」となる。

「けだもの、か、けだもののなた」

そうなのだ。望月は筆名のなかに、「もののな（物名）」という言葉を埋め込んでいたのである。つまり「獣の鉈」という筆名は、和歌に隠した言葉を紐解く、暗号の鍵（キー）のようなものだったのだ。

望月の和歌から浮かび上がったメッセージ。それは紛れもなく、彼の犯行動機を表明するものであった。

「復讐は、終わった。命を絶つことが、私の願い。これでようやく、今日香に会える」

私は六首の和歌に隠されていた、彼の犯行動機を知って愕然とする。やはり誘拐殺人は、望月にとっての復讐だったのだ。そして彼は、法の裁きによって命が絶たれること（死刑）を、待ち望んでいたというのである。

つまり望月辰郎が、無関係の幼い子供を殺害したのは、死刑になるためだったのだ。

裁判の過程において、望月が無期懲役よりも、死刑を強く望んでいたというのは事実である。以下は、死刑判決が確定したあと、望月の担当弁護士が、新聞の取材に応じたものだ。記事の一部を引用する。

望月辰郎はなぜ、誘拐殺人という残忍な犯罪を行ったのか。法廷で私はこう主張した。望月は職と家族を失った路上生活者であり、自分をこのような境遇に貶めた社会に対する恨みが、凶行の事由であると。だが、正直に申し上げると、実は私自身も、彼がなぜあのような犯罪を起こしたのか、理解できなかった。（中略）もしかしたら、望月はずっと死にたかったのではないかと思っている。第一審の無期懲役判決を不服として、検察側が控訴したが、その気持ちは望月も同じだった。彼自身も、死刑になることを望んでいたのだ。（中略）彼の人生が没落したきっかけは、高校二年生の一人娘の自殺だった。それを機に、望月は職を無くし、放浪生活に身を投じたのである。彼がホームレスになったのは、自分の死に場所を探していたからではないか。娘のいる場所に、自分も行きたいと。だから、無期懲役で長く生かされるより、死刑になることを望んだ。

（××新聞より引用）

望月が社会を憎むようになったのは、一人娘の今日香さんの死からである。今日香さんは、いじめ加害者の濡れ衣を着せられて、自ら命を絶った。望月は全てを失い、自分も娘のもとに行きたいと考えたに違いない。でも、このまま死ぬわけにはいかなかった。無実の娘を、理不尽にも死に追いやったこの社会に対し、復讐を果たすまでは。彼はホームレスとして浮浪しながらも、その機会を虎視眈々と狙っていたのだろう。そして、誘拐殺人を実行したのである。何の罪もない子供を殺害し、社会に最大限の恐怖を与えてやろうと考えたのだ。つまり、子供を惨殺し、自らが死刑に処されるまでが、彼の復讐であり、「自殺計画」だったというわけである。

そう考えると、望月辰郎という男は本当に恐ろしい鬼畜だと改めて思う。自分が死にたい為に、罪のない二人の子供を誘拐し殺害したのだから……。

そして不憫なのは、殺害された二人の姉弟だろう。彼らは日常的に両親からも虐待を受け、最後は望月の手によって命を奪われたのだ。望月は、虐待の事実を知っていたのだろうか。もしかしたら、望月はそのことを知っていて、二人を殺害した可能性もある。日常的に、両親から虐待を受けていた幼い姉弟。その事実を知り、彼は哀れに思った。こんな世の中、生きていても仕方ない。そう思い、二人の命を絶ったのかもしれない。

まるで何かに導かれるかのように、十三年ぶりに取り組むこととなった柏市・姉弟誘拐殺人事件。和歌に隠されたメッセージを解読することによって、やはり望月辰郎は、人の皮を被った悪魔であることが明らかとなった。社会に対する歪んだ復讐心と、自らの「死刑」を勝ち取るために、幼子二人を殺害した望月……。そして、事件から二十二年たった今でも、彼の歪んだ復讐は終わりを告げていないのである。果たして、A子を誑かし、恐ろしい殺人計画を実行させたのは誰なのか。鬼畜の死刑囚、望月辰郎の怨念を受け継いだ人物とは何者なのか。

事件の真相が明らかになる日を信じて、この稿を閉じることにする。

（二〇一五年十月 取材・文、橋本勲）

年表

一九五〇年（昭和二十五年）　福島県某村にて、望月辰郎出生
一九七四年（昭和四十九年）　望月今日香さん誕生
一九八五年（昭和六十年）　小椋鞠子さん失踪（しっそう）
一九八七年（昭和六十二年）　小椋須美奈ちゃん誕生
一九八九年（平成元年）　小椋亘くん誕生
一九九一年（平成三年）　今日香さん投身自殺（享年（きょうねん）十七）
一九九三年（平成五年）　「柏市・姉弟誘拐殺人事件」発生
一九九六年（平成八年）　千葉地方裁判所にて望月に無期懲役の判決
二〇〇〇年（平成十二年）　A子さん誕生
二〇〇二年（平成十四年）　ルポルタージュ「鬼畜の森」発表

二〇〇四年（平成十六年）　東京高等裁判所にて望月に死刑判決、確定
二〇〇八年（平成二十年）　ノンフィクション『私が失踪調査人をしていたころ』出版
二〇一一年（平成二十三年）　望月辰郎、死刑執行（享年六十一）
二〇一二年（平成二十四年）『季刊和歌』春号に望月の獄中短歌が掲載。その後販売中止、回収に
二〇一五年（平成二十七年）「向島・一家三人殺傷事件」発生
ルポルタージュ「隣室の殺戮者（さつりくしゃ）」発表
ルポルタージュ「検証――二十二年目の真実」発表

編纂者(へんさんしゃ)のことば

以上が、私が編纂した「柏市・姉弟誘拐殺人事件」及び「向島・一家三人殺傷事件」に関連すると思(おぼ)しき記事やルポルタージュである。

二つの事件に関しては、ほかにも多くの雑誌や書籍に取り上げられていたが、ここに収録した文献が特に重要と考え、独自に選ばせてもらった。中でも、ジャーナリストの橋本勲氏が取材した二つのルポルタージュ（「鬼畜の森――柏市・姉弟誘拐殺人事件――」「検証――二十二年目の真実」ともに雑誌『流路』掲載）は、刮目(かつもく)に値する。

ここで、私とこの二つの事件の関係を述べておくことにしよう。私は、某国立大学に所属する准(じゅん)教授で、臨床心理学を研究している。専門は少年犯罪における精神病理学であり、警察の要請で、少年事件の被疑者のカウンセリングを務めることもある。

私は現在、向島の一家殺傷事件での唯一の生存者であるA子さんの治療にあたっている。

実はA子さんは、すでに意識を取り戻している。命に別状はなく、わずかながら会話もできるまでに回復していた。だが、事件に関しては、頑なに口を閉ざしている状況なのだ。私は捜査本部の依頼を受けて、彼女のカウンセリングを受け持つことになった。

A子さんは現在、とても危険な状態である。彼女は心に深い傷を負っている。その原因となるトラウマが治癒しない限り、事件の詳細を語ることはおろか、その精神は閉ざされたまま、崩壊してしまう危険性すらある。彼女の心を救うためには、目には見えない事件の闇を解明することが先決なのだ。現段階では、本当に彼女が両親を殺害したかどうかは、分かっていない。記事にあった日記に登場する「あの人」が誰なのかも、皆目見当がついていない状況である。

だから私は、自ら事件について調べることにした。一家殺傷事件は、二十二年前の誘拐殺人事件に端を発していることは明らかである。事件の謎を解明する糸口は、過去の事件にあるはずだ。そこで私は、過去の資料や記事などを手に入れ、自分なりに事件のことを調査しようと考えたのだ。

ただしその結果、A子さんが、自分の手で両親を殺害していたことが明かされたとしても、私が彼女を救いたいという気持ちは揺らがない。A子さんが加害者だったという事実が得られたにせよ、それは彼女の意志ではなく、誰かに利用された可能性が高いと考えられるからだ。私は何としてでも彼女を、更生させたいと願っている。A子さんが犯人であっても、そうでなくても、彼女は二十二年前から続く、因縁に囚われた被害者に変わりないのだから。

ここで、新たに判明した事実について整理しておきたいと思う。

①望月辰郎の娘、今日香さんはいじめの加害者ではなかった。
②二十二年前、誘拐殺人事件の被害者の小椋さん夫妻には、子供を虐待しているという疑惑があった。
③A子さんが両親の殺害計画を企図した背景には、「あの人」という人物が存在していた。
④望月は獄中短歌に、犯行の「真意」をメッセージとして隠していた。

①と②に関しては、橋本勲氏が十三年ぶりに柏市・姉弟誘拐殺人事件を取材した

「検証——二十二年目の真実」で明らかとなった。

①の「今日香さんはいじめの加害者ではなかった」という事実を知ったときは、私のなかで、燻っていた何かが晴れるような思いがした。当初は、彼女は悪質ないじめを行い、そのことを糾弾されて、屋上から身を投げたのだと報じられていた。だから、望月が社会に対し復讐心を抱くという心情は、身勝手な逆恨みだと感じていたのだ。だが事実は真逆だった。今日香さんは、悪意あるクラスメイトから、いじめ加害者の濡れ衣を着せられて、自殺したのである。それならば、社会を恨み、制裁を加えようとした望月の心情は理解出来ないことはない。しかしもちろん、その怒りの矛先が、当事者のクラスメイトたちではなく、何の関係もない子供たちに向けられたことに関しては、同情の余地は皆無であることは言うまでもない。

②の「小椋さん夫妻に虐待の疑惑があった」という事実にも、大きな衝撃を受けた。望月は、虐待のことを知っていて、二人の姉弟を誘拐して殺害したのだろうか。それとも、二人を選んだのは単なる偶然だったのか。さらに「虐待」の文字を見て、真っ先に頭をよぎったのは、本書に収録したルポルタージュ「妻が消えた理由」（海老名光博・著『私が失踪調査人をしていたころ』所収）である。このルポは、夫の元から失踪した「M子」こと小椋鞠子さんの行方を追ったドキュメントなのだが、ルポの後

半部分、鞠子さんを発見した調査員と彼女との会話の中に、気になる記述があったのだ。


「（前略）Tが暴力を振るうようになったのも、きっと私が原因なんです。近頃、そう思うことがあります。不幸を呼び寄せているのは、私自身かもしれないって」

「そんなことありませんよ。あなたは不幸じゃない。あなたには支えてくれる男性もいるし、こんなに可愛いお子さんもいるんですから」

彼女はすぐには答えなかった。少し考えると、何かを吹っ切るように口を開いた。

「……そうですね。いつかきちんとOと籍を入れて、家族三人で暮らして行きたいと思っています。本当にありがとうございました」

（「妻が消えた理由」海老名光博　二〇〇八年）


文中の「O」とは、小椋克司さんのことであろう。夫のTが暴力を振るうようになったのは、自分のせいだと、鞠子さんは述べている。「不幸を呼び寄せているのは、私自身かもしれない」と。

小椋克司さん宅には、「虐待の家」という噂があった。この事実を踏まえると、このときの鞠子さんの言葉は意味深である。これはあくまでも推測であるが、もしかしたら鞠子さんはこの時、小椋克司さんからも虐待されていたのではないか？　彼女は繰り返し、「自分は不幸を呼ぶ女」であると言っている。鞠子さんは夫からだけではなく、克司さんからも暴力を受けていた可能性がある。例えば、

「そんなことありませんよ。あなたは不幸じゃない。あなたには支えてくれる男性もいるし、こんなに可愛いお子さんもいるんですから」　（同前・傍点筆者）

彼女はすぐには答えなかった。少し考えると、何かを吹っ切るように口を開いた。

この沈黙が気になるのだ。なぜ調査員の励ましに、彼女は一旦躊躇したのだろうか。だが、克司さんからも虐待を受けていたかもしれないと考えると、沈黙の意味も理解できないことはない。克司さんは子供たちだけではなく、妻の鞠子さんにも暴力を加えていたのかもしれない。このルポのなかで鞠子さんは、子供の父親は、克司さんではなくTであると、告白していた。克司さんも、Tの子であることを受け止めていたというが、事実はそうではなかった。実は克司さんは許すことができずに、鞠子さん

や子供たちに暴力を振るうようになったのではないか。そう考えると、いろいろと辻褄が合ってくる。

そして注目すべきは、③のA子さんを洗脳したという「あの人」の存在である。A子さんのノートパソコンから発見された日記には、頻繁にその人物が登場している。A子さんを洗脳し、両親を殺害するように仕向けた「あの人」とは誰なのか。その人間が、和歌の専門誌に望月の獄中短歌を送ってきた投稿者であり、今日香さんの同級生、加藤江美さんに雑誌を送りつけてきた人間と同一人物である可能性は高い。その人物の正体が判明すれば、事件解明に大きく近づく筈なのだが、未だその手掛かりさえ、得られていないのが現状である。

さらに④の、望月辰郎の和歌に隠された、犯行の「真意」を知ったときも、驚きを禁じ得なかった。

――復讐は、終わった。命を絶つことが、私の願い。これでようやく、今日香に会える――

望月は、娘の死を社会の所為と逆恨みして、自殺するために何の罪もない幼い子供二人を殺害したというのだ。彼は望み通り死刑に処され、今はもうこの世にはいない。六首の和歌に秘められた、望月辰郎の犯行の「真意」を知ったときは、やるせない怒りにうち震えた。

私は心を閉ざしたA子さんの治療のため、二つの事件に関する記事や資料を調べ、真相の究明に取り組んでいる。未だ事件の謎を解明することができたとは言い難い状況なのだが、これらの記事に目を通してみて、一つ明らかになったことがあった。それは、これらの事件の背景には、どす黒い人間の悪意が渦巻いていたということである。

今日香さんをいじめ加害者に仕立て上げた、クラスメイトたちの悪意。我が子に虐待を加えていたという者の悪意。自らが極刑に処されるための手段として、誘拐殺人を実行した望月辰郎の悪意。そして、望月の怨念を受け継ぎ、事件の背後に暗躍する、「あの人」と呼ばれる何者かの悪意……。

数々の事件は、これらの悪意が複雑に連鎖して起こったものだと思う。目に見える事件そのものは、氷山の一角に過ぎないのだ。

だが私は、人の心の奥底に潜んでいるのは、恐ろしい悪意だけではないと信じたい。人が人を尊び、慈しむ……。そんな感情も、人の心のなかにはあるはずだからである。

私は何とかして、A子さんを救いたい。事件の全貌を明らかにし、彼女を恐ろしい悪意の連鎖から解き放ってあげたい。ただ、それだけなのだ。

事件の謎は、依然として闇のなかに閉ざされたままである。しかし、これらの記事や資料は貴重な記録であり、A子さんの治療に関し、大いに役立つことになるだろう。事件を取材したジャーナリストや記者の方々、そして引用を許可して頂いた出版各社に、感謝の意を述べたいと思う。

二〇一五年十一月某日

編纂者　伊尾木誉（いおぎほまれ）

『二〇〇三年六月五日――小菅（こすげ）』

（インターネット・某個人ブログからの転載）

2015-11-11 23：39：03

これは、私が初めて告白する事実である。

今から十二年前の二〇〇三年六月五日、私は、ある一人の死刑囚との面会を行った。面会が行われたのは、死刑判決が下される前であるから、「死刑囚との面会」というのは、正確ではないかもしれないが、結果的には死刑が確定し執行されたので、大きく間違ってはいないと思う。

死刑囚の名前は望月辰郎（当時五十三歳）。一九九三年に、千葉県柏市で幼い子供二人を誘拐し、殺害した罪で逮捕された（事件を知らない人は、『柏市・姉弟誘拐殺人事件』や『鬼畜の和歌』で検索すれば、詳しい内容が分かると思う）。以下のやりとりは、死刑判決が下される一年前に行われたものである。その後、判決が確定し、二〇一一年に刑が執行された。

以下の記録にある、面会中の望月の話が、真実であるかどうかは不明である。既に彼は刑に処されているので、それを確かめる術はない。しかし、死刑囚の生の言葉を出すことは、何か意義があるのではないかと考え、公表することにした。彼の言葉の真偽については、お読み頂いた方の判断に任せたいと思う。

二〇〇三年六月五日。東京都葛飾区小菅にある東京拘置所を訪れた。

一階の受付におもむき、望月辰郎被告との面会を申し込んだ。一般面会申込書に必要事項を記入し、提出する。刑が確定していない被告は、誰でも面会は可能である。ただし、接見禁止処分が下されていたり、被告本人が面会を拒否した場合は、その限りではない。聞くところによると、望月辰郎は弁護士以外の面会を承諾したことはないという。自分もその時は、拒否されるのではないかと思っていた。

望月辰郎被告は、一九九六年に千葉地方裁判所で無期懲役の判決が下され、検察側が量刑不当として控訴している。私が面会に訪れた時は、二審の東京高等裁判所で公判が行われている最中だった。もし死刑判決が下って確定すると、面会は容易ではなくなる。確定死刑囚は、家族と弁護人以外は事実上面会禁止というのが通例だからである。だから、判決が下るまでに、どうしても望月被告との面会を実現させたいと思っていた。

用紙を提出すると、十分ほどで窓口に呼ばれた。面会整理票という、受付番号と面会フロアが記された紙が差し出された。希望通り、面会は行われるようである。望月被告は、面会を拒まなかったのだ。意外ではあったがその反面、心のどこかでは、彼が面会を受け入れてくれるような気もしていた。

しばらく待っていると、自分の番号を呼ばれた。筆記用具だけ出して、荷物をロッカーに預ける。金属探知機のゲートを通り、拘置所内に入った。

エレベーターに乗り、指定されたフロアで降りる。拘置所のなかに入ったのは初めてである。係員に整理票を提示すると、面会室の番号を告げられた。心臓の鼓動が高まってゆく。床が磨かれた殺風景な廊下を進み、指示された番号の部屋の前で立ち止まった。ゆっくりとドアを開ける。真ん中が透明なアクリル板で仕切られた部屋。アクリル板の中心には、無数の小さな穴が開けられている。奥にはまだ人の姿はなく、パイプ椅子が二つ置いてあるだけだ。いよいよ、望月被告との面会である。面会者用のパイプ椅子に腰掛け、被告が来るのを待つ。

それから十分ほどが経過する。アクリル板の向こう側から、かすかに誰かの足音が聞こえた。足音は次第に大きくなってくる。対面のドアが開いた。緊張が走る。

刑務官に連れられて、一人の男性が姿を現した。ワイシャツ姿のひょろっとした、総白髪の男性である。色白で、日本人離れした彫りの深い顔立ち。刑務官に促されて、長身を折りたたむようにして、パイプ椅子に座った。ついに望月辰郎被告との対面である。面会時間は十五分であると、刑務官が告げた。まずは自分が先に声をかける。

「事件のことについて調べています。……以前、何度か望月さんに手紙を出したこともあります。質問させて頂いてもよろしいでしょうか」

そう言うと、望月被告は静かにこちらを見た。理知的な眼差し（まなざし）ではあるが、感情は読み取れない。少し待っていると、望月の口が動いた。

「いいですよ。何でも聞いて下さい」

「ありがとうございます」

望月被告への質問を開始する。以下は、そのやりとりを採録したものだ。

——時間が限られているので、単刀直入に聞きます。失礼をお許し下さい。まず望月さんはなぜ、幼い子供二人を誘拐し殺害したのですか。その動機についてお聞かせ願えますか。

望月被告「裁判で何度も言っています。法廷で証言した通りですよ」
——裁判記録は、全部読みました。「悪魔に操られた」「この社会に恐怖を与えるために、あの姉弟が選ばれた」。裁判でそう言っています。でも、私にはその動機は理解できません。本当は違うのではないでしょうか。
望月被告「法廷で言った通りです。この愚かで矛盾に満ちた社会に、恐怖を与えたかった。その為(ため)に、あの二人の姉弟は選ばれたんです」
——社会に対する復讐(ふくしゅう)なのですか。
望月被告「そのように解釈して頂いても、問題ありません」
——なぜ、社会に恨みを抱くようになったのですか。今日香さんが亡(な)くなったからでしょうか。今日香さんは、いじめグループのリーダーであることを告発されて、自ら命を絶ちました。それで、あなたは人生に絶望し、社会に憎しみを持つようになったと証言しています。それは事実でしょうか。
望月被告「法廷で言った通りです。私がこの世を憎むようになったのは、娘が死んだからです。私は、彼女を守ってやることが出来なかった。だから、娘をなぶり殺しにしたこの社会と、自分自身が許せなかった」
——自分自身が許せなかった？

望月被告「そうです。私は娘に真実を告げることを禁じ、自らの運命を甘んじて受け入れよと言った。真実を訴えることで傷つく人がいるのならば、自分が、その苦しみに耐えなければならないと。そうしなければ、憎しみの連鎖は永遠に続くのだと。でも娘は耐えられず、死を選んだ」

——真実を訴える？　どういうことですか。

望月被告「あなたは知らなくていいことです。今日香の死後、私は自分の罪を責め、娘を死に至らしめたこの社会の罪を問い続けた。そして放浪生活を続けながら、自分自身とこの社会に裁きを与える最良の方法を求めたのです」

——それが、誘拐殺人だったということですか。

望月被告「その通りです。もちろん、葛藤(かっとう)はありました。聖書にこのような一節があります。『主いひ給(たま)ふ、復讐するは我にあり、我これに報いん』。悪人に報復を与えるのは神だけである。だから、神に全(すべ)てを委(ゆだ)ねなさい。我々は決して、復讐を行ってはいけない。復讐心を抱いてもならない。さもなくば、悪意の連鎖は永遠に続くことになるからだ。これは、私が娘に言った言葉でもあります。だから、私は湧(わ)き上がってくる復讐心を封じ込め、神を信じたのです。娘を欺(あざむ)き、死に誘(いざな)った者たちに、正義の鉄槌(てっつい)を下してくれるはずであると。我が身を滅ぼすのは、神の裁きが下るのを見届けてからでも遅くはない。そう思い、路上生活者に身を落とし、ずっと耐え忍んでいました。でも一向に復讐は実行されなかった。彼らは裁かれることなく、のうのうと生きている。神は一体、何をしているのだ。裁きは下されないではないか。この世界は矛盾していると思いました。だから私が神に成り代わって、行動を起こすしかないと考えたのです。この社会に恐怖と絶望を与えるのだと」

——それが、事件を起こした理由ですか。

望月被告「私は神に背いて、社会に対する復讐を決行したのです。あの可愛らしい二人の子供を見た瞬間に、私は悪魔に魅入られました。子供を失う悲しみを、彼らの両親にも味わわせてやろう。そう思い、子供を誘拐し殺害を実行しました。全ては復讐だったのです。娘を抹殺した社会に対する。そして、私自身も法の下で裁きを受け、死刑判決を勝ち取れば、計画は完遂です。これでやっと、あの世に行くことができるのですから」

——本当にあなたが、そんな惨いことをしたんでしょうか。殺された二人の子供は、今日香さんの死とは何の関係もなかったはずです。もうあまり時間がないので、言わせて下さい。あなたは人殺しが出来るような人間ではありません。ましてや、か弱き幼い子を手にかけることなど、出来るはずもない。本当は、あなたが事件を起こしたのではないのですよね。二人の姉弟を殺害したのは、別の人間であると……。

望月被告「そんなことはありません。私が悪魔に魅入られて、行った所業に相違ありません。法廷で証言した通りです」

――もう時間がないんです。このままだと、死刑判決が下り、刑が執行されてしまいます。真実を打ち明けて下さい。

望月被告「では、もし私が殺人を犯していないとしたら、犯人は別にいるということになります。なぜ私が、その人間の罪を被(かぶ)る必要があるのですか」

――私もずっと、その理由が分かりませんでした。でも、今こうしてお話しすることが出来て、分かった気がします。あなたは神に背いたわけでも、悪魔に魅入られたわけでもない。本当のことを言いましょう。私は知っています。あなたが誘拐殺人の犯人ではないことを。本当は、あなたは……。

望月被告「そこまでです。もう、終わりにしましょう……。二人の子供を殺(あや)めたのは、紛れもなくこの私です。これで私は今日香のもとに行けるのです。お願いですから、私の邪魔をしないで頂きたい。あなたには、そんな権利はないでしょう。こんな話をするために、面会を承諾したわけではない」

――お願いです。全ての真実をありのままに告白して下さい……。そうすれば、裁判はやり直せる。死刑を免れることが出来るかもしれない。そうでなければ、この私が。望月被告「絶対にやめて下さい……。これ以上、私を苦しめないで。私は罪を犯したのです。その罪を厳粛に受け入れて罰を受ける。これが私の、娘に対するせめてもの贖罪なのですから。今日香が命を絶ったときに、私の人生も終わったのです。如何にして、死出の旅に出るのか。それが残された、私の人生の課題だったのです。私はいま、補陀落に向かう船のなかにいます」

——補陀落……。

望月被告「補陀落とは極楽浄土のこと。船の扉は外から釘が打たれており、決して表に出ることはできない。僧は船が沈むまで経を読み続ける。私はいま、沈み行く船の中にいて、補陀落を目指しているのです。補陀落にはきっと、私の娘が待っているはず。私の補陀落渡海はいま、最良の形で終わりを迎えようとしています。これは私の心からの願いです。もう一切、私には関わらないで頂きたい……。お願いします。さもなくば、私は補陀落に辿り着けない……。娘に会うことも出来なくなってしまいますので」

——でも、それはあまりにも理不尽ではないでしょうか。あなたは罪を犯したわけでもないのに、なぜ罰を受けなければならないのですか。

望月被告「いや、私は罪を犯したのです。大切な娘を守ってやることが出来なかった。そして、この社会を恨み、呪い、憎悪した。その事実には相違ないのですから。だからこれ以上、私の邪魔をしないで頂きたい。お願いします」

刑務官が面会時間の終了を告げる。

こちらに一瞥もくれず、被告は立ち上がった。刑務官に促され、背を向けた被告の背中に、思わず声をかけた。

「あの……本当に、ありがとうございました」

去り際に、望月被告は振り返ると、慈愛に満ちた目をこちらに向ける。

「私も会えてよかった。あなたが元気で健やかに生きていてくれるのが、私の何よりの希望なのですから」

そう言うと、目尻に皺を寄せ、にっこりと微笑んだ。その言葉を耳にして、涙が止まらなかった。刑務官に連れられ、部屋を出てゆく望月被告の背中に、私はいつまでも頭を下げ続けた。

追記　伊尾木誉（二〇一五年十二月）

私が「編纂者のことば」を書いてから、一ヶ月ほどが経過した。

残念ながら、A子さんは快方に向かっているとは言い難い状況である。だが、さらなる調査を重ねた結果、いくつかの新しい事実が判明したので、ここに記しておきたい。

まずは、A子さんに犯行を唆したという「あの人」についてである。一体、その人物は誰なのか。獄中の望月辰郎と手紙のやりとりをし、短歌の専門誌に「鬼畜の和歌」を投稿してきた者や、加藤江美さんに雑誌を送りつけてきた誰かと、同じ人物である可能性は高かった。その人間は、凶悪事件の犯罪者を熱狂的に支持する、望月の信奉者のような存在ではないか？　望月の怨念を引き継ぎ、事件の背後で暗躍していた人物……。

だが、どんなに調べてみても、そのような人間は浮上してこなかった。「あの人」とは、望月の信奉者ではないということなのか？　別の可能性も考えてみた。もしかしたら、その人物の正体は、望月の肉親や知人の誰かなのかもしれない。逮捕されたとき、彼はホームレスだったので、ほとんどの親戚縁者との交流は断たれていた。だが、一人だけ思い当たる人物がいた。望月の離婚した元妻である。二人は、誘拐殺人事件の二年前の一九九一年に離婚しているが、その後も何かしらの交流があったのではないかと思ったのだ（投稿の手紙には「僕の名前は匿名にしておいて下さい」とあるので、投稿者は男性だと思っていた。だが、女性であることを隠すために、男性を装っている可能性も考えられる）。

しかし、捜査本部の調べでは、望月の妻だった女性は、彼と離婚して十一年後の二〇〇二年に病死していることが判明していた。短歌雑誌に投稿があったのは二〇一二年で、A子さんの日記に「あの人」が現れたのは昨年（二〇一四年）の七月である。望月の短歌を雑誌に投稿したのも、A子さんに犯行を唆したのも、彼女である可能性はありえない。念のため、その女性の本籍地の役所に赴いて調査したが、病死の事実は間違いなかった。地元の人の話によると、彼女はその土地の高校で教鞭を執り、再婚することもなく、独身のまま生涯を終えたという。

さらにもう一つ、重要な事実が判明する。

編纂した記事を改めて読み返すと、一つ気になる記述があったので、調査してみることにしたのだ。その記述とは、向島一家殺傷事件を追った記事の中にあった、『季刊和歌』のライターである草野陽子さんを取材した箇所である。

「遺族から、クレームが来たということですが」

「はい。実は**あの記事は前編で、後編を書く予定があったんです。ほかにも紹介したい歌があったので**……。でも遺族からの抗議で、それもなくなり、雑誌は回収騒ぎにまでなってしまいました。今思えば、軽率だったと反省しています。ご遺族の方には、おぞましい事件を思い出させる結果になってしまいました。大変申し訳ないことをしたと思っています」

（「隣室の殺戮者（さつりくしゃ）――向島・一家三人殺傷事件――」『インシデント』二〇一五年八月号掲載　※傍点引用者）

回収騒ぎとなった、望月辰郎の獄中短歌を取り上げた、和歌の専門誌の記事。それには続きを書く予定があった。しかも、「ほかにも紹介したい歌があった」というのだ。それは一体どういうことだろうか。ほかの歌とは、別の死刑囚が詠んだ獄中歌なのか？　それともほかにも望月辰郎の短歌があるということなのだろうか？

早速、草野陽子さんの連絡先を調べ、携帯に電話してみた。協力を断られるかもしれないと思ったが、彼女はこちらの申し出を受け入れてくれた。私の目的が、単なる事件取材ではなく、被害者のカウンセリングであることも功を奏したようだ。以下は彼女との、電話でのやりとりである。

伊尾木「草野さんが書かれた記事には後編の予定があったという話なんですが、それはどういうことでしょうか。『ほかにも紹介したい歌』とは、別の死刑囚の短歌だったんですか？」

草野〈いえ、違います。望月辰郎の短歌です〉

伊尾木「あの六首以外に、望月の短歌があったということですか」

草野〈はい。編集部に届いた手紙には、望月の和歌は十首書かれていました。でも、編集部の方針で、まずは六首を紹介することになったんです〉

伊尾木「一体それは、どういう理由からですか」

草野〈はい……。これはちょっとお恥ずかしいのですが、『死刑囚の和歌』という話題性のある内容なので一回の記事ではもったいないのではないか、という話になったんです。それで、最初から二回の連載を想定して、次号分の四首を選んで、外すことになりました。でも発売後にクレームが付いて、回収騒ぎとなったので、二回目の記事は見送られたのです〉

想像もしていなかった事実である。望月辰郎の和歌は、六首ではなく十首あったというのだ。

伊尾木「その四首の内容を知りたいのですが、草野さんは投稿者の手紙をお持ちでしょうか」

草野〈現物は持っていませんが、コピーなら保存しています。お送りしましょうか〉

後日、草野さんから手紙のコピーが届いた。コピーは数枚あり、投稿者が編集部に宛てた封筒と本文、そして、望月が書いた和歌が記された便箋だった。

乱れのない力強い筆致で、一枚の便箋に和歌だけが記された手紙。そこには、確かに十首あった。以下は、雑誌に掲載されなかった、その四首の和歌である。

鉄格子　飽く間に過ぎる　仇討ちか　蔦目も憎き　獄の窓より

死子に櫛　身の隅々も　清められん　沙汰血切る神　累々の死屍

邪の視線　ぶつ手止まらず　柔い皮　擦れて滲む血　子の息止まる

硬き舌　奇術の如き　赤木札　楽になりにし　四つの眼

さらに草野さんから、これら四首の和歌を解説した原稿も送ってもらった。後編として掲載する予定だったという。以下は、草野さんが書いた四首の和歌の解釈である。

鉄格子　飽く間に過ぎる　仇討ちか　蔦目も憎き　獄の窓より

「仇討ち」とは、望月が内包している、復讐や恨みの念を表していると考えられます。この歌は、拘置所で死刑を待っているときの、彼の心情を表した歌なのでしょう。

飽きるほどに鉄格子を眺めていても、復讐の念だけは、頭にこびりついて、忘れ去ることはできない。牢獄の窓から見える、壁に這わされた蔦の模様を見ていても、憎しみが込み上げてくるのだ。

死子に櫛　身の隅々も　清められん　沙汰血切る神　累々の死屍

これは、犯行直後の情景を詠んだ歌だと推察されます。櫛を入れたのは、姉の遺体の髪なのでしょう。この歌は、以下のように解釈することができます。

自らが殺めた子の髪を、梳かしながら思う。いずれ彼女の身は隅々まで、清められることになるのだろう。これは、血に飢えた神が下した、地獄の沙汰（審判）なのだ。目の前にある死屍累々の光景を眺めながら、そのことを実感する。

邪の視線　ぶつ手止まらず　柔い皮　擦れて滲む血　子の息止まる

望月は、被害者の四歳の弟を殴打し続け、死に至らしめたといいます。これはその時の様子を描写した歌だと推察することができます。彼は悪魔の声が聞こえて、犯行に及んだと証言していました。「邪」とは、彼に憑依した悪魔のことを表しているのでしょう。この歌からは、犯行を悪魔のせいにして、自己弁護しているような欺瞞が感じられます。二人の子供を死に至らしめた、望月に対する怒りを禁じ得ません。

硬き舌　奇術の如き　赤木札　楽になりにし　四つの眼

これは六歳の姉の命を絶ったときの光景なのでしょう。娘の首を絞めたとき、彼女の口から舌が飛び出し、「赤い木札」のように硬くなってゆきました。その光景を見て彼は、まるで「手品のようだ」と感じたのです。こうして、幼い姉弟の命を奪った望月。小さな二つの遺体の、楽になった（命を失った）「四つの眼」が、じっと彼を見ています。

犯行の過程が、克明に描写された「鬼畜の和歌」。

望月辰郎の獄中短歌は六首ではなかった。それ以外にも、もう四首、存在していたことが判明したのだ。

さらに草野さんによると、編集長の意向で、雑誌に掲載するときに、わずかにその順番も変えたという。実際に、望月の手紙にあった通りの順番に、十首の和歌を並べてみると、以下のようになる。

鬼と化す　経て(へ)は暗闇(くらやみ)　今もなお　割った鏡に　地獄うつりて

川面(かわも)浮く　衣(い)はなき花冠(かかん)　生(せい)の地を　発(た)つ子咎(とが)なき　流れては消え

耳すまし　三途(さんず)渡しの　音(ね)が愛(いと)し　真綿(まわた)死の色(しょく)　在世(ざいせ)死の毒(どく)

血反吐(へど)吹く　雌(し)雄(ゆう)果てたり　森の奥　白に滲(にじ)むな　死(し)色(いろ)の赤よ

鉄格子(てつごうし)　飽く間(ま)に過ぎる　仇討(あだう)ちか　蔦目(つため)も憎き　獄の窓より

死子に櫛　身の隅々も　清められん　沙汰血切る神　累々の死屍
邪の視線　ぶつ手止まらず　柔い皮　擦れて滲む血　子の息止まる
姉が伏す　身鳴き身は息　蠟少女　命に怒れ　手よ烏や雲に
硬き舌　奇術の如き　赤木札　楽になりにし　四つの眼
暮れゆくも　薄く立つ霧　闇深き　妖花に和える　呪い草かな
獣の鉈（望月辰郎）

こうして十首を並べてみると、和歌の数や順番が、雑誌に掲載されたものとは違っていたことが分かる。

このように凄惨な犯行の一部始終を、十首の和歌として、克明に記録していた望月辰郎。橋本勲氏のルポルタージュ（「検証――二十二年目の真実」）によると、望月は六首の和歌のなかに、メッセージを隠していたことが明らかとなっている。

――復讐は、終わった。命を絶つことが、私の願い。これでようやく、今日香に会える――

もしかしたら、新たに出てきた四首の和歌の中にも、何か言葉が隠されているのかもしれない。そう思い、探してみることにした。

そして……

見つけたのである。

やはり望月は、四首の和歌にも言葉を埋め込んでいたのだ。改めて、十首の和歌に「隠された言葉」をつなぎ合わせてみると……。

呆然（ぼうぜん）とする。私は、とんでもない思い違いをしていたことを悟る。

そういえば、ルポルタージュ（「妻が消えた理由」）のなかに気になる記述があった。年表をまとめている時に、その記述が明らかに矛盾していることに気がついたのだが、何かの間違いだと思っていた。今考えると、その齟齬（そご）こそが、真実に結びつく大きな手がかりだったのだ。

ルポルタージュの齟齬と、望月の十首の和歌に秘められたメッセージ。それらをもとに、私はさらなる調査を進めていった。その結果、ついに事件の核心とも言える人物にたどり着いた。

以下は、その顛末（てんまつ）の記録である。

*

二〇一五年十二月某日――

常磐自動車道をいわき湯本インターで降り、温泉街に向かって車を走らせる。十分ほど走ると、ＪＲ常磐線の湯本駅に到着した。駅周辺には、土産物屋や飲食店が軒を連ねる温泉街が広がっている。

福島県のいわき湯本温泉の歴史は古く、奈良時代に遡（さかのぼ）るという。古来、湯治の名所として知られ、江戸時代には陸前浜街道の宿場町としても、大層栄えたようだ。明治に入り、石炭の採掘が行われるようになると、坑道から湯が漏れ出し、次々と温泉が閉鎖に追い込まれた。終戦後、石炭産業が斜陽化すると、再び温泉街としての活況を取り戻してゆく。その背景には、当時目新しかった、温泉を使った総合レジャー施設（常磐ハワイアンセンター。現在のスパリゾートハワイアンズ）の存在があった。一九八八年、常磐自動車道がいわき中央インターまで開通したのに伴い、首都圏からの観光客も増加し、現在もいわき湯本温泉は、東北地方有数の温泉郷として賑わいを見せている。

駅前を通り抜けてしばらく走ると、目的地のアパートに辿り着いた。温泉街の外れにある、簡素な木造アパートである。

時刻は午後七時を過ぎていた。あたりはもうとっぷり暮れている。ぐるぐるとアパートの周囲を走行した。目立たない一画を見つけ、車を停める。ちょうど運転席から、アパートの外廊下が見える場所だ。二階の奥にある一室のドアを注視する。部屋の灯りは消えているので、まだ帰宅していないようである。車の中で待機して、住人が帰ってくるのを待つことにした。窓ガラス越しに、アパートに入ってゆく人々を目で追う。子連れの主婦。スーツ姿の中年男性。腰が曲がった老人。目的の部屋の住人は、まだ姿を現さない。

一時間ほどすると、雨がぱらぱらと落ちてきた。車の窓ガラスを叩き始める。ガラスが濡れて、外がはっきりと見えなくなってしまった。身を乗り出して、視線の先に目を凝らす。時間が経つにつれ、出入りする住人の数も、少なくなってきた。雨に滲むアパートの灯を、じっと見つめた。

午後九時を回った。もうほとんど、人の出入りはなくなっている。ハンドルにもたれかかり、外を見ていると、ビニール傘を差した一人の女が歩いてきた。足早に、アパートの階段を上ってゆく。紺のマウンテンパーカーに、ジーンズ姿の女性。二階の廊下を進んでゆくと、一番奥の部屋の前で立ち止まった。思わず身を乗り出す。女は傘を畳むと、肩にかけていた大きめのトートバッグから鍵を取り出し、部屋の中に入っていった。雨が降っていたので、顔はよく見えなかったが、彼女が部屋の住人であることは間違いないようだ。車を出て、部屋を訪ねてみようと思った。直接話をして、色々と確認したいことがあったのだが、もう少し様子を見ることにする。やっと会えたのだ。何も焦ることはない。

その日から、アパートの付近に車を停め、女性の行動を調査することにした。刑事や探偵のような仕事は、やったことがなかったが、彼女の現状を知るためには仕方なかった。調査の結果、女性には家族や同居人はおらず、一人暮らしであることが判明する。部屋に訪れてくる人も、誰もいなかった。仕事は何をしているのだろうか。後をつけてみると、駅近くの観光ホテルに勤めていることが分かった。仲居などの客室業務ではなく、清掃のアルバイトをしているようである。バイトの終了時刻は、シフトによってまちまちなのだが、彼女は夜の十時ぐらいに終わることが多かった。ホテルを出ると、買い物以外は、どこにも立ち寄らず、まっすぐアパートに帰宅する。それ以外は、ほとんど出歩かず、部屋に閉じこもっていた。

女性の行動を調査して、数日が経過する。彼女の生活状態は大体分かった。もうこれで充分だろう。そろそろ声をかけてみようと思う。夜になるのを待って、帰宅したところを狙うことにした。

車を駅近くのコインパーキングに停めて、彼女が働いている観光ホテルまで歩いた。人気のない場所に立って、その女性が姿を現すのを待つ。十時を回り、仕事を終えた彼女が出てきた。初めて彼女を見たときと同じ、紺のマウンテンパーカーに、大きなトートバッグを肩にかけている。彼女の背中を追って、駅前の温泉街を歩き続けた。一本に束ねた髪が、左右に揺れている。人通りがまばらになったところで、思い切って声をかけた。

「すみません。×××さんですよね」

女性が立ち止まり、こちらを振り返った。訝しげな目を向けて言う。

「はい、そうですけど」

「何度かメールや手紙を送った者です。ちょっと、お話しできませんか」

その言葉を聞くと、彼女は無言のまま歩き出した。あわてて、後を追う。

「あなたを探し続けていたんです。お願いです。少しだけ、話をさせてもらえませんか」

女性は答えず、足早に歩き続ける。逃げられないよう、自分も歩速を上げた。

「お願いです。少しだけでいいんです。今年四月に東京向島で起こった一家三人殺傷事件、ご存じですよね」

「知りませんけど」

「いや、そんなはずありません」

「本当に、知らないんです」

さらに足を速め、女性の前に回り込んだ。苛立っている彼女の表情が見える。夜の温泉街。通行人が、ちらちらとこちらを気にしている。女性がしつこくナンパされているように思うのだろう。気にせず、言葉を続ける。

「メールにも書いたように、あなたが真実を告げてくれたら、救われる人がいるんです」

「いい加減にして下さい。迷惑なので、もうやめてもらえますか」

「お願いです。話を聞かせて下さい」

「警察に通報しますよ」

「通報してもらっても構いません。でも困るのは、あなたの方かもしれませんよ」

彼女は口を閉ざした。しばらく無言のまま歩き続けると、大きくため息をついて立ち止まる。そして、こう言った。

「脅迫ですか」

「いえ違います。ただ、あなたとお話がしたいだけなんです」

「わかりました。仕方ないですね。話をすれば、もう付きまとうのをやめていただけますか」

「もちろんです」

何とか、了承を得ることができた。道端で立ち話するのも何なので、近くにあったバス停のベンチに座ることにした。彼女とともに、駅前の通りにある、停留所に向かう。最終バスの時間はもう過ぎていて、ベンチには人の姿はなかった。先に座るよう彼女を促し、声をかける。

「すみません。お時間頂き、ありがとうございます」

「手短かに、お願いできますか」

「わかりました」

少し距離をとって、彼女の左隣に腰掛ける。ついに彼女と対面する時が来た。鼻筋の通った顔。ほとんど化粧はしておらず、女性らしい装飾品の類も何もつけていない。左目の下にある、米粒ほどの大きさの泣きぼくろが印象的だ。年齢は知っていたが、実際の歳より少し上に見える。

「今年の四月十七日に、東京向島のマンションの一室で起こった事件をご存じでしょうか。家族三人が殺傷されるという事件です。襲われたのは、その部屋に暮らす両親と娘で、父と母は死亡、娘の××さん（Ａ子さんの実名、以降『Ａ子』と表記）は瀕死の重傷で病院に搬送されました。その後、Ａ子さんの日記が見つかり、そこには両親の殺害計画が記されていたことが判明し、マスコミは、殺傷事件は彼女の犯行ではないかと報じました」

女性は口を閉ざしたまま、こちらの話を聞いている。

「Ａ子さんは昏睡状態だったのですが、一命を取り留め、現在は意識を取り戻しています。ああ、私は大学で臨床心理学の研究をしている、伊尾木という者です」

そう言いながら、名刺を差し出した。彼女は、一瞬躊躇うようなそぶりを見せるが、やがて、あきらめたように名刺を手にする。

「手紙にも書かせてもらったのですが……。お読みではないかもしれないので、改めて申しますね。私は警察の依頼を受けて、Ａ子さんのカウンセリングを行っています。彼女は命に別状はありませんが、事件の後遺症が残っていて、心に深い傷を負っている状態なんです。頑なに心を閉ざしてしまっており、このままでは、精神が崩壊する危険性もあります。私は、彼女の心を救うためには、まずは事件の全容を解明しなければならないと考え、このように調査を行っているんです」

「それで、その事件と私は、一体どんな関係があるというのですか」

「ええ、Ａ子さんの日記には、彼女の心情に巧みに入り込み、殺害計画を企てるようコントロールした人間が登場しています。私は、それがあなたなのではないかと考えています」

「私がですか？　どうして私が？　人違いではないですか」

「いえ、あなたに違いないと思っています」

「なぜ、私が見ず知らずの娘にそんなことをするんですか。そんなことを言うからには、何か根拠はあるんでしょうか」

「根拠ですか」

「そうです。その人間が、私であるというのならば、何か証拠のようなものはあるんですよね」

彼女は初めて、こちらに向き直った。挑むような顔でこちらを見る。その視線に、気圧（けお）されそうになる。

「いえ、すみません。正直に言うと、証拠のようなものはないです」

「ですよね。それでしたら、もうこれ以上お話しすることは、何もないと思いますので」

そう言うと女性は、手にしていた名刺を私に差し戻し、立ち上がろうとした。思わず、彼女を制止する。

「いや、違うんです。ちょっと待って下さい。話を聞いて下さい。残念ながら、あなたがA子さんをマインドコントロールしたという証拠はありませんが、事件に関係していることは、間違いないと思うんです」

彼女はまた一つ、大きくため息をついた。

「どういうことでしょうか」

「死亡した夫婦は、一九九三年に柏市で起こった誘拐殺人事件で、二人の子供を失っていました。今回の事件は、その誘拐殺人事件に端を発しています。犯人の望月辰郎は、四年前に死刑が執行され、もうこの世にはいません。でも、望月の死刑が確定する一年前に、あなたは東京拘置所を訪れ、彼と面会していますよね」

「私が、ですか」

「ええ、そうです。そしてあなたは、望月辰郎との面会の内容を、インターネットのブログに投稿しています」

じっと、押し黙っている。私はさらに言葉を続けた。

「あなたが、望月辰郎と面会したということについては、証拠があります。警察が調べた、当時の東京拘置所の面会者の記録のなかに、あなたの名前があったんです。間違いありません。私は警察の依頼で本件に関わっているので、情報を入手することができました。今から十二年前の二〇〇三年六月五日のことです。あなたの当時の住所や、年齢などの個人情報も記録されていました。刑が執行されるまで、弁護士以外に、望月との面会を行ったのは、あなただけです」

女性は何も答えず、肯定も否定もしない。

「勇気がいったでしょう。拘置所に赴き、誘拐殺人犯との面会を行うなんて。でもあなたは、どうしても行かなければならなかった。望月に会わなければならなかった。死刑が確定してしまうと、一般人の面会は許可されなくなる。だから……」

望月との面会について書かれたブログの記事（『二〇〇三年六月五日――小菅』）を目にしたのは、いわきを訪ねる一ヶ月ほど前のことだった。その記事は、インターネットの匿名の個人ブログに掲載されていた（ちなみにこのブログは、件の記事を配信してすぐに閉鎖しており、現在はネット上で読むことはできなくなっている）。

この面会の翌年に、望月辰郎の死刑が確定している。一体誰がこの文章を書いたのか。そしてこの会話の内容は事実なのか。真偽のほどは定かではなかった。だが面会があったというその日（二〇〇三年六月五日）、東京拘置所の記録には、望月に面会者がいたという事実が残されていたのである。面会申込書に書かれた名前は、これまでの二つの事件の関係者のなかにはなかった女性だった。しかしブログの内容から、面会者が事件に深く関係していることは明らかだった。

「私は、その望月辰郎の面会に現れた人間と、A子さんのマインドコントロールを行った人間とは、同一人物ではないかと思うんです。それともう一つ。望月は死刑に処される前に、獄中短歌を残していました。鬼畜の和歌と呼ばれた、恐ろしい和歌です。獄中の望月から送られてきたその和歌を、雑誌に投稿した人物がいます。私はその投稿者も、望月の面会に現れた人間ではないかと考えています」

「では、あなたは私がそうだというのですか」

苛立ち交じりの声で、彼女が言う。

「ええ、そうです。あなたはこれまで、私が調査のために目を通していたルポルタージュに、何度か姿を現していました。そのことに気がついて、あなたの存在を確信したんです」

そうなのである。和歌の投稿者。江美さんに雑誌を送りつけてきた人物。A子さんに犯行を唆(そそのか)した「あの人」。望月の面会者……。この事件の背後に隠れていた人物は一体誰なのか。その正体を突き止めるため、私は事件のルポルタージュを読み返した。そして、やっと気がついたのである。彼女の存在が何度か記述されていたことを。

「もし私が、あなたの探している人間だとしたら……それを知って、どうするつもりですか」

「真実を知りたいんです。二十二年前の誘拐殺人事件と今回の一家殺傷事件の真相を……。二つの事件の真相を導き出し、唯一(ゆいいつ)の生存者であるA子さんを、二つの事件の闇(やみ)から救いたいんです。だから教えて下さい。あなたはなぜ、彼女に近づいたんですか。そして、なぜ両親を殺害するように仕向けたんです。あなたの目的は一体なんなのですか」

その瞬間、張りつめていた彼女の表情が、少し和らいだように思えた。わずかに笑っているようにも見える。そして彼女はゆっくりと立ち上がると、語り始めた。

「わかりました。……そこまでおっしゃるのであれば、お答えしましょう。でも、その前に一つ約束して頂きたいんですが」

「なんでしょうか」

「あなたは、その少女を救いたいと言った。もし私が、その娘を殺人者になるように仕向けたとしたら……どうですか。私が憎いですか」

思いがけない質問に戸惑った。頭のなかで、慎重に言葉を選びながら、答えを返した。

「……さあ、それはどうでしょうか。あなたの話を聞いてみないと、分かりませんが」

「それでは、言い方を変えましょう。もし真実を告白して、憎いと思ったら、殺してくれますか。私のことを」

「あなたは何を言ってるんですか」

彼女の顔がさらに綻(ほころ)んだ。さっきまで白かった頬も、ほのかに上気している。からかっているのだろうか。こちらの反応を見て楽しんでいる。

「では、お答えします。伊尾木さんのおっしゃる通りです。A子の日記に登場する、両親の殺害を唆した人物というのは、この私のことなのでしょう」

かすかな笑みを浮かべたまま、彼女は言葉を続ける。

「私は二年ほど前から、彼らが暮らす向島に通い、A子に近づく機会をうかがっていました。ある夜のことです。マンションに行くと、飛び出してくる彼女の姿を見かけました。後を追ってみると、建物の裏側にある河原の方に走ってゆきます。土手に座り、肩をふるわせ、むせび泣いていました。彼女に近寄り、通行人を装って声をかけたんです。近くで見ると、A子は頬を腫らし、口の端から血を滲ませていました」

「そこで、彼女はあなたに打ち明けたのですね。虐待されているということを」

虐待……その言葉を聞くと、女性の顔から途端に微笑みが消えた。

A子さんが虐待されていたのではないかという疑惑は、小椋さん夫妻に虐待の噂があったということ（「検証——二十二年目の真実」参照）を知ったときに推測した。A子さんのカウンセリングの過程においても、彼女の言動の端々に、家庭内で暴力を受けていたのではないかという兆候が見られたからだ。おそらく虐待は、A子さんが幼いころから始まっていたものと推測される。中学生になった現在でも、虐待は日常的に行われており、それが彼女の心の奥底に、深い傷となって残されていた。彼女が両親を激しく恨み、彼らに対する憎悪を日記に残していたのは、そういった背景があったからなのだろう。

小椋夫妻は、我が子への虐待を繰り返していた可能性があった。もしそれが、事実だとしたら、A子さんが両親を激しく恨んでいた理由は納得できる。日々の虐待に耐えきれず、「殺したいほど」に、二人に激しい憎しみを抱いていたのだ。

「最初に出会った時、A子は虐待の話をしてはくれませんでした」

彼女が、静かに語り始めた。

「でも会話を重ね、徐々に打ち解けてゆくと、ある日、その事実を話してくれたのです。それから私は、彼女のよき理解者となりました。頻繁に会うようになり、彼女の苦悩に、真摯に耳を傾けました。理解者のふりをして激励し、時には叱咤して、私はあなたの絶対の味方であると、全幅の信頼を勝ち取ったのです。A子の精神を操るのは、さほど難しいことではありませんでした。そして私はある日、彼女に真実を告げたのです」

「真実？」

「そうです。二十二年前の誘拐殺人事件の真実です。かつて彼女の両親が、姉と兄に行った鬼畜の所業を……。彼らは悪魔であり、絶対に生かしておいてはならない存在であるということを……。両親から度重なる虐待を受けていた彼女は、その話を聞いて、激しく動揺していました」

「A子さんに伝えたという真実とは、一体何なのですか」

私がそう言うと、彼女は黙り込んだ。黄色い点滅信号が瞬(またた)いている道路の方を、じっと見つめている。視線の先を、スピードを上げた一台の車が横切ってゆく。

「望月辰郎は、誘拐殺人事件の犯人ではないということでしょうか」

その質問に、彼女は答えようとはしなかった。黙ったまま、暗い道路を見ている。

「面会のとき、あなたは望月に、誘拐殺人は冤罪(えんざい)であると訴えかけている。望月はそれを否定していましたが、あなたは、犯人は彼ではなく、二人の姉弟を殺害したのは別の人間であると主張した。もし冤罪が事実ならば、あなたはなぜ、そのことを知っているんですか」

彼女は黙したままである。私は言葉を続ける。

「答えて下さい。あなたは一体誰なんです。望月辰郎との関係は……。あなたの目的は、何なんですか」

こちらを向くと、彼女の唇がわずかに動いた。

「……私はただ、彼らにこの世から消えてもらいたかった。ただ、それだけです」

「彼ら？　彼らとは……小椋夫妻のことですか」

「ええ……だから私は、事件の真実をA子に告げ、自分の両親が、如何に恐ろしい鬼畜なのかを教えてあげたのです。彼女の知らない姉と兄は、誘拐されて殺されたのではなく、両親から虐待されて死亡したことを……」

「では……二人を殺したのは彼らの両親だったのですね」

彼女はわずかに頷くと、言葉を続けた。

「……いつか、あなたも彼らのように、虐待の果てに、命を奪われるかもしれない……。だから、そうなる前に彼らを葬り去るべきだと」

幼い姉弟を殺害したのは、死刑に処された望月辰郎ではなく、死亡した子供たちの両親であると彼女は言う。誘拐殺人事件は冤罪だった……。もしそれが事実ならば、驚くべき真実である。だが、彼女は一体何を根拠に、小椋夫妻が犯人だと言っているのだろうか。

「彼らは、人間ではありませんでした。誰かが彼らに、罪を償わせなければならなかった。二十二年前に命を落とした二人の子供のためにも……だから」

「それであなたは、A子さんに近づいたというわけなんですね。殺害計画は、あなたが考えたんですか」

「ええ」

「被害者の口に、望月の和歌の記事を詰め込もうと思ったのは、なぜです」

「外部の犯行に見せかけるためでした。A子が疑われないように。それと、追悼の意味もありました。二十二年前に死亡した、幼い姉弟への弔いの気持ちを込めてです。二人の子供と、彼らの罪を被り、死刑に処された望月辰郎の……」

「ということは、あなたは望月や殺害された姉弟の報復のために、A子さんを操り、小椋夫妻の殺害を企てたということですね」

「彼女はうまくやってくれました。両親が死亡し、娘だけが生き残る。私が思い描いた、最良の結果となった。でも、私が殺人を行ったわけではありません。私はただ、あの娘に〝真実〟を告げただけですから。私は自分で手を下さず、目的を果たしたのです」

「あなたはなぜ、そこまで執拗に、小椋夫妻の死を望んでいたのですか」

「それが私に与えられた、責務だったからです。あの夫婦への報復。それは、私の人生の全てと言っても、過言ではありませんでした。神が裁きを下さないのであれば、誰かがあの女に、罰を与えなければならなかったのです。だから……」

「あの女？　あの女とは、一体誰なんですか」

そう言うと、彼女はまた押し黙った。

「小椋鞠子さんのことですか」

二十二年前の被害者の遺族であり、A子の母親である小椋鞠子。その名前を聞くと、彼女の唇はゆっくりと動き出した。

「あの女は鬼畜でした。小椋鞠子……彼女こそが、本当の鬼畜なんです」

「では、あなたが憎んでいたのは、夫の克司さんではなく、鞠子さんだったんですね」

「あの男は、彼女の傀儡(かいらい)にすぎません。実行したのは父親ですが、虐待行為も殺人も、全て鞠子の指図によるものです。あの男は、彼女の言うことには、決して逆らえなかったんです。鞠子は人間ではありませんでした。気に入らなければ、我が子も平気で手にかける、人の皮を被った悪魔だったんです」

当初私は、虐待は夫の克司さんの主導で行われていたと考えていた。だが、その後カウンセリングを進めてゆくうちに、次第に違和感を覚えるようになった。もしかしたら、A子さんの憎悪は、父親ではなく、母親に向けられたものではないか？ カウンセリングが進んでゆくなかで、私自身もそう思うようになっていった。

「実は鞠子さんには、克司さんの前に夫がいて、その男性から失踪(しっそう)したという過去がありました。その顛末を詳しく記録した、ルポルタージュもあります。ルポには、彼女が失踪した理由は、夫からのひどい暴力であり、彼女を匿ったのが、中学の同級生の克司さんだったと記されていました。私も気になって、鞠子さんの前夫を探し出して、話を聞いてみたんですが、それで意外なことが分かったんです。前夫の話によると、彼女が暴力を受けていたというのは、全部出鱈目だというんです。そのような事実は一切なく、鞠子さんが失踪したのは、彼が自宅に隠し持っていた多額の現金を、持ち逃げしたことが理由であると主張していました。その金は、彼自身も公には出来ない隠し金だった。だから警察にも言えず、失踪調査人に頼んで、居場所を捜してもらったということなんです」

「……それで彼女は、その隠し金を持って、小椋家に逃げてきたのですね」

「そうなんです。当時、鞠子さんは妊娠していて、小椋家で前夫の子供を産んだようです。その子供が生まれたのが一九八六年。ルポによると、失踪した当時は、前夫に居場所を知られたくないので、出生届を出してなかったようです。その前夫との子供というのが、一九九三年の誘拐事件で殺害された、六歳の誕生日を迎えたばかりだったという、姉の須美奈ちゃんなのでしょう」

話しながら、女性の様子を横目でうかがう。彼女の反応は興味深かったが、特に大きな変化はない。黙って、私の話に耳を傾けている。

「鞠子さんは小椋家に入り込み、克司さんを支配した。もともと彼は学生時代、鞠子さんに憧(あこが)れていたといいます。だから、克司さんを従わせることは、さほど難しいことではなかったのでしょう。それで克司さんに命令し、気にくわなければ、我が子にも暴力を振るわせた。そしてついには、二人の子供を虐待死させるに至ったのだと思います」

その時女性は、沈痛な面持ちで固く目を閉じた。私は何も言わず、じっとその様子を眺めていた。重苦しい時間が流れる。しばらくすると、彼女の目が開いた。

「私は絶対に、あの女を許すことが出来なかったのです。あの女への報復が私の人生の全てだった……。でも、これでやっと終わりました。自分が産んだ子供を、平気で殺(あや)めることができる鬼畜の女の命は、自分が産んだ娘の手によって、見事に絶たれたのですから」

まるで囁(ささや)くような声で彼女は言った。だがその顔には、言い知れぬ狂気がにじみ出ている。白い顔に浮かぶ、泣きぼくろがやるせない。私は一呼吸置いてから、彼女に告げた。

「あの……あなたは一つ、大きな勘違いをなさっているようです」

「勘違い」

「一家殺傷事件の犯人は、A子さんではないということです」

「A子ではない。それはどういうことですか」

「捜査本部の見立てによると、どうやら、彼女は被害者のようなのです。犯行現場の遺留品や血痕などの状況、さらには、両親の遺体やA子さんに見られる防御創などから判断すると、凶行を行ったのは、父親の克司さんのようですね。捜査本部は、克司さんがA子さんを襲い、そのあと、妻の鞠子さんを殺害し、自害したと考えています」

「自害した……」

「そうなのです。物証が証明しているので、A子さんが犯人ではないことは間違いないでしょう。では、一体なぜ事件は起こったのか。カウンセリング中の彼女の言動などと照らし合わせると、以下のような推測が成り立ちます。まずA子さんは、あなたが作った犯行計画を、現実に実行しようとは思っていなかったのではないでしょうか。ただ彼女は、パソコンに向かって犯行を企図した日記を書き記し、両親を殺害することを空想していただけだったんです。でも、それを母親の鞠子さんに見られてしまった。鞠子さんは怒り狂い、娘に暴力を振るうことを、父親の克司さんに命じたんだと思います。克司さんは言われた通り、暴行を加えた。A子さんを殴打したのも、首を絞めたのも鞠子さんの指示だったのでしょう。でもA子さんが意識を失い、克司さんは恐ろしくなってやめてしまった。二十二年前のことを思い出したんです。また子供を殴り殺してしまうのかもしれない……。あの事件のことは、彼にとっても大きなトラウマだったに違いありませんから」

そこまで言うと、一旦言葉を切った。彼女はじっと、私の話を聞いている。

「しかし、鞠子さんはそれを許さなかった。暴行を続けるように、克司さんに命令したのでしょう。でも彼は、その言葉には従うことはできなかった。もう二度と、自分の子供を殺すような真似はしたくない。追いつめられた彼は、こう考えたんだと思います。娘を守るためには、この女を生かしておいてはならない……と。そして、衝動的に鞠子さんを殴り、殺してしまったんです。二十二年前に命が絶たれた、二人の子供らの亡霊に突き動かされるように……。鞠子さんを殺害後、克司さんはまずパソコンの日記を消去した。そして、外部からの侵入者による犯行と思わせるために、部屋を荒らし、長靴をかませて玄関のドアを開け放した。日記を消したのも、外部の犯行に見せかけたのも、A子さんのことを考えての行動だったんだと思います。事件が発覚したとき、娘が殺人犯と疑われぬようにと……。彼が息を引き取る直前に、『暴漢に襲われた』と証言していたのも、そういった理由だったのでしょう。そして、一連の工作を終えた後、鬼畜の和歌が書かれた記事を、娘と妻、自分の口に詰めて、胸に包丁を突き立てた……」

衝動的に妻を殺し、自ら命を絶った小椋克司。犯行の手口が違うように見えたのも、こうした彼の行動によるものだった。

「どうしてそんなことを」

「たぶんそれは、彼なりの贖罪(しょくざい)だったんじゃないでしょうか。克司さんは気づいていたんだと思いますよ。あなたの正体に……。彼はずっと怯(おび)えていたんです。いつかこんな時が来るだろうって。望月の和歌が雑誌に載ったときも、投稿者の存在を知って、気が気でなかったのです。そして、A子さんの日記を見て、愕然(がくぜん)としたんです。夫婦しか知らなかったはずの、二十二年前の真実を知っている誰かがいる……。もう逃れられないと思った。だから、鞠子さんを殺して、自分も死のうと考えたんでしょう。全ては贖罪だったんです。あなたが企図した殺害計画を全うすることが……。自らが手にかけた二人の子供に対する、鎮魂の思いを込めた……」

その言葉に、彼女は何も答えなかった。

静まりかえった、温泉街の夜。もう道路には、車も走っていない。彼女は視線を外し、暗い道路をただじっと見続けている。

「……だから意外な形で、あなたの復讐は実行されたのです。A子さんが、殺したいほど両親を憎んでいたことは事実ですが、彼女には現実に殺人を実行する勇気はなかった。もしかしたら、あなたもそうだったのではないですか。まさか本当に、殺人が起こるとは、想像していなかったんでしょう。あなたはただ、娘を介して、あの二人に恐怖を与え続けたかっただけだった……。二十二年前、二人が行った鬼畜の所業を、忘れさせないために。望月の和歌を、雑誌に投稿したときのように」

こちらに目を背けたまま、彼女は言う。

「そうですね……あなたの言う通りかもしれません。でも、あの夫婦が死亡したということをテレビのニュースで知ったとき、私が歓喜にうち震えたことは紛れもない事実なのですよ。人生をかけた報復が、やっと終わったのですから……。念を押しますが、私は自分で殺人を行ったわけではないんです。自らは手を下さず、復讐を完遂した。そう……だから、そういった意味では、本当の鬼畜は私なのでしょう。悪魔に取り憑かれたのは私自身だったのです。望月辰郎は、私にこう言いました。復讐は神のみに赦された行為であると。我々人間は、決して復讐を行ってはならない。さもなくば、悪意の連鎖は途絶えることなく、永遠に続くことになるからだと。でも私は、湧き上がる復讐心を抑えることが出来ず、彼との契りを破り、神に背いてしまったのです。だから、復讐が終わった今、私は生きていてはいけない存在なのですよ。何度か死のうとしました。手首を切ったこともあったし、電車に飛び込もうともした。でも、結局死にきれなかった。娘を失い、ホームレスとなって死に場所を探していた望月辰郎と同じ。沈み行く船の中にいて、補陀落を目指しているのです。だからさっき、あなたに言ったのですよ。殺してくれますかと。私の中にいる悪魔を滅ぼし、一刻も早く、復讐の連鎖を断ち切らなければならない……。だから」

そこで言葉をかみ殺すと、彼女は固く目蓋を閉じた。私は、彼女に問い掛ける。

「今の告白は全て、本当のことですか」

「本当だと言ったら、私の願いを叶えてくれますか」

「死んだからと言って、罪が償えるわけじゃないでしょう。確かに、復讐のためにA子さんを利用したことは、許されることではない。その点については、私自身、あなたに対して強い憤りを感じていますよ。でも、あなたは決して鬼畜などではない。一連の事件は、恐ろしい人間の悪意が複雑に連鎖して、起こった不幸だと私は思っています。それは二十二年前の事件だけじゃない。望月の娘を死に至らしめた生徒たちの悪意や、我が子を虐待する親の悪意、さらには、それよりずっと前から連綿と続いている、人間のどす黒い闇がつながって起きているんです。望月辰郎は、その悪意の連鎖を、断ち切ろうとした……。面会の時、彼は最後にこう言っている。『あなたが元気で健(すこ)やかに生きていてくれるのが、私の何よりの希望』。だから、あなたが死を選ぶということは、命をかけた望月の行為を無にすることではないでしょうか。そのことは、あなたが一番よく分かっているはずです。だからあなたは、生き続けるしかないのでしょう。補陀落に旅立った望月や二人の姉弟のためにも……。それがあなたの運命であり、宿命……」

彼女の両目に、光るものが滲(にじ)んできている。振り切るように、彼女はベンチに向かい、トートバッグを手に取った。

「もういいですよね。では、これで失礼します」

立ち去り際(ぎわ)にそう言うと、彼女は歩き出した。思わず声をかける。

「ちょっと待って下さい。それで……答えて下さい。あなたは一体誰なんですか」

少し離れたところで、彼女は立ち止まった。そしてこちらを振り向くと、こう言った。

「それはもう、あなたは知っているのではないのですか」

私はその言葉に、答えを返さなかった。

じっと黙ったままの彼女。そして、静かに口が開いた。

渡海

暗がりの中で、川のせせらぎの音だけが聞こえている。

あれは、身も凍るような寒い夜のことだ。雑木林の中を吹きすさむ風が、頬を刺していた。懐中電灯を持つ手が、ぶるぶると震えている。でも、震えているのは、寒いからだけではない。恐ろしくて、たまらなかったからだ。

じっと懐中電灯を握りしめながら考えた。もしかしたら、昨夜の出来事は夢だったのだろうか。いや、夢だったらどんなにいいか。そう思っていた。

おじさんはずっと、大きなスコップで地面を掘り返している。天気予報によると、明日は朝から大雨が降るらしい。それまでに見つかるのだろうか。すると、おじさんがスコップを土の上に投げ出した。あちこち掘り返したので、はあはあと息が上がっている。額の汗を拭(ぬぐ)いながら、こちらをちらりと見た。ようやく見つかったようだ。

懐中電灯の先の地面には、掘り返された大きな穴が見える。恐る恐る覗き込むと、穴の底に、二つの小さな顔が覗いていた。土のなかに埋められた二人の顔は青ざめ、目を固く閉ざしている。思わず顔を背けた。やはり夢ではなかった。昨夜の出来事は、現実だったのだ。それと同時に、身体の内側から、悲しみが込み上げてくる。そして、あの女に対する憎しみも。

再びスコップを手に取ると、おじさんは、慎重に周りの土を掘り始めた。二人の姿を見て、手の震えは、さらにひどくなってきた。落とさぬようにと、懐中電灯を握りしめた両手に力を込める。土中に埋められた姉と弟の姿が、次第に露わとなってきた。

昨夜の彼女の怒りは、いつにも増して激しかった。弟が小便を漏らしたのが、気に入らなかったのだ。いつものように、父親に折檻することを命じた。彼は言われた通り、弟を殴りだした。あの男は、絶対に母に逆らうことはできない。四歳の弟は、火の付いたように泣き続けている。そのとき、自分はまだ小さかったので、恐ろしくて、部屋の隅で硬直していた。止めようとしたら、自分も殴られる。助けてあげたかったが、どうすることもできなかった。しばらくすると、父親は殴る手を止めた。だが、彼女はそれを許さない。

「この子はまた同じことをする。きちんと躾けてやらないと」

母親は暴行を続けるように言う。父親は命令に従い、息子の頬を張る。亘のトレーナーに、口から吐いた血が飛び散った。父親は彼女の許しが出るまで、殴り続けた。いつの間にか、弟はぐったりして動かなくなっている。もう息をしていなかった。

亘が死んだのを知って、近くにいた姉が泣き出した。彼女は言葉がうまく話せない。年齢は自分より一つ上で、もう七歳になるが、幼稚園にも小学校にも行かせてもらえてなかったからだ。後で知ったことだが、母親の前夫との間に出来た子供で、戸籍にも入ってなかったらしい。だから、ほとんど家のなかに閉じ込められて、外に出るのは三人で、あの畑の隣の公園で遊ぶくらいである。普段はとても穏やかで、とても優しい姉だった。だが錯乱すると暴れるので、よく庭に出され犬小屋に鎖でつながれていた。

その夜も、亘が死んだのを知ると、獣のような声で泣き叫んだ。母親があわてて、父親に黙らせるように指示を出した。彼は姉の口を塞いだが、錯乱は収まらない。母親は苛立った様子で、首を絞めるように言う。

「この子も、生きていても仕方ないのだから」

「でも……」

「言う通りにしないと、私たちはどうなるか分かっているの」

亘を殺めてしまったので、父親は彼女の、完全な下僕となり果てたのだ。そして母親も、亘を虐待死させたことにより、人としての最後の理性を失ってしまったのだろう。父親は苦渋の表情を浮かべながら、姉の首を絞めた。

二人は、姉と弟の遺体を毛布にくるんで、車のトランクに押し込んだ。自分もついてくるように言われ、後部座席に乗せられた。雑木林の入口に着くと、車を停め、彼らはトランクを開けた。父親が姉の遺体と農業用のスコップを担(かつ)ぎ、母親が亘の遺体を抱えた。自分は懐中電灯を持たされ、三人で森のなかに入っていった。暗い森の奥へと進んで行く。手頃な場所を見つけると、二人はスコップで穴を掘り始めた。そこだけ樹木の生えていない、川沿いの荒れ地である。

静寂の中、川のせせらぎだけが聞こえている。両親は黙々と土を掘り返していた。うしろでその姿を見ていると、心底恐ろしくなってくる。もう彼らのことが、人間には見えなかったのだ。彼らはさっき、犬猫をなぶり殺すかの如(ごと)く、二人の子供を殺害した。それも我が子を……。

もしかしたら、自分も殺されるかもしれない。

そう思った瞬間、身体中から血の気が引いた。そうなのだ。自分は彼らの犯行を全部見てしまった。あの穴が掘り終わったら一体どうなるのか。

とっさに足が動き出す。気がつくと、その場から駆け出していた。あわてて父親が追いかけてくる。死に物狂いで逃げた。捕まったら殺される。姉や弟のように……。

森のなかを走った。必死で走った。でも逃げ切れなかった。すぐに追いつかれ、腕を摑まれてしまった。結局また、あの穴のところに連れ戻された。父親の太い指が、痛いほどに自分の腕に食い込んでいる。もう逃げられそうもない。母親がこっちに近寄ってきた。父親の耳元で何かを囁いている。やっぱり自分も殺されるんだ。母親が一歩うしろに下がると、父親が摑んでいた手を離した。その隙に逃げようとして、背を向けた途端、息が出来なくなった。首を絞められたのだ。目を閉じて覚悟する。

でも父親は、すぐに手を離すと、よろよろとその場に座り込んでしまった。

「何やってるの。また逃げられるよ」

父親は答えず、地面に伏したまま頭を抱えている。

「さあ早く。この子は絶対に言うから」

「言わない。言わないよ」

死に物狂いで、自分は叫んだ。彼女は、常軌を逸した目をこちらに向ける。泥にまみれた両手で、首を絞めてきた。母親の冷たい手に、力がこもる。

苦しい……。

娘の首を締め上げる母親。そのときの彼女の形相は、もはや人間のそれではなかった。鬼だ。人の形をした鬼。

彼女が両手に、力を込める。意識がどんどん遠ざかってゆく……。

土の匂（にお）いがする――

薄く目を開けると、宙に放たれた土が、断続的に降ってくるのが見えた。穴の中にいるのだ。父と母が、スコップで土をかけている。どうやら自分は生きているらしい。彼女は絞め殺したつもりだったが、幸い呼吸は止まっていなかった。二人は、ぜいぜいと荒い息を吐きながら、一心不乱に穴を埋めている。スコップから放たれた土が顔を覆（おお）い、苦しくなってきた。思わず両手を動かし、鼻と口を塞いだ。

まずい……。勘づかれたかもしれない。生きていることが知れたら、せっかく助かった命も水の泡と消える。だが、二人は手を止めることなく、黙々と作業を続けていた。どうやら気づかれていないようだ。穴を埋めることに懸命となり、よく見えてなかったのだろう。両手で顔を覆ったまま、土の中で息を潜めた。やがて土は身体を覆い尽くし、周囲は闇に包まれる。

何も見えない、音もない世界……。真っ暗闇の土のなかで、冬眠中の昆虫のように、じっと身体を硬直させる。絶対に彼らには、生きていることを知られてはならない。それから、どれくらいの時間が経ったのだろう。だんだん呼吸が苦しくなってきた。もう我慢出来ない。苦しくて、もがき始めた。満身の力を込めて、周りの土をかき分ける。もがけばもがくほど、土が鼻や口のなかに入り込んできた。息が出来ない。暗闇のなかで、必死に土をかき分け続けた。すると、突然視界が開けた。

森の中である。何度もむせながら、口のなかに入っていた土を吐き出す。地上の新鮮な空気を、胸一杯に吸う。土のなかから這い出し、周囲を見渡した。もう両親の姿はどこにも見当たらない。

早く逃げなければ……。よろよろと立ち上がり、泥だらけのまま、その場から駆け出した。

どこをどう走ったのかは分からなかった。ただ必死で走り続けた。力尽きると、木の陰に隠れて、ずっと息を潜めていた。暗い森の中で一人、こう思った。もしかしたら、自分は夢のなかにいるのかもしれない。きっと、恐ろしい夢を見ているのだ。そうに違いない。恐ろしい夢なら、早く目覚めて欲しい。

公園に着いたときは、もう明け方近くになっていた。家が近いので、両親に見つかるかもしれないとびくびくしていたが、頼れるのは望月のおじさんしかいなかった。おじさんは、家の近くの公園で寝泊まりしていたホームレスだ。両親から激しい虐待を受けていた私たち姉弟の話を、いつも親身になって聞いてくれていた。おじさんのところに駆け込み、昨夜の出来事を全部話した。話を聞くとおじさんは、彼らに見つからないようにと匿ってくれた。そして、夜になるのを待って、おじさんと二人でまた、この雑木林にやって来たのだ。

土のなかから遺体が出てくると、おじさんは深くため息をついた。冷たくなった二人の前に跪き、両手を合わせ黙禱している。しばらくすると、目を開けて、遺体の服のボタンに手をかけた。服を脱がしながら、おじさんが言う。

「寒いけど、ごめんな」

全部脱がせると、おじさんは持って来た黒いリュックを開けた。そのなかに、二人の衣服や下着、靴などを入れ、代わりに可愛らしい子供服を取り出した。昼間にどこかで買ってきたのだろう。新品の運動靴もある。

「さあ、これに着替えて」

「どうして」

「いいことを思いついたんだ」

「いいことって」

「いいことだよ……さあ、おじさんを信じて」

言う通りにすることにした。もう信じられるのは、おじさんしかいない。泥で汚れた、花柄の黄色いワンピースを脱いで、新しい服に着替えた。おじさんは私の着ていたワンピースや運動靴を、黒いリュックに詰め込んでいる。

それからおじさんは、不思議な行動に出た。裸にした姉の亡骸(なきがら)を大事そうに抱えると、穴のなかに戻したのだ。さらに弟も……。再び、穴の底に横たわる二人の遺体。スコップを手にとって、土をかけ始める。二人の姿はまた土に埋もれてゆき、やがて見えなくなった。穴を埋め終わると、額の汗を拭いながら言う。

「やっと終わった」

泥まみれの顔で、おじさんがこちらを見る。

「これで、もう大丈夫だよ」

「大丈夫？　本当に」

「ああ、本当だ。悪い夢だった。もう全部忘れなさい。昨日のことも、全部」

「うん。分かった」

おじさんに言われると、ちょっと安心した。もしかしたら、本当に怖い夢だったのかもしれない。そう思えた。

「それから、もう一つ。今日からは、自分の名前も忘れるんだ」

「名前も？」

「そうだよ。名前も全部忘れて、生まれ変わるんだ。また、お父さんとお母さんのところに戻ったら、どうなるか分からないだろう」

確かに、おじさんの言う通りだと思った。両親は自分を死んだと思い込んでいる。もし生きていることを知られたら、今度は確実に殺されるに違いない。

「今までのことは全部なかったことにして、これから新しい人生を生きるんだ。そうすれば、もう殴られたり、蹴られたりすることはない」

「本当？」

信じられない言葉だった。毎日殴られたり、叩かれたりするのは本当に嫌だったからだ。何日もご飯を食べさせてもらえず、ひもじい思いをするのも辛かった。もしおじさんの言うように、自分が生まれ変われるのならば、そうしたいと思った。

「これから、おじさんの知り合いのところに行くんだ。もう連絡はしてあるから。お寺の住職さんだ。孤児院もやっている。おじさんが一番尊敬する人だ。新しいお父さんだと思って、そこで暮らすんだ。友達もいっぱいいるよ」

　そう言うと、おじさんは封筒を差し出した。中には、福島県にある寺院までの地図と住職宛の手紙、そして数枚のお札と小銭が入っている。

「一人で行けるかな」

「一人で？　おじさんは行かないの」

「ああ、おじさんは行かなければならないところがあるから」

「どこへ行くの」

「お巡りさんのところだよ」

　それを聞いて、そのときは納得した。両親の犯行を通報するために、警察に行くのだと思っていたからだ。でも、実際は違っていた。

「あと、これだけは約束して欲しい。ここで起こったことは、何があっても言ってはいけない。君は生まれ変わるんだろ。だから全部忘れるんだ。今まで生きてきたことや、辛かったこと、両親に対する恨みとか憎しみとか全部……」

「全部？」

「そうだ……約束できるかな」

「約束を破るとどうなるの」

「神様が怒ってしまうかもしれない。悪い人をやっつけるのは、神様の仕事だから。憎しみや恨みを忘れて生きれば、人間は幸せになれるんだよ」

「本当?」

「ああ……それに、約束を守ってくれないと、おじさんが困ってしまう」

「おじさんが困るの」

「だから約束できるかな。今日のことは全部忘れて、絶対に誰にも言わないって」

そのときは、少し躊躇(ちゅうちょ)した。全部忘れてしまうことなど、自分に出来るのだろうか。でも、おじさんが困ってしまうのならば、約束するしかないと思った。

「うん、分かった」

「じゃあ、指切りしよう」

泥だらけの、節くれ立った小指が差し出された。夜の闇に包まれた冬の森で指切りをする。指切りが終わると、おじさんは言った。

「……じゃあ、早く行きな」

「うん」

「気をつけてな」

「分かった」

踵を返して、行こうとした。でもすぐに立ち止まって、うしろを振り返る。

「また、おじさんに会えるかな」

それを聞くと、おじさんは一瞬黙り込んだ。少し考えてから、

「……きっと、また会えるよ」

そう言うと、目尻に皺をよせて、優しく微笑んでくれた。その細い目には、うっすらと涙が滲んでいる。

そして、おじさんは言った。

「あなたが元気で健やかに生きていてくれるのが、私の何よりの希望。だから、全部忘れて……生きろ。これからの人生を」

周囲は、静寂に包まれている。暗い森のなか、優しい眼差しだけが光っていた。

その慈愛に満ち溢れた表情は、生涯忘れることは出来ない。泥に汚れたしわくちゃの顔で、ずっとこっちを見ている。

あのときの望月辰郎の顔を思い出すと、今でも強く胸を締めつけられる。

望月辰郎はなぜ、真実を警察に告げなかったのだろうか。そして一体なぜ、両親の罪を被ったのか。

ずっと、それが分からなかった。

でも、彼から送られてきた短歌に隠された、本当の意味を知ったとき、その真意を悟る。望月がなぜ、あのような行動に出たのか。どんな思いで、自分を救おうとしたのか。その全てを理解することが出来た。

彼は面会のときにこう言っていた。

「私は娘に真実を告げることを禁じ、自らの運命を甘んじて受け入れよと言った。真実を訴えることで傷つく人がいるのならば、自分が、その苦しみに耐えなければならないと。そうしなければ、憎しみの連鎖は永遠に続くのだと」

でも、そのことで今日香さんは苦悩し、死を選んだ。彼女の死は、望月も予期していなかったのだろう。だから、娘の死は自身の罪であると己を苛み、浮浪者となって、野垂れ死のうとしていたのだ。そんなときに、自分と出会った……。亡くなった娘の姿を、虐待の果てに逃げ延びてきた少女に投影させて、何とか生き続けて欲しいと願ったのである。

それが、望月辰郎の贖罪だった。

補陀落に渡海した娘に対する……。

遠い過去から、連綿と続いている人間のどす黒い悪意……恨み、憎しみ、復讐。それらの連鎖を、身を挺して彼は断ちきり、自ら娘のもとへ旅立とうとしたのである。

それを自分は……

森のなかを、必死で走った。

昨日と同じだ。周囲は、深い闇に包まれている。でも、なぜかもう怖くなかった。目が慣れてきたせいなのだろうか。それとも、おじさんに希望を与えてもらったからなのか。もう大丈夫だ。森を出ても、両親に見つかるはずはない。彼らは三人とも死んだと思っている。

雨がぱらぱらと降ってきた。生い茂った樹林の間をかき分け、かき分け、森のなかを駆け抜ける。びしょ濡れになりながらも、懸命に走り続けた。すると……。視界の先に、雑木林の出口が見えてきた。

もうすぐだ。この森を抜け出たら、自分は生まれ変わるのだ。もうこれで、殴られたり、蹴られたりすることはない。痛いことや、怖い思いをすることもないのだ。

でも本当に、全部忘れ去ることなど出来るのだろうか。両親に対する怒りと憎しみ。そして、幼くして命を落とした姉と弟の無念の思いまでも……。彼らのことは、忘れることは出来ないかもしれないけど、おじさんが言う通り、絶対に生きよう。何があっても、絶対に。
心のなかで強くそう決意すると、小椋須美奈は、雑木林の出口にたどり着いた。

鬼と化す　経ては暗闇　今もなお　割った鏡に　地獄うつりて

川面浮く　衣はなき花冠　生の地を　発つ子咎なき　流れては消え

耳すまし　三途渡しの　音が愛し　真綿死の色　在世死の毒

血反吐吹く　雌雄果てたり　森の奥　白に滲むな　死色の赤よ

鉄格子　飽く間に過ぎる　仇討ちか　蔦目も憎き　獄の窓より

死子に櫛（くし）　身の隅々も　清められん　沙汰血切（さたちき）る神　累々（るいるい）の死屍（しし）

邪（じゃ）の視線　ぶつ手止まらず　柔（やわ）い皮　擦れて滲む血　子の息止まる

姉が伏（ふ）す　身鳴き身は息　蠟（ろう）少女　命に怒（おこ）れ　手よ烏（う）や雲に

硬き舌　奇術（とりっく）の如（ごと）き　赤木札（あかきふだ）　楽になりにし　四つの眼（まなこ）

暮れゆくも　薄く立つ霧　闇深き　妖花（ようか）に和（あ）える　呪（のろ）い草（ぐさ）かな

獣（けだもの）の鉈（なた）（望月辰郎）

【参考文献】

『今日、ホームレスになった　15人のサラリーマン転落人生』増田明利（彩図社）
『首輪をつけた刑事たち　警察犬物語』来栖三郎（文芸社）
『和歌のルール』渡部泰明編（笠間書院）
『《愛蔵版》遺愛集　いのち愛しむ獄中歌集』島秋人（東京美術）
「聖者の歌」車谷長吉（『本の話』二〇〇六年八月号）
『追跡者』福本博文（新潮社）
『失踪する人々』岡崎昂裕（宝島社新書）
『日本の無戸籍者』井戸まさえ（岩波新書）

解説 事実の魔術師

前川 裕

事実と真実は同じではない。そんなことは百も承知の上で、事実という言葉が持つ、鈍い不気味な光沢を、まるで魔術師のように自己の作品に取り込み、読者を翻弄し続けるという点で、長江俊和ほどの才能に恵まれた人間は、まれなのかも知れない。これほど緻密な構成と複雑なストーリーに立脚しながら、これほど高いリーダビリティーを保つ作品には、そうそう出会えるものではない。

しかし、複雑に入りくんだストーリーに冒頭から触れて、思わずネタバレという地雷を踏む愚行を避けて、まずは映像作家としての著者の作品について書くことにしたい。長江の名が世間の注目を浴びるようになったのは、二〇〇三年に『放送禁止』というフェイク・ドキュメンタリーが深夜テレビ番組で放映された頃である（詳しくは新潮文庫『掲載禁止』千街晶之解説を参照されたい）。長江が脚本・監督を手がけるこのシリーズの第二作『放送禁止2 ある呪われた大家族』は、私にとって第一作以上に衝撃的な作品だった。私がこの映像を見て思い出したのは、古くは原一男監督の『ゆきゆきて、神軍』（一九八七年）、そして最近では東海テレビが制作した『ヤクザと憲法』（二〇一五年放映）である。

『放送禁止2　ある呪われた大家族』がこれらの真正のドキュメンタリーを連想させるのは、その映像技法に加えて、事実が持つ危険な暴力性がほとんど同レベルの迫真性を帯びて映し出されているからだろう。特に、一家総出のラジオ体操と朝食に現れなかった長女に、父親が激しい暴力を振るう場面は衝撃的だ。それは『ゆきゆきて、神軍』において、終戦直後の銃殺事件に関する証言を求めて、暴力肯定を標榜する元陸軍上等兵が手術直後で体が弱っている元陸軍軍曹を徹底的に問い詰め、文字通り暴力でねじ伏せるカットを彷彿とさせる。そしてまた『ヤクザと憲法』では、暴力団の幹部が部屋住みの若い組員を扉の閉じられた部屋の中で折檻する様子が、ほぼ音声だけで伝えられる場面と酷似している。

だが、長江のフェイク・ドキュメンタリーをこれらの作品から決定的に隔てているものは、長江にとっては事実らしく見せることが目的であり、他の二作品では暴力的な事実に基づく現実をさらけ出すこと自体が目的だということだろう。ここにエンターテインメントと、社会派ドキュメンタリーの線引きがあるとも言える。実際、この大家族の家に送りつけられてくる不気味な「鳥居の写真」というオカルト的な要素を加えることによって、長江は事実の絶対性という危うい陥穽からかろうじて逃れて、見事なエンターテインメント作品を完成させているのである。それでも、大家族の子供たちが密かに猜疑の目を父親に向ける緊張に満ちた場面や、災いの元であった父親が失踪したあと、子供たちや妻がのびのびとラジオ体操に興じる奇妙に明るい場面は、映像として秀逸であり、単なるエンターテインメントを超える、きわめてリアルな現実生活の実相を映しているように見える。

こういう関係を映像作品から活字媒体に置き換えてみるとき、すぐに頭に浮かんでくるのが、トルーマン・カポーティの『冷血』である。カポーティは『冷血』を「完璧に事実に基づく」(immaculately factual) ものと宣言したものの、皮肉なことに、読み終わってみれば、この作品が我々に問いかけてくるのは、「事実とは何か」という回収不能な謎なのである。カンザス州の片田舎で現実に起こった一家四人殺しを取材したノンフィクション・ノベルだが、二人の犯人が何故、面識のない家族を皆殺しにしたのか、完全に納得のいく説明がなされているわけではない。不思議なことに、犯人はきわめて複雑な方法で四人全員を縛り上げているのに、結局、銃とナイフで殺害しているのだ。

日本でも、一九九五年に八王子のスーパーで起こった拳銃強盗殺人事件では、殺害された三人の被害者のうち、二名の女子高校生のアルバイト従業員は縛られたまま拳銃で射殺されている。射殺するなら、わざわざ縛る必要はないと考えるのが、普通の論理的思考だろう。この事件は未解決だから、そこにどんな事情が介在したのか今のところ知るよしもないが、こういう情報は人間の死という事実の凶相をひたすら不気味なものに見せるのだ。

『冷血』が発売されたのをきっかけにして、一九六〇年代のアメリカの精神医学界では、murder without apparent motive という言葉が流行ったらしいが、この語句を普通に訳せば「明白な動機なき殺人」という意味になる。しかし、逆説的に言えば、apparent という形容詞には、「うわべの、外見上の」という意味もあるから、「一見動機がないように見える殺人」という意味にも取れ、「動機はある」と言っているようにも聞こえる。それは具体的には、二人の殺人犯の間の、ある種の敵対的な心理劇がこの殺人を引き起こしたとする精神科医の見解に繋がっている。だが、所詮、人間の心の中で起こっていることは、事実という鏡の中には反映されないのである。要するに、『冷血』は一般の推理小説が禁じるオープン・エンディングになっており、その意味ではやはりエンターテインメント作品とは言い難いのだ。

本作で描かれている「柏市・姉弟誘拐殺人事件」と「向島・一家三人殺傷事件」は、不気味で一見理解不能という意味で、いかにも事実らしい相貌(そうぼう)を備えている。しかも、途中のプロセスはドキュメンタリーという概念に沿った緻密な構成と、実に丹念に作り込まれたストーリーの細部によって、確固たる土台を与えられ、張り巡らせられた伏線は最終的に見事に回収されている。

特に、副題にもなっている「死刑囚の歌」に関連する和歌の修辞法についての解説、あるいは、参考文献をも含む「無戸籍者」に関するさりげない記述などは、読み終わった段階で、もう一度舌を巻かざるを得ないレベルのものだ。また、登場人物の時間的な出し入れも実に巧みだ。同じ人物描写であっても、どの媒体で（週刊誌、新聞、専門誌、ネット等）どんなタイミングで書くかによって、読者に与える衝撃の強さがいかに異なるかを作者は計算し尽くしているのだ。それは遠い昔、アリストテレースがギリシャ悲劇のプロットについて、逆転(ペリペテイア)と呼んだものを、二重、三重に使いこなしているようにさえ思える。

これは私の勝手な想像だが、こういうディーテイルに対する構成能力の高さは、映像監督としてのプロフェッショナリズムに由来しているのかも知れない。私も自分の小説が二度ほど映像化された経験を持つが、撮影現場で監督と話してみると、ディーテイルに関するこだわりは想像以上に強く、徹底的な調査をしていることが多い。無論、個人差はあるのだろうが、活字を媒体とする我々小説家と映像を媒体とする映像作家の間には、この点については根本的な能力差があるような気さえするのだ。

それはともかく、映像であれ活字であれ、事実らしく見せることの重要性は、少し大げさな言い方をすれば、日本社会では歴史的社会的通念として成立しているのかも知れない。特に戦前では、自然主義の影響が強く、ありのままに書くことが純粋小説の証であるように言われた時代が長く続いた。西洋で発達した自然主義は本来、科学の発達に依拠するものであったが、日本ではそれはむしろ私小説と結びつき、小説の主人公イコール作者本人という奇妙な等式を生み出したのである。

このことは、必ずしも遠い昔の話とは言えないだろう。現代でも、ＳＮＳの発達により、フェイク・ドキュメンタリーの登場人物が、日常生活における本人そのものと勘違いした人々にネット上で心ない誹謗中傷を受け、その結果、自殺に追い込まれる悲劇が起こっているのだ。演出側が迫真性を出すために、それがフェイクなのか真正なのか、明言しないことはよくあることだろう。しかし、出演者は、当然、自分に与えられた役割を意識し、暗黙の期待に沿うように行動する。それをリアルな実相としてしか捉えられない人間の素朴さを嗤うのは容易だが、ネット社会にそういう「事実信仰」があることも否定できないのである。

本作で、こういうネット社会の危うさが直接的に取り上げられているわけではないが、社会の構造的相対性というテーマは確実に存在している。いじめる者といじめられる者。加害者と被害者。そういう対立関係は、安定することなく、常に立ち位置を変える。

かつて国家が国民を支配・監視していた時代は、それでも対処の方法があった。国家の示す明らかな意思を忖度し、それを妨げる行為を避けることはできただろう。しかし、ネット社会に象徴されるように、今や、私たちを監視・支配するのは、私たちと同じ一般の人間なのだ。いったん指弾されたら、すべてが終わるという「消去文化」（cancel culture）の恐怖が常につきまとう。私たちが不可視の闇から飛んでくる石礫を避けるのは、不可能な時代状況になりつつあるのだ。私たちは、その石礫を投げる側にも、受ける側にも回るだろう。

死刑囚が獄中で書いたとされる「鬼畜の和歌」は、こういう現代社会の状況を映す鏡として機能している。犯罪被害者に対する同情と加害者に対する憎悪の連鎖。犯罪現場の情景を描いたとされる和歌は、いかにも残虐な、あからさまな凶相を示して、私たちに提示される。そこに隠見する、別の悪意の陥穽に気づくことは難しい。そして、私たちは物語の終焉が示しているものに唖然とし、複雑怪奇な感情に晒される。
しかし、最後まで読み通した者は、この作品の質の高さをいかなる理由を以ても、否定できないだろう。よしんば、面白さのみという乱暴な基準に沿ったとしても、この作品が最高位にランクされるのは間違いないというのが私見である。最近は書く方に時間を取られて、他人の作品を読む時間がないのが悩みの種だが、久しぶりに読んだ他人の作品が『出版禁止　死刑囚の歌』だったのは、私にとって最高の幸運だったと言う他はない。

（令和二年十二月　作家）

この作品は平成三十年八月新潮社より刊行された。

安東能明著
広域指定
午後九時、未帰宅者の第一報。所轄の綾瀬署をはじめ、捜査一課、千葉県警――警察官僚までを巻き込む女児失踪事件の扉が開いた！

内田康夫著
黄泉から来た女
即身仏が眠る出羽三山に謎の白骨死体。妄念が繋ぐ天橋立との因縁の糸が。封印されていた秘密を解き明かす、浅見光彦の名推理とは。

押川剛著
「子供を殺してください」という親たち
妄想、妄言、暴力……息子や娘がモンスター化した事例を分析することで育児や教育、そして対策を検討する衝撃のノンフィクション。

押川剛著
子供の死を祈る親たち
刃物を振り回し親を支配下におく息子、薬と性具に狂う娘……。親の一言が子の心を潰す。現代日本の抱える闇を鋭く抉る衝撃の一冊。

湊かなえ著
母性
中庭で倒れていた娘。母は嘆く。「愛能う限り、大切に育ててきたのに」――これは事故か、自殺か。圧倒的に新しい〝母と娘〟の物語（ミステリー）。

湊かなえ著
豆の上で眠る
幼い頃に失踪した姉が「別人」になって帰ってきた――妹だけが追い続ける違和感の正体とは。足元から頽（くずお）れる衝撃の姉妹ミステリー！

湊かなえ著
絶　唱
誰にも言えない秘密を抱え、四人が辿り着いた南洋の島。ここからまた、物語は動き始める――。喪失と再生を描く号泣ミステリー！

吉田修一著
7月24日通り
私が恋の主役でいいのかな。港が見えるリスボンみたいなこの町で、OL小百合が出会った奇跡。恋する勇気がわいてくる傑作長編！

吉田修一著
さよなら渓谷
緑豊かな渓谷を震撼させる幼児殺害事件。容疑者は母親？　呪わしい過去が結ぶ男女の罪と償いから、極限の愛を問う渾身の長編小説。

米澤穂信著
ボトルネック
自分が「生まれなかった世界」にスリップした僕。そこには死んだはずの「彼女」が生きていた。青春ミステリの新旗手が放つ衝撃作。

米澤穂信著
儚い羊たちの祝宴
優雅な読書サークル「バベルの会」にリンクして起こる、邪悪な5つの事件。恐るべき真相はラストの1行に。衝撃の暗黒ミステリ。

米澤穂信著
リカーシブル
この町は、おかしい――。高速道路の誘致運動。町に残る伝承。そして、弟の予知と事件。十代の切なさと成長を描く青春ミステリ。

米澤穂信著

満願

山本周五郎賞受賞

磨かれた文体と冴えわたる技巧。この短篇集は、もはや完璧としか言いようがない――。驚異のミステリー3冠を制覇した名作。

NHK「東海村臨界事故」取材班

朽ちていった命

―被曝治療83日間の記録―

大量の放射線を浴びた瞬間から、彼の体は壊れていった。再生をやめ次第に朽ちていく命と、前例なき治療を続ける医者たちの苦悩。

桐野夏生著

残虐記

柴田錬三郎賞受賞

自分は二十五年前の少女誘拐監禁事件の被害者だという手記を残し、作家が消えた。折り重なった虚実と強烈な欲望を描き切った傑作。

桐野夏生著

東京島

谷崎潤一郎賞受賞

ここに生きているのは、三十一人の男たち。そして女王の恍惚を味わう、ただひとりの女。孤島を舞台に描かれる、〝キリノ版創世記〟。

福田ますみ著

でっちあげ

―福岡「殺人教師」事件の真相―

新潮ドキュメント賞受賞

史上最悪の殺人教師と報じられた体罰事件は、後に、児童両親によるでっちあげであることが明らかになる。傑作ノンフィクション。

福田ますみ著

モンスターマザー

―長野・丸子実業「いじめ自殺事件」教師たちの闘い―

少年を自殺に追いやったのは「学校」でも「いじめ」でもなく……。他人事ではない恐怖を描いた戦慄のホラー・ノンフィクション。

山本譲司著
累犯障害者

罪を犯した障害者たちを取材して見えてきたのは、日本の行政、司法、福祉の無力な姿であった。障害者と犯罪の問題を鋭く抉るルポ。

道尾秀介著
向日葵の咲かない夏

終業式の日に自殺したはずのS君の声が聞こえる。「僕は殺されたんだ」。夏の冒険の結末は。最注目の新鋭作家が描く、新たな神話。

道尾秀介著
片眼の猿
—One-eyed monkeys—

盗聴専門の私立探偵。俺の職業だ。今回の仕事は産業スパイを突き止めること、だったはずだが……。道尾マジックから目が離せない！

道尾秀介著
龍神の雨

血のつながらない父を憎む蓮。実母を殺したのは自分だと秘かに苦しむ圭介。降りやまぬ雨、ひとつの死が幾重にも波紋を広げてゆく。

道尾秀介著
ノエル
—a story of stories—

暴力に苦しむ圭介は、級友の弥生と絵本作りを始める。切実に紡ぐ〈物語〉は現実を、世界を変え——。極上の技が輝く長編ミステリー。

坂口安吾著
不連続殺人事件
探偵作家クラブ賞受賞

探偵小説を愛した安吾。著者初の本格探偵小説は日本ミステリ史に輝く不滅の名作となった。「読者への挑戦状」を網羅した決定版！

松本清張著　ゼロの焦点

新婚一週間で失踪した夫の行方を求めて、北陸の灰色の空の下を尋ね歩く禎子がまき込まれた連続殺人！『点と線』と並ぶ代表作品。

松本清張著　眼の壁

白昼の銀行を舞台に、巧妙に仕組まれた三千万円の手形サギ。責任を負った会計課長の自殺の背後にうごめく黒い組織を追う男を描く。

松本清張著　黒い画集

身の安全と出世を願う男の生活にさす暗い影。絶対に知られてはならない女関係。平凡な日常生活にひそむ深淵の恐ろしさを描く7編。

松本清張著　霧の旗

兄が殺人犯の汚名のまま獄死した時、桐子は依頼を退けた弁護士に対する復讐を開始した。法と裁判制度の限界を鋭く指摘した野心作。

松本清張著　Dの複合

雑誌連載「僻地に伝説をさぐる旅」の取材旅行にまつわる不可解な謎と奇怪な事件！　古代史、民俗説話と現代の事件を結ぶ推理長編。

松本清張著　眼の気流

車の座席で戯れる男女に憎悪を燃やす若い運転手、愛人に裏切られた初老の男。二人の男の接点に生じた殺人事件を描く表題作等5編。

松本清張著　砂の器（上・下）

東京・蒲田駅操車場で発見された扼殺死体！新進芸術家として栄光の座をねらう青年の過去を執拗に追う老練刑事の艱難辛苦を描く。

松本清張著　喪失の儀礼

東京の大学病院に勤める医局員・住田が殺害された。匿名で、医学界の不正を暴く記事を書いていた男だった。震撼の医療ミステリー。

松本清張著　渡された場面

四国と九州の二つの殺人事件が、小さな同人雑誌に発表された小説の一場面によって結びついた時、予期せぬ真相が……。推理長編。

松本清張著　黒革の手帖（上・下）

横領金を資本に銀座のママに転身したベテラン女子行員。夜の紳士を相手に、次の獲物をねらう彼女の前にたちふさがるものは――。

松本清張著　けものみち（上・下）

病気の夫を焼き殺して行方を絶った民子。疑惑と欲望に憑かれて彼女を追う久恒刑事。悪と情痴のドラマの中に権力機構の裏面を抉る。

松本清張著　共犯者

銀行を襲い、その金をもとに事業に成功した内堀彦介は、真相露顕の恐怖から五年前に別れた共犯者を監視し始める……表題作等10編。

出版禁止　死刑囚の歌

新潮文庫　な-96-3

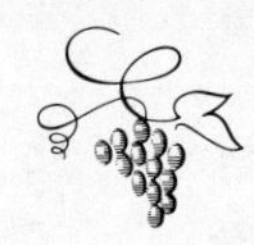

令和三年三月一日発行
令和四年三月三十日二刷

著者　長江俊和

発行者　佐藤隆信

発行所　株式会社新潮社
郵便番号　一六二―八七一一
東京都新宿区矢来町七一
電話 編集部(〇三)三二六六―五四四〇
電話 読者係(〇三)三二六六―五一一一
https://www.shinchosha.co.jp

価格はカバーに表示してあります。

乱丁・落丁本は、ご面倒ですが小社読者係宛ご送付ください。送料小社負担にてお取替えいたします。

印刷・錦明印刷株式会社　製本・錦明印刷株式会社

ISBN978-4-10-120743-8 C0193